師父心塞

江湖上說，我是千百年來，唯一一個修成了仙的女真人。
他們把我傳成了傳說，我就是這麼厲害，直到……

我收了三個徒弟。
一個比一個……
令人心塞。

九鷺非香

師父心塞

目錄

師父心塞

楔子

我是一個女仙人。

江湖上說，我是千百年來，唯一一個修成了仙的女真人，他們把我傳成了傳說，在傳說裡，我能一招斬殺數千妖魔而毫髮無損，我能以一己之力馴服殘暴凶獸並化為坐騎，我能獨守空靈山巔鎮壓天下邪氣源頭。

這些傳說都是實打實的真事，我就是這麼厲害，直到……

我收了三個徒弟。

一個比一個……

令人心塞。

第一章

在我活得已懶得數年紀的時候，我最後一個師弟駕鶴西去了，我給他送了靈，回頭一望，空靈派山門前跪了九千階的弟子，這裡邊，連師弟的徒弟都已去世不少，十個人裡面，有九個人都該叫我太師祖奶奶了。

在那一天，我決定收一個徒弟來拯救我被稱呼得蒼老的心靈。

於是我收了我的大徒弟。

當初，為我收徒一事，小輩們前前後後地忙活，意圖讓我在三萬弟子中選到根骨最佳的一隻，以便將其培養成下一個成仙之人，光耀空靈門楣。

但任何人包括我自己都沒想到，我會在一個妖怪巢裡掏到我的大徒弟。

適時他被大鳥妖捉進巢裡正要吃掉，而我正好嘴饞去掏妖怪的蛋，蛋沒摸著卻摸著了小孩的腿。我將他拖了出來，一眼便看中了他遠遠甩出空靈三萬弟子十條大街的靈根奇骨。

我那可叫一個欣喜若狂，一巴掌拍死了一旁嘰嘰喳喳亂叫的大鳥妖，將小孩抱到樹下，連名字也沒問，衝口就道：「你要做我的徒弟麼？」

他驚魂未定地看了眼旁邊蹬腿死的鳥妖屍體，又看了眼我。「什麼是徒弟？」

我沒收過徒弟，還真不知什麼叫徒弟，不過這種時候騙到孩子是最重要的事，我眼珠子一轉。「徒弟就是讓我給吃給穿給捧在手心裡疼的小寶貝。」

「給吃？」

「嗯，山珍海味。」

「給穿？」

「嗯，綾羅綢緞。」

「小寶貝……」

「嗯嗯，心肝小寶貝。」

我伸手幫他抹乾淨了臉上的塵與土，他睜著眼睛看我，一雙黑曜石般的眼珠子裡盡是細碎的光。我是真的有點心疼了，這麼半大的孩子，又瘦又黑還差點被拖進鳥窩裡吃掉，也沒個人救救他，我牽住他的小手，蹲下身子看他，「你做我的徒弟，以後我斷不讓人和妖欺負你，我會護你一輩子。」

他看著我，答應了。

我亢奮激動地將他帶回空靈，於空靈之巔上贈他仙劍虹霄，賜他弟子名——千古。我望他將來學有所得，能承我衣缽，流芳百世，名傳千古。

我的大弟子確不負我所望，讓他的名字響徹了神州大地，但他卻是用大逆不道、墮入魔道的方式遺臭萬年的。

其實現在想想，千古算是我收的三個徒弟裡面最是靠譜的一個，他性格沉穩，行事果斷，有經世之才而深諳韜光養晦之道，但他唯一的不好……

就是喜歡我。

這委實是讓人捶胸頓足，讓我恨不能捅死自己以謝天下的缺點啊。

其實也怪我。

我接千古回來的那年，已有八百歲高齡，千古才僅有八歲。我頂著一張二十歲的面孔活了八百年，自然是活得坦坦蕩蕩，但卻沒有顧及到千古委婉曲折的成長心理。

千古資質極好，不過二十五歲便修得不老之身，從此容貌再無變化，再後來他又學會了千變萬化之術，但從來也沒讓自己變得年輕一點，就頂著那張看起來比我稍大一點的面孔成天在我身邊晃悠。晃便晃吧，左右比我小七百九十多歲呢。

我因著心理太過坦蕩，便也沒有在意，我住在空靈之巔，素日無人前來打擾，門派裡自然也沒人在意。直到事發之後，我才覺得，這小子心思實在藏得深。

若不是那日我貪杯喝多了酒，躺在酒池邊閉眼假寐，千古上來親了我一口，在我耳邊呢喃了許多遍纏綿的「師父」二字，我怕是今日也不知道千古的心思。

後來我才知道，那日的千古乃是被一思慕他許久的女弟子下了藥，他急切趕回欲淨神袪毒，卻見我臉頰嫣紅地躺在酒池邊，這才忍不住了數十年來積攢的情意，上來啄了我一口。

彼時我醉酒假寐，神識卻還是能觀八方聽千面的，他這一口將我酒勁盡數啄光了去。但好在他沒有做更過火的事情，我顧及我們師徒倆的面子，也沒有當面戳破他，只繼續裝睡。

最終千古還是用他引以為傲的自制力克制住了所有情緒和衝動，踉蹌離去，我這才睜開眼睛，望著空靈山巔天外繁星兀自反省。

我其實是個很傳統的師父，還沒有開放到可以接受這種事。

按照門規，出了這樣的情況，我該廢了千古一身修為，並將他逐出師門以懲他大逆不道之罪的。

但千古是我唯一的弟子，也是我一手帶大的小孩，呵護了這麼年，誰打他一下我都是要冷了臉去訓人的，這突然之間，我哪恨得下心去廢他修為。

我思忖了一晚上，覺得還是自己教育過程中出了差錯。但現在差錯已成，硬掰估計是掰不回來了，唯有採取軟手段。

我先是閉關，命千古除非有性命攸關的大事，否則都不許來擾我。

我躲他一躲躲了五年。

出關之時，見到千古的第一面，我心中還是想念的，而他顯然比我更想念，平日裡正經嚴肅的臉上一直帶著一抹讓我感到不甚自在的微笑。眼神溫順得就像一隻等待被撫摸的大狗，他說：「師父，這五年，我用心地打理著空靈之巔。」

是啊，打理得很好。

「師父，我每日皆有用功修行，一日也不敢懈怠。」

看得出來，他修為又精進不少。

「師父……」他垂下頭，脣邊有隱隱的笑，「我一直期待您，能早日出關。」

我沉默。

他對我突如其來的閉關沒有埋怨，對我五年的不理不睬沒有感到委屈。他只是默默地做好了一切，等待著我再見他時誇他一兩句，就像小時候他練好了法術渴望我發糖一樣。

他要的不多，他知道他心裡的那些感情是不可以的。所以他隱瞞了那些情愫，只依稀透露出一些極小的期待，希望被我滿足。

但他這些小期待若被我滿足，難保他日不會有更大的期待和渴望。

我忍住了沒有誇他。

於是千古也沉默了，我看得出，對於我的冷淡，他有些受傷。但他下一瞬他又恢復了慣常的自己。

只是在接下來的日子，偶爾我會看見他的目光悄悄地在我身上停留。

五年的避而不見，好像並沒有改變什麼。

他比我想像中執著。

於是我換了個法子，收了我人生中第二個徒弟。他與千古一樣，根骨奇佳，天生修仙小能手。但彼時二徒弟已經十八歲了，全然錯過了打根基的人生好時辰，我不顧千古反對，揮手給了二徒弟一百年的修為，以彌補他幼時的修行不足。

我像當年收千古一樣，在空靈山巔受萬千弟子叩拜，贈他仙劍，賜他弟子名「千止」，我不想弟子流芳百世了，只望他能知分寸明事理，行為舉止，知禮知節，知行知止。

千止的拜師禮上，我一眼也沒有看千古。

但我知道，他在我身後，形容有多沉默。

千止與千古全然不同，他性格張揚，喜動不喜靜。而千止入門之後，千古則相較之前更為沉默，兩人相處往往只有千止不停的嘮叨。

「師兄你臉是被施了法術動不了麼，入門十幾年沒看你笑過。」

「師兄，每次下山被人叫師叔祖請問你心裡是怎麼想的啊？會不會覺得挺得意？你說我要是得意了會被人打麼？」

「師兄，我要因為嘴賤被打了，你和師父會不會幫我啊？」

我在屋內聽得笑了。然後外面就開始傳來千止哎哎痛叫：「師兄！師兄！我不嘴賤！別打……哎喲！」

千古自千止入門之後便喜歡揍他，練功練得不好要揍，說話說得討厭要揍，做事做得慢了也要揍，雖然千古每次揍人總能找到理由，但我總覺得他是挾私報復，有時候收拾千止的劍氣幾乎都打得我門晃，想來是沒吝惜著力氣。

我心裡琢磨著千古入門後大約是我揍他揍少了，所以才讓他行差踏錯，現在千止挨挨揍，說不定也挺好。

我本以為，招這麼一個活潑好動的弟子回來調節氣氛，我這一脈定能回到正常的師父教弟子學的積極修行模式上。

但我怎麼也沒想到，千止竟會比他師兄更讓人不省心……

千止修行之時心急求快，最愛練成法術後跑到空靈山下給各小輩表演。我只道千止只是有點愛臭顯擺，他生性不壞，偶爾的虛榮還能促進他修行法術的積極性，所以也沒有刻意制止他。

但哪知道他竟敢憑著自己入門二十多年的功力，去挑釁空靈山下縛妖池裡關壓的邪魅惡靈。

縛妖池乃是一汪黑水深潭，裡面關的是空靈小輩們平時外出時捉回來的難以馴服的妖邪。那些妖邪本就被關出了一肚子火氣，千止自己送上門，那自然是不出意外地被妖邪們拖進了池子裡……

他做出這事，雖有小輩起鬨在側，但真正促使他去的，乃是他生性的自負與狂傲。他拜入我門下，我卻未令他收斂心性，反而放縱了他的氣焰，說來也是我的錯。

去救他自然是我這個師父責無旁貸的事。

可也就是這事，把先前好不容易扳正心思修道的他大師兄……徹底推向了不歸路……

第二章

我先前收千止入門之時，給了他一百年修為，雖也不是很多，但我卻要修行幾十年方能完全恢復元氣。

現在離我元氣恢復還有十來年的時間。我入了縛妖池，於混沌之中將快要被妖邪拆胳膊拆腿吃掉的千止救了出來，一出池子，我就陷入了昏迷。

陰邪之氣入體，擾我元神，我暗自估計，沒有百八十年是醒不過來了。

但百八十年這只是我自己的估計，我現在只能躺著，聽得到聲音卻看不到周圍動靜，也什麼都做不了，只能聽小輩們一個愁似一個的嘆，仙尊怕是醒不過來了。

你們也太瞧不起我了一點……

千止出事那日之前，我便派了千古外出辦事，是以直到我昏迷一月有餘，他才回了空靈，見到了後輩們口中「再也醒不過來」的我。

我尚記得那日屋外鳥鳴悅耳，風扶柳動之聲令人心極為祥和。

但自打院門被千古推開的那一刻，我就開始覺得無比心塞。

他一進來，膝蓋跪在地上的聲音聽得我都替他疼。

「師父。」他喚了一聲便再無動靜，隔了好久，終於來到我的床邊，又隔了好久，我感覺到他的指尖在我臉頰上游走，不是輕薄，也不像迷戀，更像是信徒在虔誠的觸碰他信仰的神靈。

摸個臉能摸到這種程度，我這個徒弟也算是暗戀界的奇葩了。

我在心裡狠狠一嘆。

「師父。」他在我耳邊呢喃，一如我醉酒那日，不過他此時神智清明，言語中是我想像不到的堅定執著。「我會讓妳醒過來的。」

我自己便能醒過來，你甭操這個心……

我說不了話，聽著他的腳步聲漸遠，然後在屋外與千止發生了爭執。「師兄你不能去！」

「讓開。」

「你不能去找月老紅！江湖上誰人不知道她那裡的規矩！你若去找她，那你怎麼辦！」

聽到月老紅這個名字，我心裡也是驚得不行。千止口中的這個月老紅是個女妖怪，她修為不弱，千百年來煉製了不少靈丹妙藥，號稱無人不可救。但她的藥只送給為自己至愛來求藥的人，然而天下有至愛的人不少，卻鮮少有人去她那裡求藥，因為，她還有一個要求。

一命換一命。

要求藥人，給她當試藥品。是個極為邪氣的妖怪。

千止苦聲勸。「師兄你若去，豈不是將掩藏這般久的心思公諸天下了嗎！彼時你讓師父如何在空靈派中自處！而且那月老紅……可是要人性命的，你……」

千古沉默了很久。「千止，師父今後就只有你這個弟子了，你切望收斂心性，別再讓她操心失望。」

「師兄！師兄！」

屋外歸於平靜。

我覺得現在的自己便已足夠操心失望的了。拋開那所有的繁雜事端，就本質來看……

你們……都不相信我能自己醒過來嗎……

許是過了些日子，千古終究還是求來了藥，然而卻是他自己御劍回來，於床邊助我服下了藥。

我睜開眼，望著眸中微潤的他，一時竟不知該說什麼好，只好嘆息問道：「千止呢？」

千古一默。「徒兒這就去把千止換回來。」

換回來？我一皺眉。「他和你一同去找月老紅的？月老紅將他留下了？」我言辭清晰地問出這句話，換來千古露出了難得驚駭的神色。

「師父如何知曉……」

我掀被子離開。「我且去救他回來再與你細說。」

千古想拉我。「師父初醒不宜……」

「為師再是不濟，憑著年紀也能壓她一頭。」我回頭望千古，對他冷了臉色，「為師身體如何，自有分寸，何需他人斷論，胡亂插手。」

千古一僵，白了臉色。

「不許跟來。」我拂長袖，御劍而去。

我知道千古待我極好，不然也求不來這藥，但他這份好卻是我承擔不起的。經此一事，我明白將千古留在身邊望他潛心修道那根本就是我的幻想，待救了千止，便是時候做個抉擇了。

可千止……到底不是個省油的燈。

我尋到月老紅居住的山谷之時，千止正從背後抱著月老紅，親暱地與她一起辨識藥草。

我當即便愣在門口了。

這一幕與我想像中的拿千止燉湯熬藥的場景著實差去了甚遠，千止見了我，一怔，立即淚流滿面地撲到我腳跟前，嚎啕大哭。「師父！是當日徒兒不孝，累您受傷！要打要罵，徒兒都甘願受著！」

我還沒做出反應，那月老紅便從千止身後抱住了他，輕聲說：「你哭作甚，她這不都醒了麼，你可別傷心了，我心都痛了。」

我像是被天雷劈了一樣呆杵在當場。「什……麼情況？」

月老紅抬眸看了我一眼。「你那大徒弟來求藥，他倒是真愛你，我打算照以往規矩要他命再送你藥。但千止來了，我與千止一見鍾情，便不要你那大徒弟的命了，你把千止留我這裡便好。」

我被她這一番話說得差點沒接上氣來。

我看看她又看看千止。「她說的當真？」我唯恐千止是為了救千古而委屈自己，哪想千止卻羞紅了臉點頭。

我……一口血悶上心頭。

我那根骨奇佳的大徒弟大逆不道喜歡上了為師我，我這天資聰穎的二徒弟大逆不道的喜歡上了邪魅妖怪。我真是不知該說我選人的眼光不好，還是我教育人的手段不好。

但無論什麼不好，我都是斷不能讓千止留在這裡的。

妖邪心緒極難穩定，上一刻還你情我願情深意濃，下一刻說不準就能拿牙齒咬斷人的喉嚨。而且月老紅拿人煉藥殺孽過重，身上戾氣極厚，對心性本就不穩的千止影響太大，長時間在一起，恐墮入魔道。

為了千止好，我得把他帶回空靈。

「我不能把千止留下。」

月老紅聞言，抬頭看我，方才尚且溫和的面容，霎時變得猙獰。「那就把妳的屍首留下！」她化指為爪，向我殺來。千止甚至還沒反應過來。

妖邪便是如此，我心裡早有準備，舉劍一擋，劍氣震盪，推開她一丈遠，我將千止衣襟一提，轉身便走。

月老紅到底趕不上我御劍的速度，被我遠遠丟下。

回到空靈，千止拽著我的衣襬十分委屈又憤慨。「師父為何如此！」

我大怒。「反了你！與妖邪私訂終身竟還敢質問為師！給我去靈虛洞閉門思過！三月內不許出來！」

千止咬牙，最後還是聽了我的話，去了靈虛洞。

我這方事宜剛處置完畢，有個山下的女弟子卻腳步蹣跚地往我這裡跑。「仙尊！仙尊！」她一邊哭一邊喊：「你快去救救千古師祖啊！他快被師叔祖們打死了！」

我仰頭望天，一個二個，都不消停。

第三章

千古被抓了去，是因為我御劍離開空靈，留下的浩淼仙氣讓三萬弟子都知道我已經醒了。

而我怎麼醒的，那些小輩動動腦子大概也猜出了個一二三，我先前知道我走後恐有人回來詢問千古，但我沒想到，這些小輩捉得了千古。而千古竟然也心甘情願地被他們捉了去，要挨那九九八十一道噬魂鞭刑。

八十一道噬魂鞭打下來，連我都有點把持不住，更遑論千古。

我急切地趕到了責罰殿，殿前站了數不清的弟子，整個大殿鴉雀無聲，唯有高臺之上，噬魂鞭抽打在千古背上的聲音，聲聲震耳。

「住手。」

我踏過弟子們在中間留出來的白玉石長道。我鮮少插手空靈派的事務，許多小輩甚至沒看過我的臉，此時雖然規矩說讓他們埋頭，但一個二個還是睜著大眼睛，好奇地將我看著，其中不乏白髮飄飄的耄耋老頭。

執鞭的白鬍子老頭立時停了手，他是我小師弟的最小一個徒弟，也算是這裡的老輩了。

我站上高臺，拿過老頭手裡的噬魂鞭。

旁邊老者立即顫巍巍道：「仙尊啊，千古師兄畢竟是違反了空靈門規，這八十一記鞭不可少啊！否則門規何立……」

旁邊有人附議，被吊在空中的千古也轉過頭來看。他臉色死白，眼神裡卻有著幾分我看不懂的絕望。

「我空靈自千年前起便門規森嚴，我斷不會偏袒於誰。」我手中長鞭一振，電光石火間，便有三鞭落在千古背上。他的後背登時皮開肉綻，鮮血直流，一直強忍著不吭聲的千古終是痛呼出來。

下面有小輩驚呼出聲，有的甚至扭過頭捂住眼。

「只是我的弟子，給你們誰打都不太對，讓我親自處置他才是最合適。」

沒人再說話。

「這三鞭是為師賜你的。打你大逆不道之罪。你且說，你挨這打，甘不甘願。」

千古氣若游絲，但還是點頭。

到底是自己養大的孩子，是我承諾過要將他當心肝寶貝一樣疼的徒弟，見他如此，我登時心尖一軟，再也握不住長鞭，猛地將噬魂鞭往地上一擲。「你自幼拜入我門，而今生了妄念，為師無法再教你修行，今日這三鞭之後，你便不再是我空靈門人，也不再是我的徒弟，望你之後，好自為之。」

這個結果在所有人的意料之中。

但唯獨千古好像無法接受，他掙扎著回頭看我。「師父，徒兒願受八十一記噬魂鞭，求師父別將我逐走！」

這傻孩子，明眼人都知道，八十一道鞭子準能將他打死了，我將他逐走，分明是想放他一命，他不安安靜靜地離開，反而要求我將他留下來，真是……不長腦子。

我一揮手，綁住千古雙手的鐵鍊斷裂，他摔在地上，卻掙扎著要向我爬來。「求師父……別將徒兒逐……逐走……」我深吸一口氣，轉頭不看他：「將他抬出山門。從今往後，休讓他踏入我空靈一步。」

千古被弟子強硬地綁了，他拚命掙扎，聲嘶力竭地喚我「師父」，黏稠的血染紅了整條白玉長道。

殿中安靜至極，我咳了一聲，一醒來便處理了如此多事，讓我太陽穴突突地疼。「散了吧，各自練功去。」

回了空靈山巔。

我坐在空蕩蕩的大殿裡。腦袋疼得委實厲害，但我卻怎麼也不想往床上躺，我一抬眼往窗外一望，好似能看見小時候的千古在外面練劍，招式稚嫩，但卻隱隱帶著仙氣。

我搖了搖頭，收回目光看桌子上的硯臺，卻又好似看見十幾歲的千古坐在我對面，拿筆抄書，然後抬頭望著我笑。「師父，妳睡得比我抄完兩百卷經的時間還久。」燭火斑駁，他的面容清晰又模糊。

我覺得自己不能在屋子裡面坐著了，於是又出了門去，看見酒池，又想起那日我在酒池邊假寐，脣畔上那似有若無的溫熱觸感，還有他在我耳邊沙啞的呢喃，一遍遍喚著「師父」，就好像是偷吃了這世上最珍貴的東西，滿足又歉疚。

我捂住臉，深深一嘆。

終是施了個遁地術，悄悄出了空靈山，追到千古被放逐的地方。

他被扔在一堆亂石堆上，河流沖刷著他的身子，將鮮血蜿蜒帶走老遠。

我將他拖了出來，安置在一個就近的山洞裡。

夜晚的時候千古發了高燒，嘴裡一直迷迷糊糊的念念有詞，被噬魂鞭打了之後，元神難免大傷，我手邊沒藥，只能以仙氣強行壓制住他身體內翻騰的血氣，整整三個晝夜，他腦袋枕在我的膝蓋上，汗水將我的衣裳都浸溼。

直到第四日清晨，他的氣息才慢慢平穩下來，我收了仙氣，拿石頭給他枕著腦袋，揉了揉已經麻木得沒有知覺的雙腿，走出了石洞。

離開之前，我還是忍不住回頭一望，千古躺在地上，好似虛弱地睜了睜眼，然後又閉上，暈了過去。

那時我天真地以為，千古就此就走出了我的生命，再也不會出現了。

三月後，千止出了靈虛洞，沒看見千古，打聽後知道了我鞭笞千古並將他逐出師門一事。千止素日裡雖然挨千古的打挨得多，當相比於我這個給了他百年修為就不咋見人影的師父來說，千古倒更像是他師父。

千止脾氣火爆，登時便沒有忍住大聲指責我。「師兄拚卻性命為師父求藥，即便知道此後會為人所不齒也要救師父，師父醒了卻是如此對待師兄的嗎！」

走。斥責他行為失矩，但也不會妄加責罰，倒是千止看錯師父了。」言罷，他轉身要

我喝著茶不說話。

千止咬牙切齒地看了我一會兒。「我滿心以為，師父明白師兄心意之後，即便斥責他行為失矩，但也不會妄加責罰，倒是千止看錯師父了。」言罷，他轉身要走。

「去哪兒。」我放下茶杯。

「修仙之人如此無情無義，我不想修仙了，我要去找小紅，和她肆意江湖，快意恩仇！」

「回來。」

千止不理我，我眉目一冷，一揮手在他跟前落下一個結界，哪想千止竟然大手一揮，一股仙氣徑直向結界打去，用的是我的修為，打的是我教的招式，半點也沒有吝惜著力氣，撞破了結界，御劍而起。

我一拍桌子。「這小兔崽子！」飛身躍出攔在千止面前，千止手中光芒一動。

我冷笑。「好啊，這是要與為師動手啊。」

我一個大耳刮子掄過去，千止抬手來擋，我是狠了心要揍他，哪容得他將我擋下來，一巴掌拍在他腦袋上，將他打得暈頭轉向，然後提了他的耳朵，親手將他送到靈虛洞裡去關著。

「我收的徒弟，要與不要是我的事，還沒輪到你說是走是留。你給我待在這裡關禁閉，不知道錯，便不能出來。」

「我沒錯！」千止在我身後大喊：「我沒錯，師兄也沒錯！是師父妳錯了！是

妳錯了！」

我不理他，出了靈虛洞。

半月後，山下有弟子來通知我，說是出了大事。

我趕到議事一聽，才知，竟是那月老紅把我曾經的大弟子千古，拖到魔道裡面去了……

我揉胸口，簡直……心塞。

第四章

我不知道月老紅是怎麼把千古具體操作到魔道裡面去的。但大概能想像，她無非是用仙門無情，你師父寡義的言語讓千古心生怨懟，失足踏入歪道。

千古天資極高，早年便已修得了仙身，墮魔之後，修為更是長得飛快。

空靈派的小輩們怕千古挾私報復，集結邪魔外道的勢力回來攻打我空靈派，千古通曉我空靈所有隱祕，熟悉我空靈一切術法，他若使壞，破了我空靈封印，讓邪氣源頭洩漏，那可是要出大事的。

比起後輩們的憂心，我倒是挺相信千古的人格，即便知道他墮了魔，我也還是相信他。

我擺了擺手，說：「左右現在沒出什麼事，胡亂猜忌無用。若他有朝一日真的膽敢犯我空靈，我必親自將他斬於劍下。」

說完我就回空靈之巔了。

然而回到住了幾百年的大殿裡，待了幾日，院子裡沒有千止嘰嘰喳喳的叫喚，沒有千古時而走過門前停頓看我的身影，這個山巔好似忽然死寂下來一樣。

我待不下去，到靈虛洞去問千止。「你可知錯，知錯就放你出來，不知錯我就關你在這裡然後自己雲遊天下去。」

他像孩子一樣堵著氣，看也不看我。

然後我就雲遊天下去了。

我在世間走了五、六年，遍聽江湖傳聞，千古在魔道聲名日盛，儼然要成一派魔頭的陣勢。這期間，月老紅幫了他不少忙。

但如今這都是外人的事，只要不碰到空靈封印，別的都與我無甚關係。

我一個人在世間雲遊，遊得久了也覺得無聊，我細細思索了一番這幾十年裡的收徒事宜，陡覺自己很是失敗。一個徒弟喜歡自己卻喜歡得逾越了，另一個徒弟是沒有逾越，但卻整得怨懟了，到頭來看，我的衣缽還是沒有人繼承。

我左右一思量，山間田野裡，又收了一個徒弟。

這是個資質極好、生性活潑卻又誠實善良的女孩子，我給她起名為千靈。不妄想她名流千古，也不要她知行知止了，只要她對得起自己的好天賦，做一個靈巧討喜的女孩子便行。

我帶著她回了空靈之巔，告訴了她，她有個已經墮入魔道的前大師兄，又領著她去看了被關在靈虛洞裡，頭髮鬍子長了老長的二師兄，我告訴千靈。「妳是女孩子，不要變成他們這樣。」

千靈看著玉鐵柵欄裡面的二師兄，點了頭。

眨眼間，過了十年，這十年期間，我對我的人品、眼光還有教育能力終於……產生了深深的質疑。

深深的。

當山下的小輩第一千次跑到我跟前告狀，師叔祖又和某個師叔打起來了時，我只心累地擺手。「打吧，贏了回來我收拾她，輸了你們看著收拾就成。」我僅有一句吩咐，「別弄死了。」

我這第三個徒弟，精力旺盛……太旺盛。

三天兩頭上房揭瓦，我初始和言細語地教育過，冷眉冷眼地喝斥過，一句「妳再這樣我就趕妳出師門」說了千八百遍了，對她愣是沒有半點作用。

想當年，千古聽到這句話，那可是臉色都要白三天的。

現在的孩子，怎麼越來越難帶。

最後那天千靈還是打贏了回來，她腫著一隻眼驕傲地告訴我。「師父，下面那幾個混帳東西又欺負廚房掃地的小廝，我幫小廝揍回去了，看他們以後還敢不敢恃強凌弱，姑奶奶打不死他！」

我瞥了她一眼。「能用腦子解決問題麼？」

她揉了揉鼻子。「拳頭比較方便。」

這是一個嬌滴滴的大閨女該說出的話麼！我一聲嘆息，放下了書。看看她現在又想想她小時候的模樣。

哎……心塞！

「去把書房打掃了。」我罰她，「掃乾淨點。」

「哎，好咧。」她愉快地應了，半點也沒覺得是我在罰她。我仰望天空沉默無言，一個女徒弟心眼粗到這種地步……她終究還是和我給她取的名字，背道而馳了。

那日千靈收拾書房時，拖了一個大箱子出來，我第一次看見此物，問她。「這是什麼？」

「不知道，從書房閣樓上的犄角旮旯裡翻出來的，看起來有很長一段日子沒人動過了。我怕霉了，拖出來晒晒。」她說著打開箱子，裡面是滿滿的一摞畫卷，展開一看，畫裡無一不是同一個女子的面容，或靜立山巔，或臥於寢榻，神色不管笑是怒，總是帶著兩三分散漫與不經意。

「師父這些都是妳欸。」千靈展開一幅畫，倏爾哈哈一笑，「哎呀，這畫畫得真傳神。師父妳看妳。」

我瞥了一眼她手裡的畫。畫卷裡女子面如胭脂，她仰躺在垂柳酒池旁，被一個男子偷偷親吻。我胸膛一口氣差點沒喘得上來。

「師父，這男子是誰啊，你們這姿勢……」千靈爽朗一笑，「真是漂亮！」

聽聽，這是一個閨女該說出的話麼！我心底怒得不成樣，但礙於此事是我心底的一道隱傷，我面不改色地撒謊。「畫裡人是我，畫畫的人也是我，這男子是為師年少輕狂不懂事時的夢中人，是幻想出來的，現在已經不頂用了，拿去燒了吧。」

千靈奇怪地看我。「可師父方才都還不知道這箱子裡是什麼……」

我起身回屋。「燒了燒了。」

關上房門，我的老臉方敢肆無忌憚地燙了起來。

多年前只存在於我腦海中的觸覺忽然變成了一幅畫闖進視野裡，實在讓人不得不感到驚慌。我倚門站了一會兒，忽然嗅到一絲煙火味，拉開門縫往外一看，是千靈施了法，將那些畫卷盡數焚了個乾淨。

我嘴角動了動，最終還是忍住了所有情緒，在屋裡枯坐著嘆息了一下午。

千古他……藏了不少事啊。

打那以後，日子還是照常過，只是千靈下山闖禍的次數漸漸變少了，我還道是這姑娘自己學會長大了，卻忽然有一天，千靈學會了新法術，向我得意完了之後感嘆了一句。「我練了三個月方能到此程度，但聞當年大師兄不過數個時辰之間便可成此術，我還真是差得太遠。」

我一愣。「妳怎麼知道？」

千靈捂住嘴，扭捏了半天才告訴我。「我去靈虛洞找二師兄玩了。」

我沒有明令禁止千靈不能去看千止，當下只撇了撇嘴。「玩可以，記住原則，不能放他出來。」

「為何？」

「妳二師兄心性不穩，關著他，一來為定他心神，二來……若放他出來，他一準奔魔道而去。他與妳大師兄不同，妳大師兄心智堅韌，萬事胸中自有一桿秤，於他有害，於空靈有害，於天下有害的事他不會做。妳二師兄……太易被人左右。」

千靈聽了我這麼嚴肅正經的一番話，愣了好久。「原來，師父妳……心裡考慮的事情挺多的啊……」

我白了她一眼。「妳當為師這幾百年白活了，和妳一樣不動腦子做事情麼。」

千靈撓了撓頭，憨厚一笑。「不過，說來，大師兄都離開師門這麼多年了，師父言語之間對大師兄好似還是極為信任啊……」

我沉默。我當然相信千古，他是我第一個弟子，全心全意教出來的徒弟，甚至可以當作我畢生最值得說與人炫耀的驕傲，雖然他後來走錯路，但若較真算起來，其實千古並沒什麼錯。

要錯，也全錯在我。

第五章

千古被世人稱作了魔頭，其實他啥也沒幹，但因著他魔力激增，致使天下瘴氣增多，妖邪橫行，大家便給了他一個魔頭的稱呼。

得到這個稱呼之後，他曾經的師父我，便也與他一同上了江湖熱議榜。神州千百年來的第一個仙，教出了神州千百年第一個魔頭，怎麼聽怎麼好笑。

但這些流言干涉不到我的生活，我偶爾下山聽聽便也罷了。

倒是最近這段時間，千靈去靈虛洞去得越來越勤，我雖心中有疑惑，但還是選擇相信千靈的品行。

直到有一日，千靈興匆匆地跑來告訴我。「師父，二師兄認錯了！妳快去將他放出來吧！」

強了十幾年的小兔崽子認錯了？我挑了挑眉，隨千靈去了靈虛洞裡。

千止被關在玉鐵柵欄裡，正在地上打坐，聽到我的腳步聲，他睜開眼。許久不見，千止的眼神堅定不少，性子也不如以前那般愛大吵大鬧的浮躁了。

看來關關小黑屋還是挺管用的。

「終於肯認錯了？」我問。

「是，徒兒知錯了。」他俯首答：「這些年徒兒潛心修行，近來千靈師妹更是苦口婆心地勸我，徒兒終於認識到自己的錯誤了。」

我繼續挑眉。「那你說說你哪裡錯了。」

他攤開手心。「師父妳看。」

這裡是空靈山巔的靈虛洞，幾百年間都是我的地盤，在我的地盤上我自然不疑有他，散漫地邁上前兩步，望他掌心一看，忽而嗅到一陣異香。我心道不好，想要退，身體卻已僵住。

「千止？」我冷眼看他。

「師父妳別怪我。」千止道：「我委實不想在這裡待下去了。」

「千靈！」我喊。

「師父妳別怪我。」她從我後面走到前面來，摸了我腰間的鑰匙，給千止開了玉鐵柵欄的大門，「這些天來，我聽二師兄的話深覺有理，空靈派門規森嚴，眼見有許多不平之事卻不能行俠仗義，仗義了還要挨責罰，這些年來，千靈對此深有感觸，我想我大概不適合空靈派，我想同二師兄一同去闖蕩江湖，快意恩仇！」

我聽得一口老血險些嗆死自己。「就妳現在這三腳貓的功夫，出去被人打死了別說是我徒弟！」

「我不會說的。」

我強自冷靜了許久，按捺住所有情緒問道：「藥是哪裡來的？」

這兩個小兔崽子雖然不孝，但對我還算誠實。「是我聽二師兄的話下山找到了月老紅姊姊。」千靈交代，「是月老紅姊姊給我的。」

「藥效有多久？」

「不知道。」

我咬牙，千止對我拜了拜。「師父，徒兒在此數十年，從不認為自己有何過錯，但而今對師父下藥，徒兒願認此大逆不道之錯。」

見他如此，我陡然回憶起了當年，默了許久，憋出了一句話。「你們大師兄若在，打不死你。」

千止點頭。「我這便告訴大師兄去，給師父下毒，我去向他請罪！」

我大驚。「不准去！」

「師父，我知道，妳心裡是有大師兄的。」千靈倏爾道：「當初那幅酒池邊的畫我沒忍心燒，而是拿來給二師兄看了，二師兄告訴我畫中男子是大師兄，師父妳既然把大師兄當作夢中人，又何必拘泥於這世俗縟節，和大師兄在一起吧。」

「荒唐！為師的事何需他人置喙！」

「那我就告訴大師兄去。」

「回來！」

千靈和千止的氣息轉瞬便消失。我僵立在柵欄門口，半分動彈不得，心裡簡直竄了一場森林大火。

不知用這個姿勢杵了多久，久到我都睡了一覺了，然而一覺醒來，我卻覺周身邪氣深重。我側眸一看。數十年未見的人正悄然立在我身邊。

千古容貌沒有半分改變。

只是比起當初，他的氣質變了太多。

「怎麼被千止算計了？」他開口，聲音的成熟無聲地表示這時間已過了很久，然而他這個問題卻熟稔得像是他昨天才在我旁邊抄過經書。

我一嘆。「他抄我後路。策反了我小徒弟。」

提到這事，我又是一陣心塞。

千古輕笑，低沉的嗓音宛如古琴之聲，震得人心弦微顫。我不看他，把目光放在玉鐵柵欄上。「毒是從月老紅手裡拿的，你可能幫我要到解藥。」

「我有解藥。」

他說了這四個字，卻不給我下文了。就這樣將我的胃口吊著，我知道他是想吊著讓我忍不住開口求他。但事到如今，我該怎麼能開口求他？用什麼身分……

我恨恨咬牙，時隔多年，小徒弟心機重了很多嘛！

「師父。」

他這一聲喚，再次讓我心尖一顫。

多少年前的記憶隨著這個聲音，拉開了塵封的幕布——被我掏出妖怪巢穴驚魂未定的小孩，我手把手教他練劍的少年，與我在空靈山巔朝夕相處的青年。我以為我將這些記憶埋葬得很好，但沒想到，只用他輕輕一翻，所有的塵埃舊土都再也埋藏不住。

「千古，我已不是你師父了。」我提醒他，也提醒自己。

他像沒有聽到我的話一樣。「我今日來，只為問師父三個問題，師父答了，我便將解藥給妳。」他問：「當年，妳逐我離開，我被棄於亂石河畔邊，命在旦夕，是妳來救我的嗎？」

我沒想到，他會問的這樣一個問題。

「是我。」我如實答了，我想他下一個問題定是得問我為何要救他，那我就答虎毒不食子，你好歹是我親手拉扯大的孩子。

但千古卻只是笑笑，換了個問題。「這些年，師父可有想念過我，哪怕一次。」

這問題……簡直輕薄。

「沒有。」我答得果決。千古又笑笑。「最後問師父，你猜我這些年可有想念過師父？」

這……這……孽徒！

「我怎知你內心想法！」我喝斥，「三個問題都答了，快把解藥給我。」

千古把手輕輕放到了我的臉頰上，一如他那日離開我去向月老紅求藥時那樣，指尖在我臉上輕輕摩挲。「師父最後一題答錯了。」他在我耳邊說：「朝思暮想，思之如狂，此八字，尚不足形容徒兒內心萬一。」

我按捺住心神。「你讓我答你的問題，我都答了，你便該信守承諾，你小時……」你小時候，我便是如此教你的。這話我沒說出口，說出口便是一道疤。

「我說會給師父解藥就必定會給。」千古道：「只是我未曾說現在便要給。」

我讚揚。「數十年不見，千古變得無賴許多啊。」

「我現在是魔道中人，這樣的做法也無可厚非。師父不也一直喜歡耍橫耍賴麼，師承一脈。」他在一旁的地上坐下，仰頭看我。「而且我現在給妳解藥，妳吃了，肯定就跑了。」他說：「待我將妳看夠了，我再放妳走。」

一句話說得讓人心尖一酸。

「你何必執著於我。」

「若知道何必，我又怎會執著。」

他當真便靜靜地坐在那裡，目光一轉也不轉地盯著我。我努力使自己平心靜氣，但被這樣下死力氣盯著，我還是忍不住微微紅了臉。

我一紅臉，他就在一邊輕笑，我就惱羞成怒喝斥他，然後臉便不紅了。隔了一會兒，消了氣，還被他盯著，我便又紅了臉……周而復始。

「仙尊，仙尊……」靈虛洞外傳來山下小輩尋我的聲音。

我一怔，幾乎是下意識道：「千古，離開。」

他倒是不甚在意，站起來還閒閒地拍了拍屁股。「師父心中若是沒有我，現在理當叫人進來捉我。而不是放我走。」我沉默，他終是從衣袖裡的瓷瓶中倒出藥丸，輕笑，「師父憂心我，連自己的解藥都忘了。師恩如山，不得不報。」

說著他自己卻將解藥吃了。

我一驚。「你！」吐不出下一個音節了，因為千古已將我的脣覆住，哺我藥丸，脣齒之間，除了藥香，皆是他的氣息。

他沒有更進一步動作，我已經全然呆住。他離開我的脣畔，近距離看著我，眸光微動，明明是他輕薄了我，但他此時卻耳根通紅。

我多想問他，你臉紅個什麼勁！你這流氓不是當得挺專業的嗎！今天你不是調戲我調戲得很自得其樂的嗎！親一口就臉紅，不要有這麼大的……

反差啊……

他摸了摸我的唇畔。「師父，我想妳很久了。」

「仙尊？」靈虛洞外傳來弟子的聲音。

千古紅著臉輕笑。「我還會再來的。」

藥丸上的暖意從胃裡流到四肢百骸，我動了動還有些僵硬的指尖，外面的弟子已經尋了進來。「仙尊，妳在這兒！方才有弟子說有兩道氣息從空靈之巔上離開了。」

我轉身，點頭。「是你們千止和千靈師祖跑了。」我嘆息，「投奔魔道去了。」

看著弟子驚駭愕然的眼神，我突然覺得，我此生收徒一事，簡直失敗！

我完全……就是在給魔道培訓儲備軍嘛……

第六章

神州出了三大魔頭，每一個都出自我手。

空靈派中我的後輩們經過長久的商議，最後請我去開了個會，委婉地提出，不望空靈能再出一個仙人，只望我今後不再收徒。

我答應了。

回空靈山巔孤零零地待著，我深感空巢老人之痛苦。

因著日子太閒，我便掐著指頭給自己算了算命，不算不知，一算嚇了一大跳，竟是我成仙後的第一個大劫就快到了。彼時歷劫，我的仙氣定會減弱不少，空靈之巔的邪氣源頭恐出差錯，還得有人代替我把邪氣壓住才是。

我養徒弟其實防的就是這天，但當這天真的到了，我的徒弟卻一個都頂不上用。

我唉聲嘆氣了好一陣，無奈之後，只好麻煩下空靈派的小輩們了。

和門派裡的幾個白鬍子老頭一說，他們登時比我還緊張起來，連忙命全派上下準備了起來。見他們準備得妥當，我立時也安心不少。

也對，這幾百年，空靈也在不停地發展，有的事交給小輩們，即便不是我帶出來的小輩，也是很令人感到安心的。

安了心，我便也不著急這修行了，左右這麼點時間的修行，也把我這幾十年折騰出去的修為補不回來，我乾脆日日躺在酒池邊喝小酒晒太陽，回憶我往昔的輝煌歲月。

是日天晴，我正喝得微醺，倏爾一陣邪氣隨風扶來，將酒池邊的柳條撩動得像搖擺著纖腰的少女。

我的手指跟著柳條晃動，卻有個聲音略帶薄怒地在我耳邊響起。「劫數將近，空靈一派上下忙亂成一片，師父倒是悠閒，連徒兒來了，也未曾察覺？如此放鬆戒備，若是天劫來臨，師父可打算如何是好？」

我轉頭看了他一眼，千古立在我身邊，黑色長袍遮擋了陽光。這言語神色語氣就像是很久之前，他在埋怨我酒喝多了一樣。

「如今空靈派為我歷劫一事管極嚴，你都還能悄無聲息地潛進來，看來修為實在長進不少。」我道：「怎麼你今日來，又想調戲為師？這次我沒中毒，可不會讓你占了便宜。」

他默了一瞬：「劫數……可能安然度過？」

我一聲嘆息。「這幾十年裡，被你幾個小兔崽子折騰去了半條命，誰知道這天雷會不會把我劈死。」

千古沉默。

我閉上了眼。「你而今身中邪氣深重，極易帶動空靈封印下的邪氣躁動，你若心裡對我尚有一點尊敬，以後，便不要到空靈來了。」我道：「我現在守在此處尚且無事，若是歷劫出了什麼差錯……你，還有你那兩個投奔了你的師弟師妹，都別讓他們再回空靈了。千萬別再回空靈之巔。」

這幾日，我對誰都沒有說出心中顧慮，但此刻喝了點酒，千古又正好來了，我覺得我若是再不說，便沒機會說了。

畢竟，這些也是……實情。這些年我的力量大不如前了，我若死於劫數當中，邪氣源頭的封印必定有所鬆動，空靈派上下或可保持封印的威力，但若有妖魔前來，邪氣必定增強，恐怕空靈一派壓制不住。

「別的我也不求什麼了，我知道你心裡素來有分寸。」

千古默了許久。「我不會讓妳出事。」

我輕笑。「千古，你小時候我就教過你，有的事不是你說了就算數的。」我指尖結印，在千古反應過來之前，我倏爾站起身子，貼於他胸膛之上，指尖光芒沒入他的胸口。他詫然，我輕笑，「是我說了才算。」

我推了他一把，千古捂住胸口，痛得臉色慘白，單膝跪地。

「這是靈咒。千古，你記住這個痛楚，日後但凡你靠近空靈之巔，身上只會有強於現在萬倍的痛楚。歷劫之前，我會在空靈之巔結出結界，你師弟師妹我不擔心他們能闖進來，畢竟他們沒這個本事，他們也不會有多想闖進來，只有你，千古。」

我蹲下，他抬頭看我，眼眸裡是難藏的痛楚。我摸了摸他的腦袋。「我的身體我很清楚，大劫當日我或許……你別再來找我，不論什麼樣的情況，都別再來找我。那三記見骨的噬魂鞭抽下，我便不再是你師父了。」

他想拽我的手，但卻只抓住了我的衣袖，黑眸中是難掩的痛楚。「我花了……這麼多功夫，便是為了有一天能站在與妳……齊肩的位置，我畢生所願，唯師父而已……」

我心尖瑟縮。

這麼多年過去，我聽聞過他在江湖上魔道裡的鐵血手段，我知道他內心是個殺伐決斷的人。但此刻，看著他的眼睛，他卻好似還是那個一直待在我身邊少年，此生最懼怕的事，便是我將他驅離。

但我要做的，偏偏就是他最害怕的事。

我揉了揉他的頭髮。「走吧。」

千古雖已入魔，但到底修為比不上我，我一揮衣袖，他便被送出了空靈之巔。此後再也進不來了。

我恍然間記起很多年前，陽光斑駁的大樹下，我幫小孩擦乾淨沾染了塵與土的臉，我向他承諾會護他一生。

但最後，他這一生，卻是被我傷得最厲害。

天劫降臨那日，我正在書房裡翻書來看，剛巧翻到一頁，上面稚嫩的筆記我識得，是小時候的千古抄的，歪歪扭扭的字讓我不經意笑了出來。我往後一翻，一頁空白，上面卻用簡陋的筆法畫著一個人，是我趴在書桌上睡覺的模樣。

我指尖摩挲過略微粗糙的紙面，一記天雷忽然從天而降劈在我身上，我沒事，但手中的書卷卻已燒了個乾淨。

我愣了愣，抬頭一望，天雷將我的大殿砸出了個窟窿。我從窟窿裡看見了外面的天，烏雲密布，第二記劫雷便要落下。

「早不劈晚不劈。」我心頭陡生一股莫名的怒氣，一揮衣袖，一記殺招向天而去，「你存心給我找不痛快。」

仙力打上烏雲，與天空中將要降下的劫雷撞在一起，讓天地間亮成一片，外面有山下趕來的弟子的驚呼。

我出了門去，在第三道劫雷降下來之前，讓弟子們進了我的屋子，護著邪氣源頭的封印。而我則去了靈虛洞，在那方結了結界，等待著劫雷一道道劈下。

靈虛洞的山頂被一記強過一記的天雷削平，終於天雷落到了我身上，我已經懶得花費力氣來保護皮肉外表了，打坐閉眼，全心全意將內丹護著。

道道天雷帶給我的痛楚勝過凌遲刮骨，我腦海裡卻在一遍一遍回憶我這十幾年收徒的事宜，我三個徒弟雖然都讓我心塞，但仔細一想，他們帶給我的快樂也不少。其中我想的最多的，還是千古，到底是第一個徒弟，到底是……

最喜歡我這個師父的徒弟。

我忽然間竟起了一個念頭，若我有幸，熬過了這次天雷，或許我該去找千古，解開他身上的咒，把他帶回空靈山巔，教化他讓他重回仙道，與我一同守著空靈之巔，我甚至，願意和他……

換個身分相處。

可不等我再有更多的想法，最後一記天雷落下，我的意識陷入了模糊。

只是在這模糊之際，似有個承受了比我更多痛苦的聲音在歇斯底里地喚。「師父！師父！師父……」

我覺得我大概是……沒度過天劫。

尾聲

世界白茫茫一片，我不知道自己要什麼時候才能醒得過來。

像是先前我為了救千止而被縛妖潭裡面的邪氣迷昏了一般，我能聽見外面的聲音，能感到外面的動靜，但是我睜不開眼，我動不了身體，且這些對於外界的感知，我有時清楚，有時模糊。

但不管任何時候，我好像都能聽見有個聲音在我耳邊輕聲呢喃：「師父，五十年了，妳還沒睡夠麼？」

「師父，一百年了，妳還要讓我等多久……」

「師父，三百年了，酒池被太陽晒得快枯了。」

「師父……池邊柳絮胡亂飛舞滿了前庭，我今日掃地的聲音，妳聽見了嗎……」

聽見了。

我睜開眼，看見雕花的床頭，屋外面吹進來徐徐暖風，我側過頭，從窗戶裡看見了千古在外面執帚掃地的身影。「沙沙」地一遍又一遍，像一個專心苦修的老僧。

好不寂寥。

這裡還是空靈之巔，他身上的咒印我也沒消除，夢裡那些聲音言猶在耳，千古啊千古，你到底隱忍了多少年的疼痛，在這裡陪伴著我。

我動了動指尖，坐起身來。

外面掃地的身影幾乎是在那一瞬間就停住了。

他轉過頭來，從窗戶裡望見了我。我也看見了他，因常年強壓疼痛而蒼白的臉色，好像很久沒吃過飽飯一樣瘦削的臉龐，他為我，吃了很多苦。

我艱難地拉出嘴脣想笑，但最後卻是失敗，唯有指尖光華一轉，許久未動用法術讓我身體有些不適，但這些不適和千古比起來，我根本就不好意思提。

銀色光華晃晃悠悠飄到千古跟前，沒入他的眉心。我衝他招了招手。「千古，來。」

數年之後，江湖上的人們津津樂道地傳著。

曾經，神州大地僅有的三個魔頭都是神州大地唯一的一個仙人教出來的。而且最後這個仙人，還與她的大徒弟，又生了一窩的小魔頭……

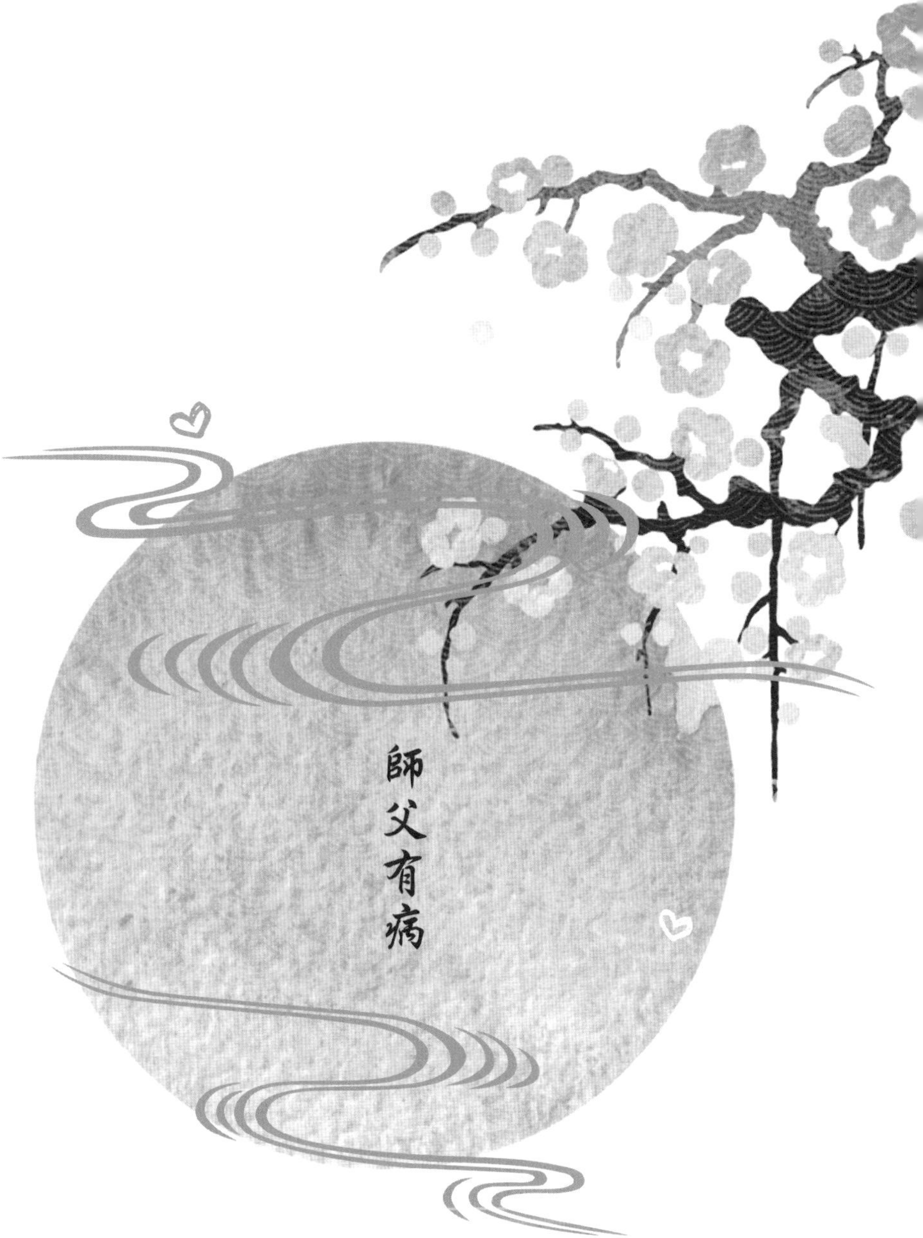
師父有病

楔子

「躺下。」

「我不要。」

「你躺不躺？」

「我！」我看了看大魔頭的臉色，想想傳說中他揮手就削平了一座山滅了一個門派的事蹟，我縮了脖子，「我躺……」

睡在泥地上，大魔頭毫不留情地在我臉上糊了兩把草泥灰。「記得，他會從東南方來，妳要裝作很餓，體力不支，但他給妳食物，妳不能吃。」

「為什麼？他會毒死我？」

大魔頭默了一瞬。「不會，但妳得有氣節。」

「餓了不吃東西算哪門子氣節？」

他沉了臉色。「照我說的做。」

於是我又縮了脖子。「好。」

我應了他的話，卻讓他皺了眉頭。「別表現得如此沒有出息！」

我在心裡咆哮，脅迫他人做事還嫌別人反抗得不夠給勁兒啊！真是有病！

但到底是人在屋簷下，我不得不嚥下一肚子火氣，扭頭看向東南方的道路，然後問了一個在我心中醞釀了很久的問題。「他……會不會嫌我躺在路中間擋道，然後一刀鍘了我啊？」

大魔頭那餘光掃了我一眼。「不會。」

「你就這麼肯定？」

「肯定。」

他當然是能肯定的，我問這一句不過是為了討個保險罷了。畢竟，即將走過來的那個人，就是三百年前的這個大魔頭自己啊。

看著大魔頭沉默而嚴肅的側臉，我想，事情發展成現在這個模樣，不僅是我始料未及，連大魔頭他自己也未曾想到吧……

第一章

我自幼生在蒼嵐山下，對於千里蒼嵐山，我是瞭解得清清楚楚的。我知道蒼嵐山有數萬條溪流小河，皆匯於深不見底的靈鏡湖。我也知道在蒼嵐派有一個傳說，說湖底封印著三百年前為禍天下的大魔頭，我還知道封印大魔頭的是湖底的一面靈鏡，取下鏡子，大魔頭就會衝破封印，重回三界，危害蒼生。

但我從沒想過，有一天，竟是我將他重新放了出來……

那日月黑風高，我正打算去蒼嵐派偷一件對我來說至關重要的物什，哪想卻被守山門的弟子發現。在慌亂逃竄下，我一個猛子扎入靈鏡湖中，一股腦地往下游，無意間踏到湖底，無意間跨入封印大魔頭的湖底冰洞，無意間看到了被嵌在玄冰之中的靈鏡。

我對天發誓，當時我什麼都沒做！

只是……好奇地拿食指去摳了摳靈鏡的邊緣，然後……誰他媽能想到那麼重要的封印物竟然連這麼點穩固性都沒有！「哐噹」一下就砸我手裡了！

當時嚇得我大腿一抖，簡直恨不能剁了自己的雙手，把它們和鏡子一塊給扔到天邊去。

但根本不給我時間讓我這樣做，下一瞬間，那塊傳說中靈氣十足的鏡子就在我手裡裂了條縫。與之相對的，是我面前的玄冰「咔」的也裂了條縫，一塊玄冰落下，我看見了深埋在其中的一隻擁有美麗弧度的眼睛。

睫羽輕顫，眼瞼慢慢張開，這人有著極為深邃的黑色眼眸，好似承載著萬天星光。

慢慢的，我在他眼睛裡看見了自己失神呆怔的面容。

可不等我繼續呆怔多久，我手中的靈鏡忽然「咔咔」兩聲裂出數條縫隙，鏡片從我手中凌亂散落，登時在湖水中化為齏粉。面前的玄冰亦是在瞬間分崩離析。

我被水波震盪的力量推得往後一摔，滾了好幾圈才止住去勢。

我抬頭一看，傳說中的大魔頭已經破冰而出。湖水拉動他的衣袍與長髮，飄出了奇異的弧度，他正盯著我，眉頭微蹙。想到有關於他殺人不眨眼的那些傳說，我嚇得心顫膽寒，都不及站起身來，爬著就往冰洞外面跑。然而便在這時，湖底猛地一陣劇烈顫抖，晃得我頭暈眼花，大地就像娘親的搖籃，把我甩來甩去，最後把我甩到了大魔頭腳邊。

我已經被晃得幾欲嘔吐，情急之下只得一爪子扒住大魔頭的大腿，將他牢牢抱住。

「撒手。」我聽見來自頭頂的大魔頭的冷聲威脅。

我很怕他揍死我，但我現在身後正有一股慢慢形成的漩渦，帶著越來越強的力量把我往裡面吸；我更怕吸被進去的瞬間，我就四分五裂被絞成碎肉。

左右都是死，我當然要選一個不那麼悽慘的。

「魔頭大人！是我把你放出來的！你好歹救我一命吧！」

「滾開！」他聽起來十分生氣。

在這種生命攸關的時候，我恍而想起了那些愚笨的蒼嵐派弟子經常說的一句話。「我不會先走的！咱們要死一起死！」我想這話真是太符合我的心境不過了，我死死抱住他的大腿喊：「要死一起死！我不會讓你先走的！」

他手中法術向我打來，我不管不顧地一張嘴，「嗷」的一口咬在他的側腰上，他一聲悶哼，好似丹田的氣都被我咬散了一樣，手中法術消散，身體倏爾往下一沉。背後漩渦的力量猛地增大，我與他在一片混亂中，一同被吸了進去。

昏迷之前，我只想到了一件事。

大魔頭的腰腹肉……好是勁道。

然後？

然後……等我醒來，神奇的事情就發生了。

我和大魔頭，來到了三百年前的蒼嵐山。

當時我在一片冰天雪地裡醒過來，看見大魔頭半個身子被埋在雪地裡。

雖然還沒摸清楚什麼狀況，我當即便有了一個想法，我得殺了他。這魔頭當年弒恩師殺同門勾結魔族殘害蒼生，劣跡斑斑到前無古人後無來者，名聲惡劣到現在父母們還用他的名字來嚇唬不聽話的小孩。

這樣的人是被我放出來的，我當然得補上這個天大的樓子。

我在匕首凝了法術，然後往他喉嚨間狠狠一劃，只聽「唰」的一聲，匕首與他皮肉摩擦出了一陣火花，然後我的玄鐵匕首刃口就捲了……

捲了……

我下巴都快要嚇得掉了下來，我這出雲匕首可是母親給我的仙器啊！看著大魔頭毫髮無傷的脖子，我都來不及心疼母親的遺物，哆哆嗦嗦地收了匕首，連滾帶爬往旁邊跑。

這傢伙竟是金剛不壞之身！

難怪三百年前窮三大仙門之力也只是將他封印而不殺，原來不是不想殺，而是殺不了！

完了完了，我這樓子捅大發了。

我心裡正驚惶不定，忽覺腳踝一緊，我心底一涼，回頭一看，果然是大魔頭醒了。他冷得跟冰似的手牢固地抓住我的腳踝，一雙漆黑的眼眸射出箭一般的殺氣扎進我心裡，細細一打量，他眼眸深處似還隱隱透著紅光。

我知道，這是魔氣。

我穩住他。「大人！只要不要命，要什麼都可以。」

他拽住我的腳踝，從雪地裡掙扎著爬了出來，模樣倒是狼狽得和我一模一樣的。「蒼嵐弟子？」他聲色如雪。

被封印在蒼嵐山靈湖下三百年，定是恨透了蒼嵐派弟子，我連忙搖頭撇清關係。「不不不，我不是！」見他打量著我的衣裳，我又趕緊解釋：「這是我偷的！

我我我……我是魔族人！」

情急之下，為了保命，我不得不對他說出我最大的祕密。只望他念在同族情義，放我一條生路。

他默了一瞬，我感覺有一股氣息從被他捏住的腳踝處往上，探入了我的身體之中，我知道是他在探查我的底細，便由著他的氣息在我身體裡竄來竄去，隔了半晌，他神色不明地問我。「半人半魔？」

我點頭。「爹是魔，娘是修仙的……」

他神色變幻，連我都輕而易舉地看到了他的情緒波動。

怎麼的……我這個身分，比蒼嵐派弟子更遭他嫌惡麼……那早說呀！我會毫不猶豫承認自己是蒼嵐弟子的！

而最終，他還是留了我一命。

我被大魔頭抓著一起往雪山下面走，當時我並不知曉為什麼蒼嵐山的景色變得讓我感覺到十分陌生，直到走過山下蒼嵐派立下的高大牌坊，我一聲嘀咕。「這牌坊什麼時候變得這麼又新又乾淨了。」

大魔頭看了我一眼，然後沉沉地問我。「妳方才說，我被封印了三百年？」

我點頭，見他瞇眼，我立即豎起了手指，指天發誓。「若有半句虛言假語，定叫我天打雷劈不得好死！」

大魔頭眼中神色變幻，終是一聲呢喃：「那現在，便是三百年前。」

第二章

三百年前，是一個我還沒出生的年代。我對這個年代簡直一無所知。

我與大魔頭在蒼嵐山外的小鎮住了幾天，整理了一下這件聽起來十分混亂又荒謬的事情，順帶打聽了一下有關於這個時間點，蒼嵐派正在發生的事情。

最終確定了幾點。

其一，我們大概是被靈鏡的力量帶到此處來的。因為大魔頭說，靈鏡還有另外一個名字叫做回溯之鏡，但從沒人知道為什麼要叫這個名字，所有人都認為它應當只是一面靈氣充裕的鏡子，只能做修行之用。直到我把它弄碎了，大魔頭終於明白了另外一個名字的意思。

「其實我覺得這事也不能怪我……」

在大魔頭的冷眼注視下，我只好閉上嘴，沉默下來。

其二，要回去，就只有找到這個時代的靈鏡。三百年後的靈鏡雖然被我毀了，但現在的靈鏡應該還是完好無損的。

其三，靈鏡在蒼嵐派，現在在蒼嵐派大弟子沐瑄的手上。

聽大魔頭說出第三條，我一愣。「你怎麼知道？還有……沐瑄這個名字，好像有點耳熟。」

大魔頭靜靜地看我，在無言的對視當中，我忽然明瞭。「啊……是，是你啊……」

準確來說，現在應該是據我們來的時候三百五十多年前，這個時候，大魔頭還不是大魔頭，他還是蒼嵐派最富盛名的大弟子沐瑄，他是最有希望繼承蒼嵐尊者之位的候選人，他滿身光華，極富盛名，前途一片美好……

我悄悄瞅了大魔頭一眼，見他現在一臉瘦削，面色蒼白，眼眸中帶著若隱若現的魔氣。我頓覺世事難料，不由得一聲嘆息。

他是為什麼，要做那些欺師滅祖，大逆不道的事呢……

隔天我們就啟程去找沐瑄去了。不用多作打聽，大魔頭很清楚沐瑄現在在哪兒。

但當我倆快到沐瑄所在之地時，大魔頭卻忽然一陣心悸。

我越走越近，大魔頭的臉色越來越不對，我很憂心，在這裡，他要是死了，我肯定也回不去了。畢竟要憑我這百來年的修為，想打敗彼時的蒼嵐大弟子，搶奪靈鏡那還是有極高的難度的。

在我開口詢問之前，大魔頭就將我拖走了。

「我不能和他見面。」

我知道他說的是沐瑄，但我很困惑。「為什麼？」

「我與他乃同一人，天地大道，不可違逆，若我與他相見，想必有一人會從這世上消失。」

我大驚。「那還怎麼把靈鏡取回來！」我還得趕回三百年後做我的事呢！

大魔頭又靜靜地看我。

「你總是這樣沉默不語地看著我做什麼！」我有點抓狂，「我又打不過你！」不管是三百年前還是三百年後，沒有變的，始終是我打不過他這個事實。

他皺了眉頭。「沒讓妳去打，讓妳用腦子。」他說：「去接近他。」

我幾乎要哭了。「我活了一百多年，就沒勾搭上過一個男人，你別這樣對我委以重任啊……」

他鄭重地看我。「我會幫妳。」

幫我去勾搭他自己麼，聽起來……好像是挺靠譜的。

我屈服了。

於是他就把我推倒在了沐瑄必定會經過的深山小道上。

我躺好了，望著東南方。

大魔頭說，三百年前的今日，他會從這條路上走過，然後偶遇他生命中的第一個徒弟。

那本來應該是個淳樸堅強又誠實好學的少年，適時少年正逢家道中落，被仇敵追殺，無奈中只好躲入深山，在將死未死之際被沐瑄救起。沐瑄為少年的氣節和堅強感動，將他帶回了蒼嵐山，開啟了蒼嵐派以沐瑄為首的這代弟子的收徒熱潮……

我回頭一望，那邊的草叢裡，大魔頭已經把那個本該躺在這裡的、將死未死的少年扛上了肩頭。

他回頭看了我一眼，冷冷叮囑。「記得我的交代。」然後幾個縱躍，飛上了天際，不知是把他那曾經的徒弟送到了哪個窮鄉僻壤裡面去了……

就這樣隨便改變了別人的人生軌跡，真的好嗎……

目送大魔頭離開，我嘆息著拍了拍臉上的泥灰，然後揉了揉肚子。為了演得真實，他是真的三天三夜沒給我飯吃了。他讓我躺在這裡，讓我代替那個少年成為沐瑄的徒弟，走進他的生活，接近他，欺騙他，然後把靈鏡搞到手，最後一走了之。

我真是忍不住在心裡感慨，不愧是大魔頭，對自己都能下得了這個狠手去算計。

前方隱隱聽到有腳步聲傳來，我立馬集中了精神，能不能偷到靈鏡，回不回得去，就看這一票幹得如何了！

「嗒」的一聲，腳步聲在我面前停下，人影在我面前站定。

我虛弱地喘了兩聲，睜開了眼睛，抬頭望他。日暮的光斜過草木，逆光之中，那雙眼睛一如我那日在玄冰中看到的一般，擁有著極完美的弧度，承載著最美麗的星光，但卻比他日後少了幾分滄桑，多了些許清澈。

他這三百多年看起來變了很多，但唯一沒變的，是他神色中的寡情清冷。

他靜靜地看了我一會兒，然後在隨身拎著的布口袋裡摸出了一隻燒雞。

燒！燒雞！

我咕咚地嚥了一口唾沫，是真的餓了。

大魔頭他沒給我說沐瑄拿出來的食物會是燒雞啊！這麼香！當時他徒弟到底是腦子多有毛病才會冷豔高貴的拒絕這隻燒雞啊！我轉念一想，會想把那種腦子有病的人收成徒弟，其實這個師父也不太正常吧……

我強力壓制住自己對食物的渴望，望著他說：「我不要……」

沐瑄又看了我一會兒。「好。」他收了燒雞，繞過我就走。

哎！等等！不是這樣的啊！

我眨巴了一下眼，腦子裡只有一個念頭——絕對不能讓他走了！錯過這個機會，要再找個接近他的事件可不容易。

當即我就地一滾，一伸手抓住了他的褲腳。他回頭看我，我腦子裡一片空白，只得頂著他的目光，默默淌著冷汗道：「還是……把燒雞給我吧。」

沉默不語地吃著燒雞，我瞥了一眼坐在我旁邊的沐瑄，他正在往火堆裡加枯柴，一張臉被火光染得鮮明又生動。我深深地反思，到底是哪一步走錯了，這和大魔頭給我說的劇情完全不一樣嘛！

他給了我燒雞，我吃了，他沒有把我丟下，也沒有把我帶回蒼嵐派中，而是就地點了把火，看起來是打算在此地過夜的樣子。

這下該怎麼辦？

我心裡正在焦慮著，忽聽沐瑄淡淡地開口問了一句。「妳為何獨自待在蒼嵐山中？」
總算有句話是在劇本裡面的了。我清了清嗓子，開口。「我家道中落，被賊人追殺至此，沒有食……」
「錚」的一聲，沐瑄拔劍出鞘，「唰」的一聲將劍尖插入地裡，那把傳說中的兮風劍照出了我蒼白的臉，他握著劍柄，微轉劍刃，反射出來的火光閃得我眼睛都快瞎了，「不說實話，我就砍了妳拿去餵妖怪。」
我簡直要嚇尿，這傢伙真的是沒入魔的沐瑄嗎！真的是修仙的嗎！和大魔頭沒什麼兩樣啊！
「說說說！我說！」我立刻抱了腦袋，「我是被人脅迫的！他讓我來殺你……」我哆哆嗦嗦地扔出袖子裡捲了刃口的匕首。
他看了地上的匕首一眼。「這是仙器。」
我娘給我的遺物，當然是上好的仙器，要不是大魔頭脖子太硬，這匕首現在也不會捲了刃口。我抖著嗓子道：「我不知道這是什麼，那人就給我這個，然後讓我裝可憐，再趁你不備的時候動手。」
沐瑄漂亮的眼睛瞇了起來，「那人是誰？為何會知道我的動向？」
「我不知道，我什麼都不知道，他威脅我，不那樣做就要欺辱我。」我不要命地擠眼淚，「他還要殺我，我沒辦法才會這樣做的。」我撲上前去抓住沐瑄的手，「你能救救我吧！你是蒼嵐派的大弟子，你那麼厲害一定能救我的！」
他垂下眼眸，瞥了一眼我抓住他手掌的手，眼眸中映著的火光流轉。

我急切道：「救命之恩我願以身為報！只要不要命！你以後要我做什麼都可以！」

他抬眼看我，半晌之後開了口。「既然如此，那便隨我回蒼嵐吧。」

我才不相信他只是單純想救我呢，看他這眼神兒就知道他另有打算，不是想用我探出背後之人是誰，就是想將我關在身邊看我到底要搞什麼名堂。

但不管他心裡怎麼想，好歹也是把我留在身邊了。這過程雖然和大魔頭講的不一樣，但到底是殊途同歸了。至於其他的細節……就不要計較了吧。

我立即對他磕了三個頭。「謝師父收留之恩！」

沐瑄挑著眉頭看我。「我幾時說過要做妳師父。」

我繞著手指，可憐巴巴地看他。「可我已經拜了……」

「……」

第三章

翌日清晨，沐瑄將我帶回了蒼嵐山。

他現在已經單獨住在一個山峰上，獨門獨院，空氣清新景色優美……我卻全然沒心思欣賞。自打跨進他院門的那一刻開始，我就轉著眼神去瞅靈鏡的蹤影，因為太過專心以至於我根本沒心思看路，一個不留神，徑直撞在了沐瑄的後背上。

我沒有叫痛，也沒有退開，就這樣貼著沐瑄的後背站著。

唔，如果我沒感覺錯的話，沐瑄後背這個硬硬的東西，應該就是我要找的靈鏡了。

我伸出了手指，想扒了他的衣服將鏡子直接搶走……沐瑄一轉身，肩膀撞了我一下，將我撞得連連退了幾步，我目光不捨地流連在他的後背上。

「妳這是還想在我後背捅上一刀？」沐瑄挑眉問我。

我嘟囔著解釋。「師父你背上有東西，我在幫你看呢……」

沐瑄瞥了我一眼，然後指了右邊的房間。「那處柴房，妳收拾收拾住進去吧。」

柴……柴房？

「不滿意？」

「不……不會，很好，多謝師父。」

他點頭，回了自己房間。

我咬咬牙，覺得自己這段日子過得實在憋屈，但人生總是要經歷一些無可奈何的，我寬慰了一下自己，然後走到柴房門口，推開門扉的那一瞬，屋裡撲騰起來的塵埃差點沒直接嗆死我。

我捂住嘴，連連退了好幾步，將屋內一看——這真是好一間滿目瘡痍的柴房啊！

默了默，我又忍了下來，我頂多也就在這裡住幾個月，還天天都得算計著偷沐瑄的鏡子，想來也挺對不住他，住差點也就差點吧。

我擼了袖子屏住氣，開始收拾起來。

一邊收拾房間我一邊在心裡琢磨，大魔頭說靈鏡在沐瑄身上，可我沒想到他當真是隨身攜帶啊。這麼大一個清心寡欲的男人，隨身揣面鏡子，是想時不時拿出來照照自己的美麗容顏？

這不是有病嗎！

但他既然已得了這個病，我也沒辦法。看來現在我想拿到這面鏡子，首先得讓沐瑄在我面前寬衣解帶……

可目前這個情形，他對我戒備太重，大概是不會在我面前輕而易舉脫衣服的。是以，我只有使點心計了。

我記得當時大魔頭與我說過，當年他喜歡音律，我自信地勾脣一笑。說到音律，別的不敢談，我吹笛子可是三百年後的蒼嵐一好手！用這一招勾引他，我有極大的自信。

當天夜裡，我打響了偷鏡先偷心的第一戰。

適時風清月朗，我立於山巔院中獨樹之下，橫笛一曲，笛聲悠揚，婉轉千里，我的狀態好得讓我自己都忍不住沉迷。

「妳在吵什麼？」

突兀的一聲問，打斷了我的笛音。我眨著眼睛看沐瑄。「我在吹笛子呀師父。」

沐瑄看了我一會兒。「妳想住在這裡，有四點規矩，勤做事，多讀書，少吃飯，別鬧騰。」

鬧……鬧騰？

我覺得我的人格受到了傷害。「師父，你不能這樣侮辱別人，我覺得我的笛子吹得還是挺好的。」

「好？」這一聲反問，在我聽來簡直窮盡了嘲諷的意味。我心中不滿，正要說話，但見沐瑄一步邁上前來，奪過我手中笛子，抓了我的衣袖在笛子上一擦，隨即橫笛吹出了第一個音調。

然後我就呆住了。

我終於知道，當時我在大魔頭面前拍胸脯保證，一定能用笛子讓沐瑄拜服之時，他的沉默所代表的含義了——他是在猶豫，要不要阻止我自取其辱。

但那時，我卻用「反正我也不會幹別的事」這個事實堵住了他的喉嚨。

笛聲太美，吹走了我所有的繁雜思緒。最後讓我眼中只剩下沐瑄的身影，在月華之下他猶如一朵盛放的曇花，美得令人心驚。

一曲罷，沐瑄放下笛子，看著呆呆的我，他把笛子重新塞我手裡。「明白了？所以，以後找沒人的地方吹。」

我握著笛子不明白極了，終是沒有忍住心頭的好奇，在他轉身回屋之際開口道：「師父，你的人生，是不是有什麼難言之隱啊？」

沐瑄愣了愣，然後轉頭看我，半晌後道：「我剛才說過什麼？」

我耷了腦袋。「少吃飯，別鬧騰。」頂著他的目光，我灰溜溜地往柴房裡走，「我回去睡了師父。明天見。」

然而躺在茅草床上，我望著房梁縫隙外的月亮實在是不明白極了。這個沐瑄道術好，天賦高，氣質出眾還吹得一手好笛子，光明大道就在他前面擺著，他是犯了什麼病，為什麼非要去入魔呢。

我覺著等回頭聯繫上了大魔頭，我冒死也得問問他當年的事。

我忍住焦躁，平心靜氣地和沐瑄相處了一個月的時間。這期間我每天將小院給他打理得乾乾淨淨，乖乖早起給他熬粥做飯。誠心誠意得幾乎讓自己感動。

但沐瑄卻好似無動於衷，他還是不肯在我面前脫衣服……好吧，雖然這個要求是有一點奇怪。可我能感覺出來，沐瑄對我的戒備並沒有減少，他還是在觀察我，以至於我一直沒有找到機會和大魔頭聯繫。

不過也並非全是壞事。這一月來他觀察我，我自然也在觀察他，並且有很大的收穫。

我摸清楚了沐瑄的生活規律。

他很愛乾淨，在山上這樣艱難的條件下，他還是堅持每天都要去後山的冷泉沐浴。

雖然我覺得在大冬天的去泡冰水澡這種行為簡直有病，但好歹他是給我提供了一個下手的機會。

我花了十天時間摸清楚了後山的路，打算在今晚，等沐瑄去沐浴之時，我繞小道過去翻他脫在一旁的衣服。我還隨身背個盆子和毛巾過去，到時候如果不慎被發現，我就說我也是來沐浴的就得了。

我覺得我計畫得很好，萬無一失。

可我到底是低估了沐瑄的能力。

我繞了小道過去，看見了他脫在一塊大石頭旁邊的衣服，我偷偷摸了過去，還沒碰見他的衣服，便被人擒住了後領。

我心下咯噔，轉頭一看，果然是沐瑄。

他穿著褲子，只披了一件外衣，結實的胸膛若隱若現，我嚥了口口水。

他目光凜冽。「鬼鬼祟祟地跟著我作甚？」

我把手裡的盆子和毛巾拿給他看。「我今日掃地掃得有些疲乏，也想來洗個澡來著……」

他看了我半晌。「正巧。」他說：「今日我不想沐浴了，便讓妳先吧。」說著，他提著我的衣領一甩，我整個人就飛了出去，「咚」的一聲，冰冷刺骨的泉水瞬間淹沒了我。

空氣瞬間變為氣泡集體逃竄到了水面。我下意識想蹬水浮上去喘氣，但水太冷，我只覺兩條腿一陣抽搐竟是抽筋了！我一急，一大口涼水嗆入胸腔，不過片刻我便開始迷迷糊糊地翻白眼。

不能用避水術啊……

我是半魔半人，尋常時間身體裡一點魔氣也無，如果當時我沒由著大魔頭伸手來深入探查我體內氣息，他也是不會知道我的身分的。變成大魔頭的沐瑄看不出，現在的沐瑄自然也看不出，他一直當我是人來著……如果我現在用了避水術，他要是發現我是半魔，依著他現在蒼嵐派大弟子的身分，定是會二話不說就砍了我。

我怎麼能不明不白地死在這裡！

嗆進嘴裡的冰泉水越來越多，便在這時，一隻溫熱的手掌拖住了我的後背，將我往上一抱。我貼在了一個溫暖的胸膛上。但沒貼多久，我就感覺自己像死魚一樣被扔在石頭上，然後胸口上被狠狠按壓了兩下，力道大得幾乎把我的胸都給摁平了。

我嗆咳出兩口水，然後開始拚命拉著嗓子呼吸。

面前是溼答答的沐瑄，他頭髮上的水滴滴答答往我臉上掉，我隱約聽見他在嫌棄地呢喃：「如此沒用……」

我捏了拳頭，忍住罵娘的情緒，轉過頭去看廣闊的星空，想像自己是天邊的月亮，這些凡塵俗事都無法挑動我的情緒。我幻想了很久，終於把自己安撫了下來。

喘了好一會兒，隨著我心情一起冷靜下來的還有我的體溫。我渾身衣物都已溼透，冬天的小風一吹，衣服貼在我身上真是比剛才的泉水還冰涼。

我嘴唇開始發抖。「師師師父我不洗了……我們先……先回回回去吧。」

沐瑄挑眉。「冷？」

有眼睛不會看嗎？難不成我這還能是自己激動得抖成這樣的！我再次忍下幾乎已經衝到喉頭的言語，只乖乖地點了點頭。

沐瑄沒動，沉默地打量了我好久。

真不愧和大魔頭是同一個人，這種討人厭的習慣還真是一模一樣的，我都慫成這樣了，有什麼事，您老直說不行嗎……

我舔了舔唇，剛想直接開口問他，他卻在這時忽然轉身走了。

我一愣，抱著胳膊坐起身來，卻見他自大石頭那邊拿來了他先前扔在地上的衣服。

我眼睛一亮，看見了衣服裡面包裹的靈鏡。

扔給我！扔給我！

我聽到了自己瞬間沸騰起來的內心裡最渾厚的吶喊。片刻後，他確實把衣服扔給我了，但卻只是……衣服。

他將靈鏡揣到了身後，然後站到了石頭另外一邊。「把衣服換了再回去。」

我拿著他的衣服，愣了好一會兒，明白過來，這傢伙現在是在內疚來著呢！他今天將我扔到水裡定是想試試我有沒有法術。結果沒想到當真差點把我給淹死。

我探出腦袋往石頭後面看了一眼，他正倚著大石，望著前方，目不斜視，一派正人君子的作風。

我鬆了一口氣，還好剛才在水下忍住了沒有露出破綻，要不然把我拖起來的恐怕就不是一隻溫熱的大手，而是殺氣凜凜的兮風劍了吧……

他心思還挺深。不過這下我用命這一憋，他應該或多或少相信我之前的話……一部分了吧？至少我不會法術這事應該是相信了。

我脫了溼衣服換上了沐瑄的衣裳，沐瑄看起來不胖，但他的衣服套在我身上就跟套在個小孩身上似的。

「換好了沒？」

他在石頭那邊等得有些不耐煩了。

「嗯，好了。」我走出去，「師父你體格甚是威猛，衣服真大。」我一手揪著衣領，一手拎著衣襬，看了看自己的腳下，我發現自己不管怎麼抓，一隻手都沒法將拖在地上的衣服完全提起來。我知道他愛乾淨，只得無奈地抬頭來望他，「師父，我這當真不是故意的，明天我保證把你這身衣服洗得乾乾淨淨。」

他望著我，沉默的目光比平時多了幾分怔然。

我眨著眼望他。「師父？」

他目光一動，扭過了頭。「走吧。」

月色下清風裡，我好似不經意地瞥見了他耳根子有幾許紅潤。

難道！難道這就是傳說中的……害羞！

我在這一個月裡花了一百倍的心思沒有換得他半個眼神，便是這渾身溼透披頭散髮衣服寬大地往他面前一站，就能引起他情緒波動了嗎！

男人……果然是……

我咬了咬牙，開始深刻地思考關於直接色誘沐瑄然後拿鏡子的可能性了。

第四章

泡冷水又吹涼風的後果是，幾十年不生一次病的我，終於生病了。

我臉色潮紅手腳發軟，但昨天我答應給沐瑄洗的衣服還沒洗，和他生活一月，我知道他是個斤斤計……是個重言守諾的人，於是我翻身下床，在院子裡打了水開始搓衣服。

今天沐瑄不知道跑哪兒去了，人不在，我將衣服洗了一會兒，忽聽門外傳來了道人聲：「前段時間聽人說師兄你收了個女徒弟，我還不信呢，原來竟然真的有啊！」

我轉頭一看，沐瑄與另一個男子並肩走進院裡，他們倆穿著同樣的衣服，但「師弟」臉上的笑明顯比沐瑄要好看許多。「如此說來，我如今也是師叔咯。」他一邊說著一邊向我走來，在離我三步遠的時候，皺了眉頭。

「師兄，你這徒弟……是不是不太對勁啊？」

沐瑄自他身後走來，看了我一眼，隨即皺了眉頭。「你生病了？」

我點點頭。「好像是這樣。」

師弟立即叫喚起來。「那怎麼還能洗衣服呀！」

我垂頭。「昨天答應師父了的，幫他洗衣服。」

「師兄！你怎麼能這樣虐待自個兒徒弟啊！我得告訴師父去！」

「沐玨，閉嘴。」聽了沐瑄這句話，沐玨立即咬了嘴巴，沒敢再吭聲。原來，他不僅對我，連對自己的同門師弟也是這樣的……寡言少語，「衣服放這兒，先回去躺著。」

我點頭，洗了手，在身上擦了擦，轉身回屋，路過沐瑄身邊的時候，我腳一軟，一頭栽倒在他身上。

是的沒錯，我是故意的。

我抓住他的衣服，哼哼了兩聲，既是身體不舒服也是演技的真實體現。

沐瑄下意識接住我，但顯然他一點都不習慣別人這樣的觸碰，身體實在僵硬得不行。倒是他師弟沐玨在旁邊急得轉了起來。「哎呀暈了暈了，這可怎麼辦，她這是什麼病啊？還能活不？」

沐瑄身子僵了一會兒，倒是轉頭回答他師弟的問題了。「傷寒而已，山下有藥。」

「我去取我去取。」沐玨御劍而起，急匆匆就走了，只在空中急急地留下一句，「別讓她死了啊，這才見面還沒來得及叫我一句師叔呢。」

師叔你好，師叔再見，師叔你真是識趣！

我身子往沐瑄身上又多靠了幾分。見他沒反應，我乾脆直接往地上滑，果不其然，他一手抓著我的手，一手抱住了我的腰，沒讓我直接摔地上。

不管這個動作是因為昨天的內疚還是他真的心軟，反正我目的是達到了，我很開心地想，抱吧抱吧，讓咱們再親密一點，隔不了多久你就會對我再無防備了。

沐瑄將我扶回屋裡，推開柴房的門，他看了眼漏風的牆還有透著日光的屋頂，形容更加沉默起來。

我指了指茅草鋪的床。「師父，我睡那兒。您把我扔上面就成。」

沐瑄沒動，隔了會兒，卻是一轉身扶著我往他屋裡走。他將我放到他的床上躺下，然後還給我倒了杯茶水來餵我喝。喝著這口溫熱的茶，我心裡在滴血……

原來你喜歡柔弱型的，那你早說呀，我分分鐘都能往地上倒的！

沐瑄在我腦袋上搭了一塊冰毛巾，伺候完瑣碎的事情之後，他並沒有立馬走開，許是擔心我病情變重，一直在我旁邊守著，但又或許是守著無聊，與我對視又太過尷尬，他乾脆拿了一本書捧在手裡看。

我目光落在他的側臉上靜靜看了一會兒，腦袋越發昏沉，終是開始忍不住地眨眼睛。

「師父。」

「嗯？」他轉頭看我。

逆光之中，神色是難得的溫和。

於是在這一瞬間，我竟忘了剛才想說的話，不由控制地脫口便道：「你的眼睛真漂亮。」

沐瑄一愣。我沒繼續研究他的神情，閉上眼睛就睡著了去。

等再醒來的時候，守在我身邊的已經變成了沐玨。我眨著眼睛，在屋子裡找了一圈。

「別看啦，妳師父被我師父拉去開會去了。」他笑嘻嘻道：「小丫頭看起來很依賴妳師父啊。」

我甜甜地笑。「師父救了我，我當然依賴他的。謝謝師叔幫師父照顧我。」

沐玨聽到「師叔」二字像是很得意，扭著腦袋笑了笑，又轉頭對我道：「妳身體還行，只一碗藥就把燒退了，看來回頭是能跟著咱們跑的。」

「跑？」我困惑，「跑去哪兒？」

「妳師父沒和妳說麼？北方靜山最近小妖小怪頻繁出沒，極為擾民，靜山山主來向咱們蒼嵐派求助來著。咱們這一輩兒弟子吧，鮮少出去歷練，所以師父就在和大師兄商量，讓大師兄領著我們藉此契機出去見識見識。」

我眼睛一亮，好機會呀！出了蒼嵐山，去了妖怪窩裡，到時候打起來一片混亂，誰還知道誰是誰。彼時我將臉一蒙，拿把刀割了沐瑄的褲腰帶，搶了鏡子就可以跑路了！

「看把妳激動得，眼睛都綠了。」沐玨笑得開心，「明天就要走的，本來還以為妳病了去不了的，但現在看來，妳的身體應該是沒多大問……」

「她不去。」

門口倏爾傳來一道冷淡的聲音。沐瑄走了進來，坐在書桌上寫東西。

可別啊！讓我去啊！這麼千載難逢的機會！

沐玨也有幾分愣神。「為什麼不讓她去啊？」

「她才入門不久，我連心法也未曾教她，她會變成累贅。」

「我不會的！」我委屈地開口。

沐瑄卻不理我，將紙條寫好之後去了屋外，想來是用法術傳信去了。我可憐巴巴地望著沐玨。「師叔……」我拽了拽他的袖子，「我從小就沒見識，我也想去長見識。」

沐玨看了看我，又看了看我拽著他衣袖的手，撓了撓腦袋，最後咬牙道：「好！明天我悄悄帶妳去。」

師叔，你果然是個好師叔。

第五章

第二天，蒼嵐派的弟子們早早收拾了東西出發。沐瑄更是在天還沒亮的時候就拿了包袱走了，天濛濛亮的時候，沐玨來敲門，我拎了包便開門竄出去。「師叔，我等你很久了！」

沐玨做賊心虛地左右看了看。「我這不是要等他們走了才能來找妳嗎？」

我一愣。「他們都走了，那我們怎麼跟去？」

沐玨賊兮兮一笑，長劍出鞘，浮在空中。「我遲到是慣例了，他們不會在意的，他們人多走得慢，我們御劍過去一會兒就追上了。師叔我的速度可是全蒼嵐派最快……」

我不等他說完就爬上了劍。「師叔，你快點呀。」

他愣了愣，才跳上來。「妳倒是膽大，沒學過御劍也敢往飄著的劍上爬。」

我表情微微一僵。「這不是……相信師叔你法力高強麼。」

好聽的話對沐玨管用，他得意一笑，叫了一聲讓我抓緊，瞬間御劍而起，直上雲霄。

沐玨話不假，他確實很快就趕上了大部隊的步伐。

沐玨一直御劍吊在隊尾，不讓沐瑄發現我，雖讓我覺得這是個遲早的事，但晚點發現總比早早發現要來得好。畢竟到時候走遠了，誰也沒工夫送我回去不是……

御劍趕路無聊，路上偶爾會有幾個蒼嵐派的弟子特意慢下來與沐玨聊幾句，他們在聽見我是沐瑄的弟子之後都對我報以了羨慕外加略微奇怪的眼神，還有幾個更是當著我的面就說：「師父們還沒說咱們這輩弟子可以收徒弟呢，他沐瑄就毫不請示地做了……」

「你懂什麼，沐瑄師兄是註定要繼承尊者位置的，與我們當然不一樣。」

「還找了個女的……」

他們三言兩語，言辭之間頗為不屑。沐玨全當沒聽見，只是御劍的速度又慢了些許，終是遠離了他們。

「南師叔門下的這幾個師弟陰陽怪氣慣了，妳別理會他們。」

我本來就沒理會。

不過見到今天這幕倒是讓我略有點感觸，來了這一個月，我只在沐瑄的山頭上待著，到目前為止就見著他和這個沐玨師叔一起走路。看來沐瑄現在是和同門師兄弟處得不太好的。

不過想來也是，且不說沐瑄那個脾氣本就氣死人，便說他的身分地位吧，也是極為尷尬。明明和大家是同級師兄弟，但偏偏他的待遇就要高一個規格，連住宿也是和師父們一樣單獨霸占一個山頭。早早確立下來的尊者繼承人位置更是讓他在明面裡受到豔羨的同時，背地裡不知挨了多少嫉妒的詛咒。

現在他師父讓他帶領這一大隊人出來除妖，有些人當面不說，背著沐瑄肯定把他的脊梁骨都給瞪彎了。

他這個光鮮的大師兄，看起來當得也是不容易。

所以，他是因為不滿這些事情，才入的魔嗎？我下意識覺得不是，雖然只接觸了沐瑄一個月，但我想他並不是因為這種事情就會受影響的人。

那到底，是因為什麼呢……

大部隊的趕路確實慢，雖然是御劍，可走了一天也還是沒有到靜山，臨到天黑，沐瑄在前面發指令讓大家到下方湖邊休整歇息，待到明天再來趕路。

我扯著沐玨的衣服，讓他盡量擋住我，不讓沐瑄看見。但最終還是有一個人影自遠處御劍而來，攔在了沐玨身前。

沐玨撓著腦袋笑。「師兄……」

沐瑄沉默地盯了我與沐玨一會兒，我最是受不了他這樣悶不作聲，乾脆老實招了。「是我讓師叔帶我出來長見識的！你罵我吧。」

沐瑄又默了好一陣。「傷寒好了？」

這句話完全在我意料之外，我驚訝地抬頭看他，而後忙道：「好了好了好了，昨天就好了。」

沐瑄瞥了一眼我拽著沐玨衣服的雙手。

因為劍窄，於是我只好貼著沐玨站著，本來還覺得沒事的，但被沐瑄的目光一掃，我登時感覺渾身都不對勁兒起來。

「過來。」

我想我大概是耳朵出了什麼問題，竟然聽到沐瑄對我說了「過來」兩個字。我不敢把手伸出去。「師父你要把我送回蒼嵐山麼？」

沐玨聞言，立馬將我護住。「師兄，你看這路都走了一半兒了……」

「誰說我要送她回去。」沐瑄皺了眉頭，不耐煩地對我伸出手。「過來。」

我眨著眼，心道他不送我回去，要怎麼都好。當即抓了沐瑄的手就跳到了他的劍上。

沐瑄不再看沐玨一眼，轉身御劍落地。風聲在耳邊劃過，沐瑄指責我。「他是妳師叔，與妳容貌年歲相差無幾，妳可知避嫌二字？」

我撇了嘛嘴，心道，師父您與我看起來年歲也相差無幾呢！

落到地面的時候，我晃眼發現面前一棵小樹上若有似無地刻著一個印記，這個印記的模樣我天天都在夢裡夢見，是靈鏡的形狀。

我心底一琢磨，猜是大魔頭來了，當即沉住心神，不動聲色地應付著沐瑄。

待到晚間，大家都睡得沉了，我才爬起來。

我一動，倚樹坐著的沐瑄就睜開了眼。「去哪兒？」聲音清醒得就像剛才根本沒睡覺一樣。

我嚇了一跳，但這麼多天的「內奸」生活倒是將我的演技磨練了出來。我揉了揉眼睛，指了指後面僻靜的樹林。「肚子有點不舒服，師父你幫我看著別讓人過來啊。」說完我就往隱祕的樹林裡走去。

一直走了老遠，直到火堆的光都有點迷糊，我還是感覺沐瑄的目光落在我的身上。他會千里眼，不會那麼容易就讓我跑掉的。

我暗暗咬牙，乾脆心一橫，找了個草堆將褲腰帶一解……那道始終尾隨我的目光瞬間消失。

我蹲下身子，鬆了一口氣，可還沒來得及把褲子穿上，一個人影驀地站到我的面前。

是大魔頭。

他看著我，形容沉默。

此情此景，連向來討厭沉默的我也有幾分沉默。

好在他自覺，識趣地扭過了頭。給我時間讓我將褲子提上來。

我一邊手忙腳亂地繫褲腰帶，一邊回頭打量，見那方沐瑄還注意到這邊，我又連忙轉過頭來對大魔頭比劃嘴型。「走啊，這裡太近了。」

大魔頭側過眼來看我，顯得並不十分在意。「我布了結界。」

我一愣，轉頭一看，並沒有感覺到結界的氣息，大魔頭瞥了我一眼道：「妳看不出來，他也是。」

這個「他」說的自然是沐瑄。對於大魔頭的話我還是十分相信的，我當即鬆了口氣。「妳早說啊，弄得我像在偷人似地……」

大魔頭看了我一眼，沒有說話。

第六章

「你這段時間都去哪兒了啊，不是說幫我麼？明明就我一個人在努力！」

「……我徒弟，既然妳頂替了他的位置成為了蒼嵐弟子，那他自然該尋找另外的地方生活，我這一月，將他的事打理完畢，幫他絕了後患。」

原來是去幫他徒弟解決仇敵去了……

「你對你徒弟倒是挺好。」我想了想，心頭不滿陡升，「不過說來，同樣是徒弟，為什麼你就那樣對我？」大魔頭默了一瞬，還沒開口，我又打斷了他，「不對，你在這裡，沐瑄在那裡，你不是不能靠以前的自己太近麼！咱們還是站遠一點的好。」

「無妨。只要不正面遇見，這些身體的不適應我已能克服。」他頓了頓，「我本以為今天會更麻煩一些……妳能看懂暗號倒是在我預料之外，讓我省了不少事。」

他用一種讚揚的語氣說出了如此貶低我頭腦的話，我暗暗翻了個白眼，以示我懶得和他計較。「說正事，大魔頭，這一個月來，我……」

「嗯，我都知道。」

我一愣。「你都知道？」

「你與以前的我相處的所有事情，都會在我腦海裡浮現。」

我驚訝地張開了嘴巴，不過想來也是，大魔頭和沐瑄本來就是同一個人，沐瑄經歷的事情都會變作他的記憶存在腦海裡面，而大魔頭做為「後來人」繼承這些記憶似乎是無可厚非的事情。但是……

「我一開始被你識破死皮賴臉才變成你徒弟的事情你知道？」

他點頭。

「我吹笛子勾引你然後被你羞辱的事情你也知道？」

「嗯。」

「跟你去洗澡然後被發現扔進水裡的事情也知道？」

「都知道。」

我忽然有一種想滅他口的衝動……

儘管理智上我知道大魔頭和沐瑄是同一個人，但是！現實中他們就是兩個人啊！這些我為了回去而使盡手段做出的丟臉事，「當事人」知道就算了，現在被「另一個人」知道了到底算什麼啊！

我本來還打算把自己塑造成一個聰明伶俐但卻因為天時地利而無法成功完成任務的小機靈呢！現在……

我扶額嘆息。

「好……」我穩下心神，接著談正事，「你既然知道這些事，我就不和你多說了，你就說說沐瑄現在對我是怎麼個看法吧，有稍微對我卸下防備麼？更甚者，有沒有稍微喜歡我一點？」我眨著眼睛，帶著期待望著大魔頭，就像是應考的考生滿懷期待地等著放榜一樣。

大魔頭也望著我，或許是我的錯覺，我好似見到了他眼底有不可察覺的波動，像是在害羞，又像是在輕笑。

「還得努力。」他給了我如此四個字。

儘管知道會是與這四個字差不多的答案，但聽到大魔頭親口說出來，我還是難免失落，失落之後，又有點惱怒。「你說你到底喜歡什麼樣的女生啊，我都拿吃奶的力氣來勾搭你了，怎麼還不成功……」

大魔頭嘴角微微一動，勾起了一個弧度，但很快又沉了下去。「接下來有一件事，或可讓他更加信任妳。」

我眼睛一亮。「來！說！」

「此行靜山，有魔族的埋伏。」

我一驚。魔族埋伏……蒼嵐派此次派弟子出來除妖是為了歷練，這一行人裡山門沒出過的人都有好些個，對付一些小妖小怪的還行，要是碰上奸險狡詐的魔族還不全都瞬間躺地上挺屍麼……

我捏著下巴沉思。「要我一同與沐瑄浴血廝殺麼，但我不能讓他發現我有法力啊……」

「不。」大魔頭眸中凝著月光，聲色堅定，「我要妳攔著他。」

我一呆。「為什麼？」

大魔頭不說話。我皺眉。「咱們都這樣了，你還對我藏著掖著有意思麼？」他只定定地盯著我，我一聲嘆息，「好吧，我不問為什麼。」我道：「你讓我這樣做我就相信你。」

大魔頭聽得我這話，似有幾分怔忡，嘴唇動了動似乎要說些什麼，卻在這時倏爾皺了眉頭。

我回頭一看，但見那邊的沐瑄已經起了身，往我這邊走來，我連忙蹲在草叢裡，對大魔頭揮了揮手。「沐瑄起疑了，你快些離開。」

大魔頭不再停留，黑色袍子一轉，像來時一樣，悄無聲息地消失在黑夜當中，恍然間，我好似聽聞林間有他留下的一句若有似無的「謝謝」。

我有幾分愣神，可不給我繼續發呆的時間，沐瑄的腳步聲我已能聽見了，我裝作大驚地回頭。「誰？」我提住褲腰帶，將草叢弄出窸窸窣窣的聲音。

那邊的腳步聲立即止住，我又問：「師父嗎？」

好似覺得在這種情況下對話有點尷尬，沐瑄嗯了一聲，然後含混說道：「我方才見此處沒有聲息……既然無事……」

我再將草叢窸窸窣窣一陣弄，然後站起身來，小步蹦躂到沐瑄身邊。「師父不用擔心，我不過是腸胃有點不舒服。」

沐瑄聞言，月光下的眉頭微微皺起。「病當真沒好？」

我看著他現在清俊的面容有幾分失神，對比方才大魔頭的模樣，我心中忽而莫名起了些許說不清道不明的情緒，到底是什麼能將好好的一個人折磨成那樣呢，讓他眉間皺紋深了幾許，使他目光蒼涼了好多……

明日到靜山，被魔族埋伏，他是此行的負責人，若是蒼嵐派弟子有任何一人損傷，他都難辭其咎吧。這一瞬間，我忽然想告訴沐瑄明天會有的危險。

但說出口又能如何呢，我要如何解釋我為何知道這件事情，又要如何讓他相信呢……

在我愣神之際，溫熱的掌心忽然觸碰到我的額頭。

沐瑄在探查我的體溫。像是昨日一樣，但因為我自己生了歹心，所以看著他漂亮的眼睛，我不由自主就紅了臉頰。沐瑄放下手，皺了眉頭。「明日我讓沐玨送妳回去。」

我連忙搖手。「不回去不回去。」我眼珠子一轉，「我和沐玨師叔男女有別，不方便。」

他沉默地看了我一會兒，終於開口。「如此，明天便好好跟在為師身邊。」

他頭一次在我面前自稱為師，這應該算是……認可我了吧？

我心裡高興，揚起了大大的笑容，沐瑄便又沉默地看著我，一言不發，只是眼神變得比一開始要柔軟些許。

第七章

翌日，蒼嵐派弟子繼續御劍趕路。離靜山越近，我心裡的不安就越重，拽著沐瑄衣服的手就捏得越緊，直到沐瑄回頭看了我一眼。「害怕妖怪？」

「啊？」我抬頭看他，而後連忙放鬆了手掌，然後看見沐瑄的衣服被我捏皺了兩坨，幾乎是下意識裡，我狗腿地給他理了理。

「不用怕，不過是些許小妖而已。」

就是因為不只是一些小妖而已啊……

便在沐瑄話音剛落之際，身後忽然有一個蒼嵐弟子大喝出聲：「那隻野豬妖要傷人！」沐瑄回頭一看，喝止的聲音還沒出口，那初見妖魔的弟子便急切地衝了下去，「妖孽納命來！」有其他幾人跟著他一同落到了地上。

沐瑄眉頭一蹙，正適時沐玨御劍至沐瑄身邊。「師兄，我下去護著他們？」

「我去。」沐瑄話音一落，我便被捽在了沐玨的劍上，「好好待著。」

我伸手要攔，可哪來得及，沐瑄已經落了下去。其他人本在空中觀戰，那個「南師叔門下的幾個弟子」忽而喊道：「大師兄你下去除妖都不叫我們，是想自己搶功勞還是只想自己歷練啊？」

正適時，林間又亂七八糟地竄了幾隻妖怪出來，那幾個弟子一聲招呼也不與沐瑄打，御劍便衝了下去加入戰場。其他弟子見狀，也都御劍而下。

我在心中暗罵他們蠢蛋，急切地張望這林間沐瑄的身影，直至此時，我才想起一個很重要的問題，大魔頭說讓我今天攔著沐瑄，可是他沒有和我說清楚到底是什麼情況什麼時候要攔著沐瑄啊！

現在嗎，還是待會兒等魔界之人登場再說，又或者……

不等我想完，林間忽然瀰漫出了詭異的氣息，這氣息我知道，是魔族之人特有的氣息。

我連忙拽了沐玨。「下去下去！」

沐玨皺眉。「下面氣息好奇怪啊，妳什麼法力都沒有，下去就是添堵，妳別給妳師父找亂子。」

忽然間，樹林裡傳來簌簌的箭聲，不過一瞬，林間已有兩三名蒼嵐弟子倒下。沐玨見狀大驚。「這箭哪兒來的！」他有些驚慌地四處張望，「這裡有埋伏！」

我趁機對他道：「就是就是，下去一點，喊給他們聽！」沐玨也是個愣頭青，遇到沐瑄口中的小妖小怪方能對付，但見到這樣的殺氣與埋伏就沒了主見，我的主意便成了他的主意，他想也不想，御劍就沉下去了。「有埋伏！有埋伏大家快走！」他大聲吼著，我目光緊緊鎖在正與一隻妖怪戰鬥著的沐瑄身上。

聽了沐玨的聲音，沐瑄一劍扎進妖怪身體裡，抬頭對他吼。「上去！」

電光石火之間，一支瘴氣凝成的黑色長箭自林間射出，直直向著沐玨而來，我一咬牙，不管不顧一把將沐玨從劍上推了下去。沐玨躲過長箭卻掉到樹林之中。我「不會」御劍，自然也是重重地摔在地上。

一爬起身，我連灰都來不及拍，起身就往沐瑄那處衝去，心裡想著，不管他現在要做什麼，我都給攔著就對了。便是在此時，一群黑衣人像是從土裡冒出來的一樣，與蒼嵐派弟子戰成一堆，蒼嵐弟子一時勢弱。

沐瑄見狀，掌中結印，仙家清氣灌入大地，黑衣人與一眾妖怪瞬間變得痛苦至極。

然而有一名黑衣人卻好似沒有受到沐瑄力量的影響，持劍而來，直直向沐瑄心房扎去，沐瑄抽身來擋，卻還是被刺破了手臂。那黑衣人手中劍勢一頓，力道向下，眼看著便要生生削斷沐瑄的手臂！

我看得心頭倏緊，突然間，那黑衣人猛地停住了手，臉上似乎露出了不敢置信的神色。他嘴唇忽而動了動。

隔得太遠，我聽不見他們的聲音，卻見沐瑄也似呆住了一般停了手，他怔愣地看著黑衣人，好似又與他交談了幾句什麼。我此時離得沐瑄近了，隱隱聽到黑衣人說：「……你若不信，且與我來。」

黑衣人轉身要走，沐瑄動了腳步。

他想去追？這種情況下，沐瑄竟想拋下蒼嵐派弟子跟著這個黑衣人走！

不用再猜，大魔頭說的「攔住他」除了現在還有什麼時候！

我一咬牙，不管不顧向沐瑄衝去，餘光之中，我晃眼看見一個魔族中人拉弓引箭，箭指沐瑄。我心裡大讚這個魔族小胖子幹得漂亮，給了我一個靠近沐瑄的理由。

隨著他箭射出去的時間，我大喊一聲：「師父！」一下撲到沐瑄身上，將他緊緊抱住，後背一疼，瘴氣箭深深地扎進我的背脊之中。

我咬牙忍耐劇痛，心道小胖子下手賊狠，但現在也只有狠點才能出效果了。這樣，沐瑄應該不會拋下重傷的我跟著這黑衣人走掉……吧？

這是會入魔的大魔頭沐瑄啊，如果他真的無動於衷地把我扔一邊就走掉了呢……

那我豈不是傻乎乎地白挨了這一箭？

這個念頭一起，本來打算虛弱滑到地上的我立即拚盡全力將沐瑄死死抓住。「師父……」我將沐瑄抱得太緊，緊得雙手都在發酸地顫抖，也正因為抱得如此緊，讓我最直接感覺到了他的呆怔與不敢置信。

好像隔了很久，他才伸手探向我的後背，除了一手黏糊糊的血，他大概是摸不到別的什麼東西的，我仰頭看他，只見他震驚地瞪大了眼。我咬牙忍住痛，「師父……你沒事吧？」說著這話，我目光裡的沐瑄卻開始變得模糊，手臂也開始漸漸無力下來。

此時不是我想裝虛弱往地上滑，而是腿真的軟了。沐瑄將我抱住。「妳來作甚？」他聲音一如往常，但暗暗藏著不易察覺的緊張，「快鬆手。」

「師父沒事就好。」我提醒他，「蒼嵐派的弟子……現在都靠你了……」

沐瑄一愣。

我想以沐瑄的責任感，為了這些蒼嵐派弟子的性命，他大概不會一時腦熱就跟那個黑衣人走了。我抓住沐瑄胸前衣襟，緊緊抓出了兩個皺巴巴的痕跡，只望待此間事了後，他看見痕跡的時候能想起他還有個倒貼來的徒弟為了「救」他，重傷暈倒。「師父……你一定要好好的……」

好好地把我帶回去啊。

話沒說完，眩暈感襲來，我無奈地暈了過去。

第八章

再醒過來時，窗外鳥鳴悅耳，我又回到了蒼嵐山沐瑄獨居的小院裡。身邊一個人都沒有，沐瑄呢？沒與黑衣人跑吧？我心頭一緊，連忙坐起身來，後背卻是一陣撕裂的疼痛。

我嘶嘶抽了兩口冷氣，掙扎著走出院子，院中仍舊沒人，不知道沐瑄是扔了傷重的我跑到哪兒去了。

我正疑惑著，沐玨推門進院，看見我，他微微一愣，然後忙道：「妳怎麼起來了，妳傷得不輕呢，快回去躺著，師兄可是囑咐我要好好看著妳來著。」

「師父？」

「對呀，到底是寶貝自家徒弟一些，我可從沒看見師兄這麼著緊過哪個人呢。」沐玨對我招了招手，「妳先和我進屋。」

我乖乖地和他進去，問他。「師父呢？」

「師兄被叫去問話了。」沐玨一邊幫我調製藥膏一邊道：「我覺得師父們也是不對。這次靜山之行，誰能想到有魔族的埋伏啊，如果當時不是師兄在，咱們這些師兄弟，能活下來的，恐怕五根手指都能數得出來，師父們還要責罰師兄辦事不力，真是為師兄抱不平。」

我默了默，忽然想到大魔頭當時告訴我要攔下沐瑄的神色。

我猜，當年他應該是跟著那個黑衣人走了。

在那樣的情況下沐瑄離開，蒼嵐派的弟子定是損失慘重……他心裡大概是對這件事情極為後悔的吧，所以才會那樣叮囑我，讓我把他攔下來。但到底是為什麼，他要在那種情況下和黑衣人走呢……

總不能是因為……有病吧？

「師叔可知，我師父大概要什麼時候回來？」

沐玨撇嘴道：「老頭子們訓話一般得要一天，完了通常的責罰是關禁閉，我想師兄應該會被關個兩三月的禁閉，三月之後，妳就能再見到妳師父了。」

沐瑄也會被關禁閉……

我默了默，忽然轉了轉眼珠子。「關禁閉的時候，我可不可以給師父送點吃的去啊？」

「照理說是不行的。」沐玨調好了藥膏，對著我咧嘴一笑。「不過這次門派上下都崇拜著師兄呢，老頭子們罰他是一回事，咱們私下放水又是一回事。」沐玨對我挑了一下眉，「師叔且去給妳去打點一下。」

我感激涕零地望著沐玨。「師叔真是大好人！」

沐玨又笑得像尾巴都要甩斷了一樣開心。

沐玨給我叫了一個蒼嵐女弟子來換藥，女弟子的嘴比沐玨又更散了一些，光是換藥的時間，她便幫我把蒼嵐派上下關於沐瑄的傳言全都扒了一遍，什麼沐瑄臨危不亂的英雄氣概震撼人心啦，什麼南師叔那一門高傲的徒弟全部被魔族人嚇得屁滾尿流，最後被沐瑄救回啦，什麼沐瑄超級心疼自己的徒弟，將傷了自己徒弟的那個妖魔砍成渣渣啦之類的……

聽到這些傳聞裡還有我的名字，我表示十分驚訝。在我看來，沐瑄能把我扛回來就已經算仁至義盡了，他竟還會為我受傷的事情生氣……那我便大膽地猜測，他心裡應該是有點在意我了吧……

拿鏡子有希望了。

我很讚賞自己，覺得自己飛身一撲，捨身救師父的舉動真是幹得簡單漂亮。

翌日，我早上起來後，沐珏便屁顛屁顛地跑來告訴我，沐瑄果然是被關禁閉了。他讓我先等個五、六天，待得師父們不太在意沐瑄這件事了，再幫我去疏通疏通關係。

我也沒急在這一時，倒是這幾天來給我換藥的女弟子無意間提到的一個消息讓我有幾分在意。

她說這次偷襲蒼嵐派弟子的魔族是靜山百里開外的氙山魔族，而這個族在兩三天前被一個神祕人給血洗了，不是蒼嵐派動的手，也不是其他修仙門派幹的，有人說血洗氙山魔族的人用的是魔族的法術，這應該是他們魔族之間的內鬥。女弟子看起來很是解氣，道這是天道好輪迴，誰也不放過誰。

但是聽到這個消息我卻一點開心不起來，算算時間，我猜這事多半是大魔頭幹的……一個人單挑整個魔族族群，即便是法力達到大魔頭這個程度的人，做起這種事來也應該是相當吃力的吧，不管是成功或者失敗，他應該都會付出不少代價。

我忍不住心裡的擔憂，於是趁著夜深人靜的時候，跑到後山放了幾隻施術的鳥，讓它們去尋找大魔頭的蹤跡。

等了兩天，沒等來鳥兒帶回來的消息，倒是沐玨跑來告訴我，可以悄悄地去給沐瑄送飯了。

我只好收拾了情緒，拎了菜籃子跑到大雪冰封的蒼穹頂上去看望沐瑄。

我去的時候守門的弟子一個不在，看來沐玨還是打點得不錯的。

入了蒼穹頂的冰洞，寒氣滲骨，我不敢用法力抵擋寒氣，只有抱著胳膊哆哆嗦嗦地往洞裡走，一直走了半炷香的時間方才看見洞內的一個寒冰室。

室內寒氣更甚，沐瑄獨自倚著冰牆坐著，他閉著眼睛，一如我第一次在寒冰中看見他的模樣。然而與第一次不同，此時我卻覺得他周身氣息莫名蕭索，明明他現在還沒有被封印三百年，但我卻奇怪地覺得，他身上好像累積了百年的孤獨，與他前些日子相比，整個人都消瘦了許多。

「師父。」我喚他，他才睜開眼睛。

一雙深邃的眼睛直直地望進我的眼睛裡，他將我看了好一會兒，才聲色喑啞地問我。「妳怎麼又來了？」

這個又字用得真是讓我不解，聽不懂的我就毫不猶豫地忽略掉。我提著籃子走到他身邊，將籃子放下。「我給你送吃的。」

他瞥了籃子一眼，又重新閉上眼睛。「拿走，我不需要。」

我奇怪。當時我明明是攔下了他，他明明也救下來蒼嵐派的弟子，現在全蒼嵐派的弟子們沒有誰不崇拜他的，照理說他現在雖被懲罰，但心裡也應該高興才對啊，這一副如同鬥敗了的公雞的頹然模樣，到底是怎麼回事……

「師父，你不要吃的，那我就陪你說說話吧……」

「不需要。」

「那你陪我說說話吧。」

「……」

我不客氣地在他身邊坐下，因為冷，便挨著他的胳膊擠了擠，沐瑄終於瞥了我一眼，適時我背上的藥因為坐下的動作有點掉落，於是我拿手去拍了拍後背。

沐瑄見了，扭過頭去，默了好一會兒才問：「傷怎麼樣？」

這句話我聽出來了，他是想關心我，又不好意思來著。於是我很高興地應他。「沐玨師叔說我沒傷到要害，隔不了多久就能好的。他找了他師妹給我換藥，他師妹每天都跟我說師父你這次在靜山的表現有多英勇，真真成了大家的英雄呢，連一直不服氣的南師叔都不吭聲了。」

沐瑄聞言，眉目卻更是暗沉。「英雄……」他忽然冷冷一笑。

我不明所以，於是又忽略了他的神情，兀自說著蒼嵐派的情況，他的師兄弟們每天的嬉笑鬧事，沐瑄從不應我，直到我說得腦子都有點迷糊了，腦袋開始一點一點地往他肩上啄，他才拍了我的腦袋，把我弄醒。

「蒼穹頂極致寒涼，妳傷沒好，易招寒氣入體。之後……」

「之後我穿厚點來。」我把籃子裡面已經凍成冰的饅頭遞給沐瑄，「師父留著吧，萬一餓了還可以填肚子。」

他一愣，沒有再推拒。

我打著哈欠，拎著籃子走了。離開冰洞之前我回頭一望，沐瑄把饅頭放進嘴裡，然後被硬得似磚的饅頭磕了牙。我忍不住偷笑，他卻一抬頭盯住了我。

目光流轉間，我忽然莫名地有些心跳加速。

轉過頭，我逃似地離開冰洞。

我知道我大概是對沐瑄生出了點不該有的心思，畢竟……誰叫他長得那麼漂亮呢。

但我是不能對他有這個心思的，因為我註定會回到三百年後，要動心思，也該對大魔頭動心思……

晚間時分，我放出去尋找大魔頭的鳥回來了。

有一隻鳥的羽毛上染了血，我將沐玨給我的藥拾掇拾掇帶在身上，從後山尋小路下了山。左右一探，沒發現蒼嵐派弟子的身影，我駕雲而起，跟著鳥飛了兩座山的距離，終於在一條碎石河邊發現了大魔頭。

他趴在河邊，渾身都是溼答答的。我走近一看，才發現溼了他衣裳的不是河水，而全是他的血。

我將他拖到河邊平坦的地方，將他的上衣扒了，但見他胸膛是一片鮮血淋漓慘不忍睹。我嚇得手抖，撕了他裡邊的衣服，在河裡洗了回來幫他擦乾淨身上傷口，然後哆哆嗦嗦地摸出藥敷在他的傷口上。

想當初我割他脖子的時候，匕首刃口都捲了，可見他身體的強悍。但這樣強悍的大魔頭居然傷成了這樣，可以想像他與鳧山魔族一戰，到底有多麼慘烈……

他心裡得有多恨鳧山魔族，才會如此拚命，只是因為在他的過去裡，鳧山魔族殺了蒼穹派的弟子嗎？

想著當時沐瑄與那黑衣人面對面交談的模樣，我覺得他們之間必定還有隱情。

我從半夜一直照顧大魔頭到第二天午時，他一直昏迷不醒。我看看時間，覺得不回去不行，只好就近將他拖到河邊石洞裡面安置好。

回了蒼嵐山，我馬不停蹄地去給沐瑄送了飯，裝作平靜與沐瑄閒扯了一會兒淡，又收拾了東西趕到河邊。

然而，許是山上某個地方下過雨，河水大漲，淹過了我安置大魔頭的那個河邊石洞。我在岸邊待了好半天，然後才一個猛子扎進河裡，在石洞中轉了一圈，沒有看見大魔頭，我浮起來，幾乎想哭。

完蛋了。

我把大魔頭給弄不見了，他受了那麼重的傷，被大水沖走，這不死也得殘廢了。我這輩子大抵是見不到他了。沒他的幫助，我要怎麼用靈鏡回到三百年後去啊……

我浮在河裡，欲哭無淚地望著綿綿長河，忽然一根樹枝精準地砸在了我的腦門上。我仰頭一望，河邊岸上，大魔頭坐在大樹杈子上，正淡淡地看著我。「我還沒死呢。」

這一瞬間，我幾乎感動得熱淚盈眶。

第九章

大魔頭不愧是大魔頭，不過一天的時間，他身上敷過藥的傷口便開始結痂了，但外傷到底是小事，最重要的是他修為損耗了不少。這個我看不出來，也沒辦法幫他，只有全靠他自己打坐調息。我唯一能做的就是將沐玨給我的補藥扣點下來給大魔頭，以作輔助之用。

於是接下來的幾天，我一直疲於奔波，一邊要照顧著蒼穹頂上的沐瑄，一邊要給河谷裡的大魔頭送補藥。每天在給沐瑄送了飯之後，我照例會與他閒聊兩句，但這天我實在累得不行了，把籃子放到他跟前，往他身邊一坐，說了句「吃的」，就莫名其妙地睡了過去。

不知睡了多久，醒過來的時候我發現自己竟靠著沐瑄的身體，臉頰蹭著他的肩膀，手還抱著他的胳膊取暖。

完了。

意識到我做了什麼事情的時候，我紛繁雜亂的腦子裡蹦出了幾件十分突出的事情，第一是這麼曖昧的姿勢，沐瑄他為什麼沒有甩開我！第二是，我睡覺的時候有沒有說什麼不該說的夢話？第三是，沐瑄有沒有趁機探查我體內氣息……

按照事情的重要性來看，第三個似乎是最重要的，但我現在卻最想知道第一件事……

我心懷忐忑地轉過頭，但讓人意料不到的是，我看見的，竟然不是清醒的沐瑄。

他也睡著了……

靠著冰涼的岩壁，闔著雙目，呼吸均勻。從我見到沐瑄開始，不管是三百年後還是三百年前的他，他都讓自己的表情時刻保持嚴肅，像現在這樣安心的神情，極是少見。

我看了他一會兒，發現自己的小心臟又讓人焦心地跳了起來。我忙轉了頭，放了他的手，打算悄悄從他身邊溜走，可剛剛一動，沐瑄的聲音便響了起來。「明天不許來了。」他用的是命令的口氣，但聽在我耳朵裡卻有幾分溫柔的意味，「每日上蒼穹頂，對妳來說負擔太大。」

我轉頭看他，他還是閉著眼睛，但氣息已與方才不同，他是被我驚醒了。

「我不來，師父會覺得孤單嗎？」

他沒說話，我撇了撇嘴。「好吧，我明天不來找你了。」

離開冰洞，我又忍不住回首一望，沐瑄獨自坐在那方，目光沉靜地落在我身上。這次，在我轉頭之前，他自己先挪開了目光。「回去好好休息。」

他在我耳邊留下了這樣一句話。

我拿了補藥下山找大魔頭，他像往常一樣安靜地吃著補藥，我像往常一樣坐在石頭上看他，然後忍不住開了口。「大魔頭，你是不是喜歡我？」

正在吞藥的大魔頭像是被噎住了一樣，沉默地轉頭看我。

「我是說，你感受一下，那個。」我指了指蒼嵐山頂，「沐瑄現在是不是喜歡我？」

他吞下了藥。「約莫是吧。」

我愣了愣，心裡湧出一股暖流，但卻與我先前所想像的那種達成任務的欣喜若狂全然不同，這樣的感覺像是冬日沐浴了溫泉，使得四肢百骸都溫暖了。

我沉澱了一下情緒道：「那我找他要靈鏡，他應該很容易就會給我了吧。」

大魔頭輕輕「嗯」了一聲。

得到這句肯定，我也沒有想像中得歡欣鼓舞，就像這個結果已經變成了不是我想要的結果那樣，讓人提不起勁兒來。

於是在河水叮咚流淌聲中，我和大魔頭都沉默下來。

「你當年到底是為什麼入的魔呢？」我望著天空輕聲問他，「為什麼要殺同門弒恩師勾結魔族呢？明明現在我看到的沐瑄……內心藏著那麼多溫柔。」

大魔頭沉默了很久，在我以為他會像之前那樣不會回答我的問題的時候，他卻倏爾開了口。「我和妳一樣。」

我一愣，眨著眼看他。「哪裡一樣？」

他目光落在我的身上，和三百年前的他沒什麼區別。「半魔半人。」

聽到這個回答，我看了他好久，才理解這四個字的意思，然後捂了張開的嘴，不敢置信地看他。「你……沐瑄……半魔？」我驚呆了，「可之前你不是蒼嵐派的大弟子，你自小在蒼嵐派長大，你師父怎麼會不知……」

「我師父知曉。」大魔頭道：「只是他從未告訴我。師父將靈鏡給我，讓我一直佩戴在身，以前我只以為靈鏡靈力充沛，師父讓我借其修行；是此後才知，靈鏡乃是師父給我壓制體內魔氣的靈物。」

我抓了抓頭。「等等……我有點亂……你慢慢說，你師父澄素真人知道你是半魔之身，卻還將你收做徒弟？你以前自己都不知道自己是半魔之身？那你是什麼時候……」

我頓住，忽然想起了那日，那日靜山之戰，沐瑄與魔族黑衣人之間對了幾句話，然後他便想跟著那魔族的人而去……

「你就是在那個時候，知道自己是半魔之身的？」

大魔頭默認。

「我娘親是師父的故交好友，她生下我不久便長辭人世，託師父照料於我。師父將我接回蒼嵐派，為不使我被另眼看待，師父隱瞞了我的身分，包括對我。他教授於我的術法，賜給我的靈鏡，無一不是為了壓制魔氣，以至於讓我都從未曾察覺自己與他人有別。」

「三百年前，靜山一行，皛山魔族首領石厲在與我爭鬥之時，察覺出了我血中的魔氣，辨認出我乃其族人。他以我身世為餌，誘我離開靜山，致使那一役之中，蒼嵐弟子無一生還。」

我驚愕。原來，在那個時候，蒼嵐派的弟子竟然都……

包括給我上藥的女弟子，還有沐玨……

我不敢想像，當沐瑄歸來，看見同門屍身的那一刻，他會是怎樣的心情。我抬眼看大魔頭，他面色的神色卻十分冷漠，一如在說別人的故事一樣。

「而後我獨自回到蒼嵐山，仙尊將我幽閉蒼穹頂。彼時，我方從師父口中得知，我生父乃是梟山魔族先王，他與我娘一樣，早已離世。師父知道我的身分再瞞不住，打算公諸於世之際，石厲卻先汙蔑我勾結魔族殘害同門，再使計殺我恩師，令世人誤會於我，我心生憤恨，最終墮入魔道。我欲尋石厲，卻未來得及殺他，便被封印至靈鏡湖底。」

寥寥數語，勾勒了他的前生，他獨自走過的，無奈又憤恨的一生。

「所以，你受這麼重的傷，血洗梟山魔族就是因為不想讓沐瑄經歷這些事情？」

大魔頭點頭。「我殺了石厲。」他說著，沒有手刃仇人的欣喜，甚至不見一絲情緒波動。

想來也是……

畢竟他干擾的只是另一個「沐瑄」的一生，而他自己已經切身地經歷過這些事情了。

體會過那樣的絕望與不甘，就算回到三百年後，在他應在的時空裡，他的仇人還在，他也還是得重新面對他的殘局，一點不變。

「我不用再留在這裡了。」大魔頭忽然道：「待得他出了蒼穹頂，我的傷應該也已痊癒，可以催動靈鏡回去，彼時妳向他索要靈鏡，他應當是會給妳的。」他頓了頓，「這段時間……再努力一些。」

「我很努力了。」我抱住腦袋，「努力得都把自己搭進去了。」

大魔頭聞言，沉默著並不說話。

第二天我照常去了蒼穹頂，沐瑄見到我微微皺了眉頭。我全當沒看見，徑直走到他身邊坐下。

「不是說了今日不來的？」

「我昨天說今天不來找師父，沒說今天不來。」我抱著膝蓋靠牆坐著，「我不是來找師父的，就想過來坐而已。」

沐瑄無言。

大魔頭說澄素真人已經告訴了沐瑄他的身世，我終於明白為什麼這幾天沐瑄的神色總是蕭索。

他從小便是蒼嵐派的大弟子，光華在身，卻忽然有一天知道了自己是為世人所不齒的半魔之身，這個身分有多尷尬，我實在深有體會，可我到底與沐瑄不同，我打小就接受這個事實了，不像他，要經歷世界觀被摧毀的痛苦。

這種時候，大概沒人能排解他的痛苦，不過有人陪著他，總好過讓他一個人待著胡思亂想。

「我遇見妳的那天，蒼嵐山中確有一行人在追殺一人，不過被追殺的人是個男孩。與妳並無關係。我探查過妳的背景，但卻一無所獲。」沐瑄忽然開口道，我不知道他為什麼突然說起這話，只得默不作聲地聽著，「妳到底是誰？」

他的臉近在咫尺，深邃的眼睛裡，盡是我的影子。「妳到底想要什麼？」

我想要靈鏡。

「妳說，不用再費盡心機，或許我便能給妳。」

我想要靈鏡。

我想誠實地面對沐瑄，我不想再騙他了。於是清晰的聲音自我唇畔脫口而出。

「我想要你。」

洞內回蕩的聲音沉寂下來。

沐瑄怔愣地看著我，我在他眼中看到了同樣怔愣的自己。

我說了什麼……

我好像把心裡真正的大實話脫口而出了。

「所以為了達到這個目的，妳……拜我為……師？」沐瑄眼中的我仍處於呆滯狀態之中，我張了張嘴，想要解釋，最後卻什麼都沒說出口，只見沐瑄側過了臉，輕聲道：「真是大逆不道。」

他的聲音好似藏了笑。

我囁嚅道：「反正我不會害你……」

說完這話，我陡然一陣心虛，其實也不是不會害他，靈鏡會壓制他身上的魔氣，我拿走了他的靈鏡，沐瑄身上的魔氣便難以壓制了幾分，雖說半魔之身一般不易被人察覺，但蒼嵐派到底是修仙之地，若有什麼意外致使沐瑄需要大量使用法力，沒有靈鏡，無疑會害他身分暴露。

「嗯。」聽得沐瑄這聲答應，我更覺心虛了幾分。

第十章

大魔頭身上的傷終於好了，時間也過了三個月，今日便是沐瑄出蒼穹頂的日子，蒼嵐派的弟子們都很高興，我隨沐瑄回山頂小院的時候，有許多人都給沐瑄打招呼，相比於之前的尊敬客氣。現在的稱呼裡面多了幾分親近。

沐瑄覺得有些不自然，我卻很開心。「發出去的小冊子起作用啦。」

沐瑄看我。「什麼小冊子？」

「我和沐玨師叔合著寫了一份大師兄生活小事合集。根據沐玨師叔的線索，我記錄下了不少師父你的笑話，把你高高在上的大師兄身分打破，將你從尊者繼承人的神壇上拉了下來。大家看過冊子再見你，想到的都是那些笑話，自然就沒那麼生疏啦。」

沐瑄沉默。

那天下午，我在院子裡給沐瑄做接風宴的時候，聽說全蒼嵐派的弟子都在後山看沐瑄與沐玨比劍，沐玨被打得直接御劍跑了。

到了夜晚，沐瑄獨住的小院安靜了下來，我布好了一桌豐盛的接風宴。

我指著盤子挨個給沐瑄數，這一道一道菜都是我從大魔頭那裡打聽來的。我報完了菜名，一抬頭，對上沐瑄的目光，我揚起笑容。「師父，喜歡嗎？」

他坐下，夾了一口青菜，吃進嘴裡，然後淡然地道：「鹽放成糖了。」

「哎！」我驚愕，「不可能啊。」我端上菜前，明明有好好試過的。我取了筷子，正要去夾菜，沐瑄卻忽然手一攬勾住了我的脖子，將我往前一拉，唇畔觸碰到了我的脣畔，他嘴裡的青菜變成了我嘴裡的青菜。

他淡定地離開我，然後抹了抹我的脣角。「可是甜的？」

青菜噎住了我的喉，一時間我是真的分不清自己放的是鹽還是糖了。

他拍了拍我的腦袋。「如此道行，還敢妄言想要為師？再努力一把。」

他說的這話，真是像極了大魔頭的模樣，不過……他們本來也就是一個人。

想到大魔頭，我迫使自己冷靜下來，大魔頭要回去，我也必須回去，因為在三百年後的蒼嵐派即將處決一個魔族的人。那是我親爹，我當初就是為了偷我爹的牢房鑰匙，被蒼嵐派弟子發現，慌亂之下才竄進靈鏡湖的。

其他事我都可以迷糊，唯獨回去這件事，我十分清楚以及堅持。

這頓接風宴我還是揣著複雜的心情吃完了，我對沐瑄道：「師父，房間裡我也給你燒好水了。」

沐瑄點了點頭，回屋沐浴，屋子裡隔著一塊屏風，沐瑄將脫下來的衣裳放在旁邊的盤子裡，我進了屋，喚了一聲：「師父，我把你換下來的衣服拿去洗囉。」

他應了，於是我拿了他的衣服，不出意外在換下來的衣服裡面看見了靈鏡。

「師父，你怎麼還隨身帶面鏡子呢？你這面鏡子真好看。可以借我玩兩天嗎？」我這話只是客套話，當然不打算用這樣的理由將靈鏡騙走，畢竟沐瑄知道了他的身分，他自然也知道了靈鏡對他的重要性，他不會那麼容易就給……

「拿去吧。」

屏風裡傳來沐瑄的聲音，讓我覺得自己是不是在這瞬間幻聽了。

「鏡子……給我嗎？」

「喜歡便拿去玩。」

我默了半晌，一咬牙，一狠心，收了沐瑄的衣裳，拿了靈鏡，出了門外，屋裡還有他沐浴的聲音。

我覺得自己大概沒力氣繼續在這裡待下去了，我一路跑到後山，我與大魔頭已經說好取得靈鏡之後，在冷泉大石邊上會合。

今夜月色皎潔，老遠我就看到了大魔頭的身影，我衝大魔頭揮了揮手中靈鏡。「我拿到了。」

大魔頭一如既往地嚴肅著神情，沉默著不說話。然而在我離他尚有五步遠時，他忽而屈指為爪，我只覺一股吸力猛地襲來，拖走了我手中的靈鏡！

我一愣，回過神來之時，靈鏡已經到了大魔頭手上。

我怔然。「你急什麼……」

大魔頭後退一步，凌空踏在冰泉之上，他腳下法陣光芒大作，我大驚。「大魔頭！你要做甚！」

「三百年後太混亂了。」大魔頭道：「妳就留在這裡吧。」

我不敢置信地瞪著他。「你什麼意思……」話不等我說完，大魔頭指尖光芒一閃，一股大力撞上我的肩頭直直將我撞出了三丈遠的距離。疼痛讓我站不起身來。

「妳便當我自私，想給自己，不同的人生……」

「想給自己不同的人生，留我下來幹什麼！我還要回去救我爹呢！」

我咬牙忍著劇痛，掙扎著往前面爬，想要撲到法陣裡面，但法陣的光輝越來越強，讓我都看不見裡面的大魔頭的蹤影了。

「我會救妳爹。」這是我聽到的大魔頭對我說的最後一句話。

光芒消失，後山徹底安靜下來。

他回去了，丟下我一個人在三百年前……

肩膀上疼痛好似越來越厲害了似的，疼得我一陣委屈。除了委屈，我心底還慢慢的浮出了驚慌不安與不知所措。

我和大魔頭一起到這個世界來，雖然有時也見不到他的人影，但好歹我知道這個世界不止我一人是異鄉客，我相信他，甚至依賴他。

但現在，他背叛了我，消失了蹤影，並且再也不回來了……

眼中滲出眼淚，我胡亂抹了一把，眼淚卻報復似地淌了更多出來。

旁邊忽然傳來沐珏的驚呼聲：「這裡魔氣怎麼那麼重……小師侄，妳怎麼在這兒？妳……妳怎麼了？」

我只顧著埋頭哭。

沐珏嚇了一大跳，連聲問我怎麼了。我索性躺在地上，捂住胸口，肆無忌憚地放聲大哭。嚎啕了半晌，我好似聽見沐玨無奈地對另一人說道：「師兄，妳家徒弟瘋了。」

「怎麼了？」

溫熱的手掌托起我的後背，淚眼朦朧之中，我看見了沐瑄緊蹙著眉頭的臉，現在這張臉真是讓我看著又是憤恨，又是愧疚。我索性將腦袋埋在他的胸膛裡，繼續嚎啕大哭。

他抓開我捂著肩膀的手。「傷得重嗎？」

「鏡子……鏡子沒了。」

沐瑄將我抱起，手在我後背上輕輕拍著。「沒事。」

「鏡子被搶走了。」

「無妨。」

「我對不起你，我對不起你！」

「別哭了。」

「我做了好多對不起你的事，我……我嗚嗚……如果我回頭告訴你，我壞，我騙你，很多事……你也別殺我，討厭我最好也別……我會傷心……」

我哭得打嗝，於是沐瑄就像哄小孩一樣不停拍著我的後背，聲色輕柔地哄道：「我不討厭妳。」

我聽得愣了，很明顯身後的沐玨也愣了。「師……師兄……剛才是你在說話嗎？」

沐瑄轉頭對沐玨道：「你先回去。」

沐玨顯然不想走，但在沐瑄的眼神瞪視下，他唯有不甘心地一步三回頭地漸行漸遠。

沐瑄靜靜地陪我坐了一會兒，等我稍稍冷靜下來之後道：「再隔兩日，我便會向師父請求，將我的身世公諸於眾，那時候我會棄劍離山。」

我一呆，沐瑄……他跟我提他的身世？照理說，他應該不知道我知道他的身世才對啊。

「我知道拿走鏡子的人是誰，同處在這個時空之中，他能感覺到我，我自然也能感覺到他。」

我呆住。

「從靜山之行開始，屬於他的記憶便開始出現在我的腦海裡。你們說的話，商量的事，我都知道。」

難……難怪我能這麼輕易地將鏡子拿走！

如果說從靜山之行開始，他就知道了大魔頭的存在，那在蒼穹頂的時候，他一定能像大魔頭知道他的事情一樣，知道大魔頭的事情了，但他卻什麼都沒有透露……

沐瑄這個……演技帝！

「謝謝妳。」這三個字出現得太突兀，我不由得失神地望著他的側臉，聽他道：「謝謝妳為我做了如此多。」他頓了頓，「他將妳留了下來，以後……妳就留在我身邊吧。」

我盯了他許久。「不然我還能去哪兒啊……這裡一個熟人也沒有。」我一咧嘴，又想哭了。

沐瑄失笑，揉了揉我的腦袋。「那就陪著我吧。一直陪著我。」

尾聲

沐瑄將身世公諸於世，蒼嵐派弟子一片譁然，他把兮風劍還給恩師，與我下了蒼嵐山。

走過那天初遇沐瑄的那條小路，我眼珠子轉了轉。「為什麼當時我要死不活地躺在這裡，你不像大魔頭說得那樣，對我動惻隱之心？」

沐瑄瞥了我一眼。「當真要餓死的人，豈會目露精光地看我，妳那眼神簡直……」

「簡直什麼？」

沐瑄輕笑。「簡直像是要將我吃掉。」

「……」

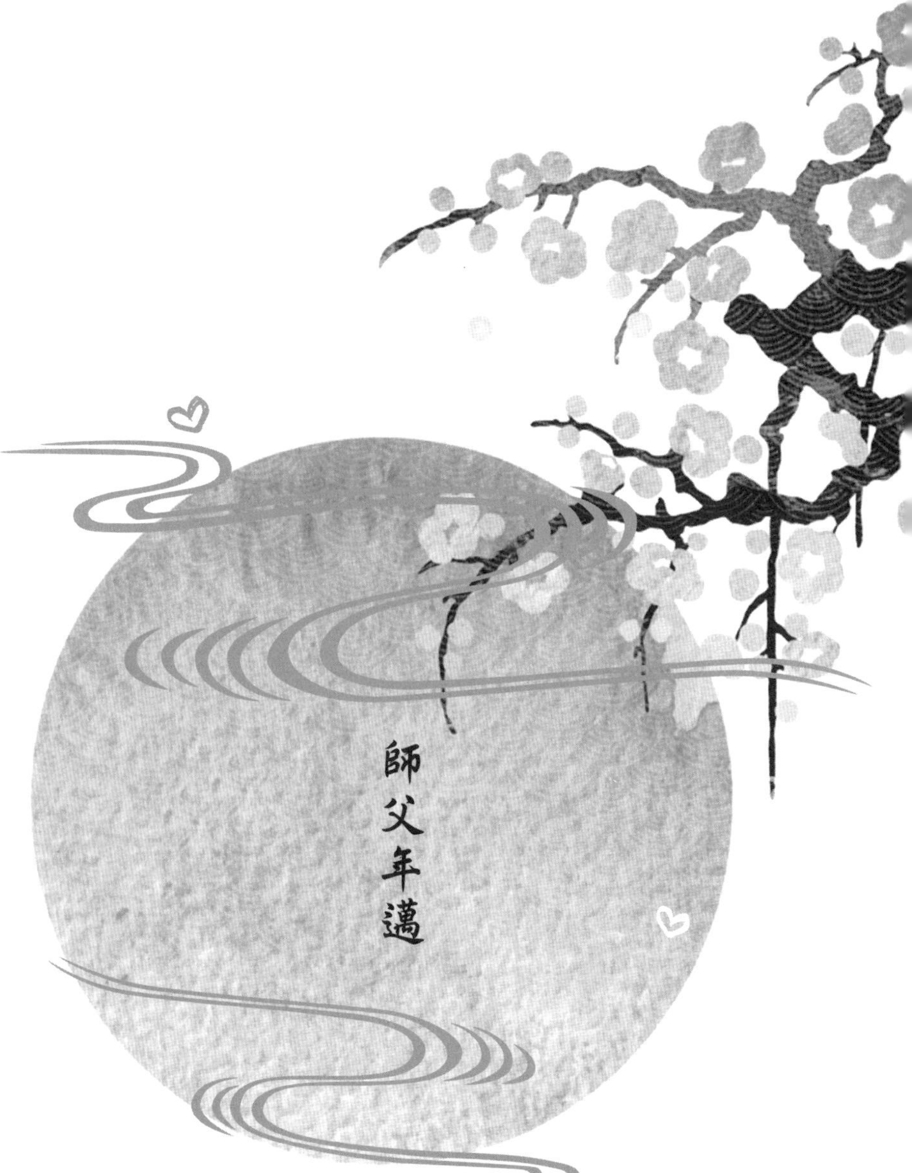

師父年邁

楔子

我乃上古天罡最後一人，被天界奉為女戰神。征戰半生，在三界戰事平息之後，便失業了去。時至今日，活了多久我已記不得了。我閒來看過繁花凋敝年復一年，萬里蒼穹在我眼前輪轉了一遍又一遍。時日越是長久，我對這世間的留戀便越發少了起來。

我想，離我羽化的日子也不久了。

可上天終究不肯讓我安安靜靜地去，愣是在我行將就木的時候，給我的生活翻出了點小浪花來，還是帶春色的那種……

令三界皆知的那種……

讓我老臉不保的……

那種。

第一章

看著面前不知道從哪兒冒出來如花一樣的青年，我義正辭嚴地拒絕他。「我不收徒。」

他抬頭望我，也是正經八百道：「不收徒沒關係，您可以收了我。」

到底是人老了跟不上年輕人的思路，我一時有些氣短。「少年，我清修了萬年有餘，玩不來新花樣。」

「沒關係。」他很諒解我似地道：「花樣我來玩便好了。」

「……」

這話聽起來有點汙汙的，我說不過他，便不說了。揮揮手將他趕出了院子，他在院外站著，眸光定定地落在我身上，神情好似有幾分受傷。我看得心焦。想兩巴掌把這熊孩子轟出霧靄山了事。

但我是個講道理的神仙，他又沒對我做什麼過分的事，這霧靄山除了我的院子，也沒哪塊地上寫了我的名字，我趕他也趕得沒有道理，於是我便掩上門扉，讓他在外面自己掛著受傷的神情面門思過。

我回屋睡覺，一覺睡了三天。再醒來時，以為那少年大概已經走了，可一開門，我便抽了口冷氣。
他就倚在門框邊上，我一拉開門，他的目光便是一轉，落在了我身上，眸中光亮一閃而過。「妳醒了。」他笑著問我，「要出門嗎？」
所謂伸手不打笑臉人，這句話真是救了他一命。
我沒搭理他，轉身便往山下走去，他也不多問話，就這樣一溜跟在我的身後。
霧靄山下有鏡湖，我在湖邊留了根魚竿，閒來無事便去垂釣。今日我坐下去後，身後的少年便也沒了動靜，他在旁邊待了一會兒，轉身便往樹林子裡走了。
我還道他是嫌跟著我無聊，終於想通要走了，結果哪料不過片刻，他便從林子裡也折了根軟竹，拈了根細草繩過來了。他坐在離我三丈遠的距離，一揮竿，也就地垂釣起來。
不一會兒，太陽出來，湖面起了風，岸邊有小浪「啪噠啪噠」在腳下拍，拍得我是……無比心焦。
旁邊「嘩」的一聲，又是一條魚從湖中被釣了起來。
而我這邊卻是一點動靜也沒有。我深覺受到了不公正對待！不由轉頭看他，咳了兩聲：「你是屬蚯蚓的嗎……魚竿上都沒有餌，你是靠什麼釣上魚的？」
他看著湖面，坦然淡定道：「靠臉。」
「……」
真是不要臉。
他默了一會兒，似突然想起來了一樣，轉頭看我，衝我一笑。「我若是釣妳，妳上鉤嗎？」

我像被雷劈了一樣僵在原地，雖然我現在面貌好似二十出頭的少女，但內心真的已經滄海桑田了萬年有餘！這一個毛頭小子居然敢……調戲我？

一瞬間我有一種八十歲老太被十八歲小夥兒摸了胸的荒唐感……

我又清了清嗓子，覺得我一把年紀了，也不能和個小孩計較。今天既然釣不到魚，我便收竿了事，往回走去。可這少年見我一走，他也立馬將釣起來的魚拿繩子一穿，提上了跟在我後面。

快到院子，少年倏爾極其自然在我身後開口道：「妳是想吃清蒸的魚還是紅燒的？」

我認真地琢磨了一下。「清蒸吧，比較鮮。」

「好。」

他應承之後我倏爾覺得有哪裡不對，可別的話都還沒來得及說出口，他便提著魚進了我的院子。我跟著他進去，但見他在廚房熟練地架起了火，燒開了鍋，殺魚理魚弄得是輕輕鬆鬆，一看便是其中好手。

我舔了舔嘴，直到將清蒸的魚端上桌，也沒再說出趕人的話。

魚是別人釣的，菜是別人做的，我總不能撿了雞蛋就把雞殺了吧……

畢竟我還是講道義的神仙。

少年倒是也沒與我客氣，也自顧自地拿了碗筷，在我對面坐下了，我吃飯專注，頭也不抬。那少年約莫吃了個半飽便放了筷子，就在桌對面將我望著。「妳真美。」

我一根魚刺卡住了喉。

「咔咔」咳了好幾聲，救下自己一條老命，我像吃了屎一樣將他望著，他卻已經轉了話題。「為什麼不收徒呢？」

他問的這其實是一個好問題，為什麼不收徒呢？

因為我因噎廢食。

第二章

其實百來年前我也是收過一個徒弟的。可是那徒弟卻死了——盜我神劍，叛出師門，徇報私仇，然後……死了。

當年初遇我那徒弟時，他還是個青蔥少年，比如今這個膽大包天得敢調戲我的青年還要嫩上幾歲。

我現在都還記得，那天天氣不好，漫天飛雪，呵氣成霧。他滿臉倉皇，一身狼狽地闖入霧靄山中，在走投無路之際，踉蹌踏破鏡湖的薄冰。

我站在懸崖松樹之上，看著他身帶血水，失足落入湖中。他在冰冷的湖水裡慌張掙扎，最後到底是沉了下去。

我還記得那日，我將沉入湖水中的他拉出來後，按壓了他的胸腔，讓他吐出嗆進去的水。他躺在冰上眼神迷離地看著我，聲音沙啞，神智恍惚。「妳是神仙嗎？」

我答：「對啊。」

他問：「妳是來救我的嗎？」

我默了一瞬，其實我只是偶然下山遇見了他，但當時看著他像受傷的動物一樣無助又驚惶的眼神，我便鬼使神差地心軟了，竟然點了頭。「對啊。」

得到這個答案，他好似終於鬆了一口氣，結結巴巴吐出「謝謝」兩字，便暈了過去。

那時我還並不知道他從前的人生到底經歷過什麼，我只覺這少年長得漂亮又看著可憐，於是便將他帶回了我山中獨居養老的小院裡。

我治了他的傷，醫了他的病，等他清醒，又養了他幾天，待得他能下床了，我想將他送走了，於是我問他。「你家人呢？」

他白著臉不答我。

我又問：「你家鄉呢？」

他依舊白著臉不回答我。

我嘆了聲氣，想將他送去山外的凡人村子，隨便將就一家，讓他安安穩穩過一生了事，可他卻倏爾握住了我的手。

我轉頭看他，只見他眼神中藏有驚惶，忐忑不安地望著。「妳要丟了我嗎？」

他將我的手握得極緊。他的掌心灼熱，與我正好相反，我活得太久，內心丟失了很多熱烈的感情，身體也丟失了很多熱烈的溫度。我本是薄涼人，可看著那時的他卻不知為何，動了惻隱之心。

或許……因為少年的眼睛，長得太好看了吧。也或許是因為他的聲音太好聽了吧。

最後我留下了他，成了他師父，沒追問他的過去，不探究他的往事。我告訴他，入了我的門，從此前塵往事盡拋。他答應我了，於是我就相信了他。

我有一個很質樸的想法，現在養個徒弟，練個百來年，再笨也該練出點成就了，然後徒弟可以傳承我這一系的法術，繼承我的衣缽，將我的名字用另一種方式流傳在世間。想著我死後百年，三界之內依舊有人提起我的名字，琢磨著便也覺得好有成就感呢。

可最後，事實說明，所有質樸的願望都是天真的。

而我這清寒小徒弟，用他所學的法術，將我的天真都燒破了去。

清寒學法術比我想像得快，甚至比我當年還快，人家學五年的東西，他三兩個月便熟練掌握了。我心知這是一個修仙奇才，心裡更是開心激動，教得完全不遺餘力。

而這樣教學的後果便是，清寒雖然打不過我，但他熟知我的所有習慣，能摸清我所有小表情背後的所思所想。

然後百年之後……他暗算了我，將我打暈，偷我神劍，出山去了。

我氣他背叛我，更氣他大逆不道敢對我動手，還氣他竟然將我打贏了去！而最氣最氣的，莫過於這樣的小徒弟，出山尋仇之後，竟然死了。

連和我說一聲對不起也未來得及……

我不再收徒，即便面前這個人的臉，長得比我初遇清寒時，還讓我驚豔。

想起過去往事，我有點失了胃口。

對面的人細細觀察我的神色，關切地問道：「怎麼了？」

我放下筷子，隨便扯了句話來說：「想到自己快死了，這飯是吃一口少一口，一下就覺得嚥不下去了。」

他一愣，雙目怔怔地看著我，顯然是沒想到我竟會說出這樣一句話來。

不過我這說的倒也是事實，我沒想瞞著他，徑直坦白對他道：

「和你直說吧，我天數將近，是到快羽化的時候了，近來眼睛也花了耳朵也聽不大見了，神智也總是恍恍惚惚的，法力退步得也厲害得緊，我沒什麼好教你的。我觀你筋骨奇佳天資聰穎，人也滿不要臉的，應該是個修仙好學的好材料，你也別浪費時間，出我這小院門右轉，順著小道麻溜點走，離開我這霧靄山，另尋其他高人拜師去吧。」

我說了這麼大一通，他大概是沒將我的核心思想聽明白，只直愣愣地盯著我，臉色微白，聲音略暗啞地問：「這些都……什麼時候的事。」

我看他這臉色，猜到他心裡大概也明白過來自己來錯地方了，後悔自己浪費時間纏著我了。

我一個要死不死的人，累別人耽誤了修仙的時間，我也覺得挺對不住，便答了他的話。「百來年前便開始有這跡象了，當時還想收個徒弟傳承衣缽，但到底是給玩毀了，現在頂多也就剩下一兩年可活，我就想安安靜靜在這院子裡養老，不折騰了。」

聽了我這話，不知為何他臉色更白了些，像中了邪似的，雙目發怔地把我看著。

我最後吃了一塊魚，起身便往屋內走了。「你吃完了碗筷放著吧，我去睡會兒覺，醒了再弄，你便自行離開吧。」

可我轉身還沒走出一步，手便被人抓住了，連帶著一陣「乒裡乓啷」的亂響。我一回頭，見是少年起身太急，將桌上碗筷盡數撞在了地上。

可他像看不見這些碎碗，聽不見這些聲音一樣，就這樣隔了桌子拽著我的手，目光焦灼又帶了幾分懇求，他盯著我，唇角顫抖了許久。「不收徒也沒關係，不要趕我走。」

這句話，這個語氣，一瞬間便讓我想到了百來年前的少年，目光驚惶，神色不安。

我便一時有幾分失了神去，待得他將我手臂握得有點發麻了，我才回神問他。「我不收你當徒弟，你留在這兒幹麼？給我養老送終嗎？」

他嘴唇一抿，好似被我這句話砸疼了一樣，然而我不知道這句話有什麼讓人好疼的。

他垂了目光，看見桌盤狼藉，又抬頭道：「我幫妳做飯。陪妳釣魚……」他一頓，「洗碗也交給我。」

好吧，還真是給我養老送終來了。

我從他手裡將手臂抽回，然後好整以暇地看著這個小年輕。他身體裡沒有半分仙妖氣息，理當是個凡人，可一個凡人，不為修仙問道而來，不為長生不老而來，就想在我這兒陪我釣魚給我做飯？

是打算在我這兒建個修身養老會館嗎？

當然，也可能是因為我現在仙法退化太多，而他的法力比我高深，我看不出他身上的氣息，所以才會以為他是個凡人。

「說吧。」我抱起了手，也不和他拐彎抹角了，徑直問道：「你真正想要的是什麼？」

他也在桌子那頭面色沉凝，一本正經，目光灼灼地盯著我。「我想要的是妳。」

我頓時又有一種被魚刺卡住了喉的痛感……

「少年郎。」我揉了揉眉心，打算和他好好談談，「剛才我說的話你是沒聽明白嗎？我，天命將近了，收不了徒，更談不了戀愛啊。」我一字一句告訴他，「我要死了。沒時間也沒經歷陪你們這些小年輕玩耍了。」

聽了我這話，不知為何，他臉色一寸更比一寸白，像心口被萬千利刃穿胸而過似的。

他脣角緊繃，隔了許久才道：「並不是玩……」他像是下了什麼決心，一咬牙道：「其實我……」

我擺了擺手，不想聽他再多言，轉身往屋裡走去。「我再和你直說吧，我不收徒是因為以前收過徒，只是那徒弟背叛了我，我被傷透了心，再也沒法信任任何人。」我頓了頓，「至於這亂七八糟荒謬至極的男女之愛，更不適合我了，活了千八百年，沒動過幾次心思，現在更是如此，你呀，趁早走吧。」

入裡屋之前我回頭看了他一眼，卻見他面色煞白，垂頭看著桌盤狼藉，落寞得像一個被撕碎之後拋棄的破布偶。

不就被拒絕一下，至於難過成這樣嗎？我撇了撇嘴，兀自回了房間。

第四章

躺在床上，入睡之前，我思緒不由飄忽了一下。其實說到愛戀這回事，我並沒有自己說得那麼清白，我心裡面也是有一些不可見人的小算盤的。

百來年前，清寒日益長大，一張甩出三界男人平均顏值十條大街的俏臉日日在我面前晃，難免晃得我這枯燥了千萬年的心有點蕩漾。

可當時我的只是一個曾經歷過鐵血沙場，卻未曾經歷過風花雪月的女戰神，我太過單純，甚至不知道自己對清寒的心思叫做……蕩漾。

我也篤定清寒對我也不可能有男女之情，我是他的救命恩人，是他的授業恩師，甚至是他家人一樣可以依賴的存在。我一直沒去摸清他的心思，也沒理清楚自己的心思。但如果說完完全全一點意識都沒有，那也是不可能的，在這百年時間裡，我還是有兩次，偶然意識到了我對清寒的不太一樣……

第一次是一個山裡的小豬妖成了人形，愛上了清寒……

本來小豬妖只是悄悄愛慕著，我雖看出來了，但並未多言。

後來有一次清寒外出之後，兩日未歸，我在山裡好生找了一通未找到他，正是憂心之際，他卻與豬妖一同回來了。我這才知曉，清寒竟是被這小豬妖拐去山外住了兩天。

我面上未動聲色。「你也是長大了，知道自己出去玩，也不知會我一聲了。」

清寒將我的脾性摸得清清楚楚，所以饒是當時我說得那般輕描淡寫，他還是聽出了我不高興了，當即便緊張了神色道：「我本以為一天能回……師父……」

「神女大人。」小豬妖在一旁插了話進來，「妳莫要怪清寒哥哥，是我將清寒哥哥騙出去玩的，我騙他爺爺生病了，他才與我出去的……」她垂了頭，「妳要怪就怪我吧。」

敢情她還以為裝裝可憐我就不會怪她了嗎？

我挑了挑眉，應了她的話。「好啊，那妳說說，要受什麼樣的懲罰吧。」

小豬妖一愣，臉上神色有幾分錯愕，完全沒想到她只是客套一句，我就真的要罰她。「我……」

場面一時靜默，小豬妖咬著唇一臉委屈，我抱手站著，不為所動。

清寒卻在這時開了口。「師父……是我的錯，我疏忽了，沒告訴妳要出山門……」

好小子，倒學會憐香惜玉，在我面前護著別的小姑娘了！

我心裡一口氣正燒了起來，小豬妖又適時添了把火。「神女大人，是我，是我偷偷愛慕清寒哥哥，所以才纏著他騙他和我出去的，妳別怪他了。妳罰我吧，真的罰我吧！」

我像是一個嚴肅沉悶不通情理的師父，站在一對亟待破除枷鎖、追求自由婚姻的小情侶面前……氣過了頭，我一笑。「罰什麼，不罰，清寒你現在是大了，愛出山門不出山門自是不用與我說，要與誰走也都行，我不管了，即日起便當你是出師了，愛去哪兒去哪兒吧。」

我那話說的自然是氣話，而當時這話脫口而出的時候，也將我自己都驚了一驚，並不明白自己怎麼能生出這般大的火氣，說出這樣重的話。

而清寒聽得這話，更是臉色霎時堪比紙白。

我看著覺得鬧心，一轉身便往屋裡面走。

清寒此時哪肯放我走，他想拉我，可又覺得於禮不合，於是閃身落在我身前，攔住了我的去路，他的法力倒是修成了一定氣候。

我瞥他。「怎麼，要和我動手？」

他一抿脣，「撲通」一聲便跪了下去，那般乾脆果斷，我退了一步。「作甚，要嚇死我？」

他垂頭道：「清寒錯了，望師父責罰，徒兒願承擔任何懲罰。」

旁邊小豬妖顯然也被嚇到了，她猶豫著要不要上前來跟著清寒一起跪著求情，我看了她一眼，只覺更加鬧心。「不敢罰你，有人幫你求情呢。」

清寒閉脣不言，但小豬妖卻被一股無形的力量往門外推。小豬妖有點慌，一直叫著清寒哥哥，但直到她被那力道推出了門，門扉掩上，清寒也沒再應她一聲。

他又道：「求師父責罰。」

我沒理他，回了房間。

可坐了半炷香都沒有的時間，我便坐不住了，只得在屋門口站著，看著還跪在地上垂頭喪氣的他咳了兩聲：「還沒跪夠？今日下午不打算練功了？」

他仰頭看我，漆黑的眼眸裡像是瞬間被點了星光。「師父不趕我走了？」

四目相接，我在他眼裡看見了自己的身影。為這麼小件事生氣，說出這樣重的話讓我感覺自己像個任性的小孩，我又一嘆。「起吧起吧。」

我試圖給自己有點過激的行為做出解釋：「在山裡找了你兩天，不告而別讓人著急是件很愉快的事？」

他一默，垂下頭道：「清寒日後……絕對不再行不告而別之事。」

我點頭，算是原諒他了。

在那之後，我就再也沒有見過那隻小豬妖了。後來有山裡別的精怪告訴我，清寒不知與小豬妖說了什麼，讓她狠狠傷了情，在洞府裡哭了整整三天三夜後，背上行囊離開了霧靄山。

照理說，聽了這樣的消息，我該是有點內疚的。但我卻神奇地在得知小豬妖離開之後，笑了出來，心情舒暢，宛似擊退了一個勁敵。

也就是從我笑的那一刻開始，我第一次意識到，我對清寒，或許是有點不同於普通的師徒之情的。

而至於第二次意識到我心裡的小算盤，那便是很長一件事了……

第五章

清寒在拜入我門下之前是有仇家的，他被人追殺到霧靄山來，這件事我從來沒忘過，但我也從來沒問過清寒，具體是個什麼情況。

因為在我看來，入了我的門下，成了我的弟子，自然而然與外界紛爭就劃出了一個界限。外面那些小輩的愛恨情仇，放到我這兒來，都是年歲不達標不夠我看一眼的。

清寒在入門時也向我保證了，從此前塵往事盡拋。我既然信他，自然便不會再去詢問他的曾經。不管他以前是個地痞流氓還是王公貴族，在我眼裡，他的生命就是從我救起他的那一刻開始的。

而可惜的是，清寒……並不這樣認為。

他也有自己的小算盤。

於是當時機成熟，他學夠了他認為足夠多的法術之後，他便暗算了我。

我現在仍舊記得那日天陰，一副將雪未雪的模樣，我那時便隱隱有了些神力衰竭的先兆，身子總容易乏。我正在屋裡瞇眼要睡覺，倏聞清寒的千里傳音。「師父，鏡湖有妖。」

我登時一個激靈，立時從床上跳了下來，鏡湖有妖而我竟未察覺到！想來必定是大妖！清寒從未這般急切地千里傳音，必定是被困住了……

我當機立斷，破開床下封印，取出自離開戰場後便再未用過的厲水劍。這劍陪了我數千年，對我來說它更像是我的老戰友，記錄著我過去的輝煌歲月。

我急急行至鏡湖，然而等待我的卻並非我想像中的「大妖」。而是清寒，他設法於鏡湖之上靜靜待我。

我便像傻子一樣一頭扎進了他的網裡。

我費大力氣破了他的陣，但卻再無力與他相爭，他給我施了定身之術，我便立在鏡湖之上，眼睜睜地看著他從我手裡拿走了我的厲水劍。

我唇角顫了顫，怒不可遏。

清寒在我面前跪下，深深地叩了三個響頭，將結了厚冰的湖面都生生磕出了裂縫。他抬頭起來之前，雙拳握緊，彷似在忍耐洶湧情緒，但待得一起身，他臉上卻什麼表情也沒有，決絕地轉身離去。

從頭到尾他不執一詞，而我已是無言以對。

我將他從鏡湖之上救回，他則在鏡湖之上將我背叛。倒真是一個可笑又譏諷的輪迴。

直至今日，我依舊形容不出我當時心裡的感覺，可只有一個念頭無比清晰地冒了出來，這小子以前說絕對不會再對我不告而別……

好的，他現在做到了，他用打敗我的形式，告訴我，他要走了。

頭也不回，仿似毫無留戀。

看著清寒的背影消失在霧靄山的小道裡，那一瞬間，我感覺自己這麼多年就像養了一頭白眼狼。他當初那般懇求我將他留下，教他仙法，原來只是為了像今天這樣離開我。

他計畫得很好。

但！

我看起來像被人背叛之後大度一笑毫不計較的人嗎？

顯然不像。

我心眼小，受不了這樣的刺激，一怒之下，在定身術解了之後，我踏出了多年未出的霧靄山。誓要將這孽徒捉回山來！狠狠抽上七七四十九下屁股！

可我也是沒有想到，當我在茫茫三界再找到這孽徒的時候，卻是在魔界魔淵邊上。

我沒再看到清寒的身影，被我抓住的魔族人苦著臉告訴我，我那孽徒已經和他的仇人——魔族的厲親王一同掉入這魔淵裡面，同歸於盡了。

我怎麼也想不到霧靄山鏡湖那一別，竟是最後一別。

我更想不到我這徒弟，竟然是魔界厲親王與一個天界仙子的兒子，厲親王自幼幽禁他與他母親，在清寒與他母親外逃之時，厲親王親手殺了他母親，於是清寒現在便親手殺了自己父親。

我最想不到的是，彼時站在魔淵懸崖邊上的我，竟然不再怪他背叛我，不再怪他帶著我的劍墜入深淵，甚至連他屁股也不想打了……我竟然只怪他做了這些事之後，為什麼沒有等到我來……

為什麼不等我來……他就死了。

那般輕易地丟了他自己的性命。

明明他的命該是我的，明明他的人……也該是我的。

我沒回霧靄山，在魔淵旁邊住了下來。

魔族人對我意見頗多，魔界朝堂之上為了我鬧得不可開交，他們說一個神女住在魔界腹地，簡直就是挑戰他們魔族的尊嚴。魔族的人威脅天界，說我是在挑釁他們，意圖再起兩界征戰。

於是天界慌了，便也派人來勸我回霧靄山，他們說：「妳那徒弟回不來了，誰不知道魔淵之下戾氣橫生，便是神女妳下去了，也回不來呀！」

我知道這個道理，千萬年前，魔王便是沉在了這魔淵之中再未出世，我自知自己即便全盛時期，也鬥不過魔王，更別說現在了。所以我也自知，自己入了魔淵是出不來的，更別說……清寒了。

但我卻不打算理會別人。

他們又苦口婆心地勸。「您不給魔族留尊嚴便罷了，好歹給天界留點面子，聽話回去吧，神女。」

我一揚手就把來勸我的人扇走了。順帶削了魔淵旁邊的一座山，將在山頭上打算輪番來勸我的天界文官全部吹走。

這一下把天界與魔界的臉面一併打了。

看我耍橫，他們自己又打不過，便沒人再敢來勸，天界的人轉頭去勸魔界的人，魔界的人想想魔淵邊那被削平的山頭，便也把火忍了下去。

我安然在魔淵旁邊住了三年，也等了三年，我日日看著魔淵之下戾氣翻湧，卻等不回我想等的人，看不到我想看的景。

那三年，便是我第二次認識到，我是喜歡清寒的，並非師徒之情，並非教養之德，而是男女之愛，帶著幾分刻骨銘心地留在了我心頭。

三年後，我回了霧靄山。便也是在那之後，我的身體更是大不如前，直到如今這個地步……

仔細一回想，當年的事情好似歷歷在目，清寒不在了的這些年，霧靄山的景並沒有任何變化，時光對我而言也沒有了絲毫意義，甚至活著與死了，也毫無區別。

拋開這些紛亂往事，我閉眼睡覺，卻不經意地在夢中再次夢見了清寒。是年少時候的他，站在院裡的梨花樹下，在梨花如雪紛紛落下的時候，他轉頭看我，他說：「師父，今日我給妳釀了梨花釀，以後妳就不用去山下買酒喝了，別走了……」

他不喜歡我離開他，所以總是想盡辦法讓我留在他身邊，我留下來了，可卻是他先走了。

一覺未睡得安穩，我坐起身來，聽見風吹得窗戶有點晃，抬頭一看，竟是外面下雪了。我起身去關窗戶，剛走到窗邊，便見那青年竟是還未離開，他站在院裡梨花樹下，合著漫天飛雪，一瞬間好似讓我回到了夢中的那個場景。

那個少年站在樹下有些害羞和不安地告訴我，他給我釀了梨花釀，他不想讓我離開他，哪怕只有片刻時間……

霎時，我心緒湧動，喉頭一甜，我強自壓下胸中翻湧血氣，咳了兩聲。

外面的青年目光立時轉了過來，落在我身上。他微微蹙著眉，我不知為何，倏爾失神，鬼使神差地問了他一句。「你叫什麼名字？」

他默了一瞬。「我叫流月。」

他叫流月，不是清寒，我垂了眼眸，只覺自己方才心中一閃而過的念頭，簡直荒唐。

我關了窗，隔絕外面的風雪。我撫了撫胸口，道是自己真是快死了，竟會這般頻繁地想起那點不甘心的往事。

不過想起也就想起吧，左右，等我死了，這個世界上便再也沒有人去懷念那樣一個少年了。趁我還在的時候，我便多念他幾遍吧。

第六章

那小子還沒走，賴在我的院子裡。我想著在這風雪天氣裡待了這麼多天還不生病的人，大概真不是什麼凡人，應該是我現在法力衰退，看不出他身上氣息了。

我琢磨了一下，覺得自己應該是打不過他的，於是便也沒繼續趕人走，省得回頭打起來了，輸了難看。猜不出他留在我這裡的意圖那我索性便也不猜了，總之，是狐狸，總有露出尾巴的一天。

「魚羹。」一碗香噴噴的魚肉羹送到了我面前，我舔了舔嘴，倒也沒客氣，直接接了過來。

流月便自然而然地在我身邊坐了下來，他歪著頭，專注地看著我，我餘光瞥了他一眼，一時覺得嘴裡的羹有點難以下嚥。「你這般盯著我作甚，能將我看出花來？」

我本是來諷刺他，然而卻不曾想他竟是我從未見過的厚顏無恥之人，他一點頭。「對啊。」

他道：「於我而言，妳便是山間花，雲間月……」

我狠狠打了個寒顫，年紀老了，到底是聽不得這些哄小女孩的甜言蜜語了，我抖了抖身上的雞皮疙瘩，豪爽地將魚羹仰頭喝乾。「洗碗吧。」

我使喚他，他也坦然接受這般使喚，出屋門之前問了我一句。「今日陽光好，下午要不要出去走走？」

真像在伺候老人一樣。

「不了，有點乏，我下午要睡睡。」

他眉頭一皺，仿似有些擔憂。可這邊擔憂還沒有多久，他倏爾目光放遠，望向院外，眸色霎時起了幾分涼意。

我一時不懂他在涼個什麼勁兒，可下一刻，我便感覺到了山下瀰漫上來的魔氣。沒多久，一道風倏爾颳進了我這院子，挾帶著凜冽的魔氣，一個身著黑袍的女子在院中出現。

她看了我身邊的人一眼，然後目光才落在我身上，上上下下將我一打量，不知為何倏爾怒上眉梢。竟是不執一言地一鞭子便向我抽來。

這鞭子來得凶猛，我還沒動，旁邊的人便一伸手將這鞭子從半空中截住了。

女子見狀眉眼一冷，聲色一厲。「從我婚禮上離開，你千里迢迢來找的便是她？現在還要護著她？」

我一挑眉，這話聽起來有很多故事啊！我有點想搬小板凳到旁邊去嗑瓜子了……

流月手一振，力道之大，徑直將那女子生生推出了三丈遠。「這不是妳該來的地方，回去吧。」

少女銀牙一咬，仿似怒極。「從來沒人，敢對本宮說這樣的話！」

喲呵，語氣倒還挺大，我上上下下將這少女一打量，待得看見她袖口上暗繡的鳳紋，我隱約猜出了她的身分後，便也覺得她這樣說話也沒錯。

魔族自打他們那個大魔王落入魔淵再沒爬出來後，便再也沒立過魔王了，每一代統領魔界的其實是他們的轉世靈女。說是靈女，但經過這麼多年的發展，已經變成了女王一樣的存在，著鳳紋黑袍，戴靈鳳長簪。

看來面前這個少女，大概是魔界新立的靈女了。

我畢竟已經不問世事多年，沒見過她也是應該的。她沒見過我，也是應該的。

思索完這些，我轉而看向我面前這人，不由得又陷入了深思。

這個流月，能與魔族的轉世靈女成親，照理說身分應該不低啊，怎麼著也得是個親王才行。他這吃飽了撐的，到霧靄山來纏著我這個過氣的孤寡老人作甚？

不過等等……

流月這個名字，怎麼忽然間變得有點耳熟起來。

「離開這裡。」流月並不理靈女的話，聲色依舊冷厲，與之前他在我面前表現出來的模樣判若兩人，「別讓我說第二遍。」

「我與你本只是族內聯姻，與你我喜好並無關係，你有自己追尋的人，更是與我無關。但你不該在婚禮之上棄我而去，如今也不該這般與我說話。」靈女盯著流月，眸中動了殺氣，說得咬牙切齒，「從未有人給過我這般羞辱。」

「現在有了。」流月說得輕描淡寫。

空氣好像凝滯了一瞬，我從側面繞過去看他，流月便也垂眸看我。待他眼睛裡裝進我影子的時候，他眸光霎時便溫柔了一些。

但不管他怎麼溫柔，該告訴他的話我還是要告訴他的。「你知不知道有時候嘴賤是會害死人的？」

流月一笑。「我知道。」

話音一落，對面靈女周身魔氣炸開，頓時打破了我這院子的百年安寧。身後的房子被整個兒掀翻，院裡的梨花樹被連根拔起，地上的泥土石塊，被無形的力量掀上了天。我被流月護在身後，周身法力未動也毫髮未傷。

但當我的眼睛掃到牆角梨花樹下時，我不由僵了身體。

清寒埋的梨花釀還在下面！

眼瞅著那梨花釀上覆蓋的泥土已經被掀開，我心頭血液倏爾一動，在誰都沒有來得及反應的時候，閃身落至陳舊酒罈之前，將酒罈護住，靈女的法術便在我背後炸響。在這一瞬間，我甚至能聽到自己後背皮開肉綻的聲音。

但即便我已這般來護酒罈，罈口也依舊有一小塊被炸裂開來，裡面盛了不知道多少年的酒香飄逸在我的鼻尖。

我心口一動，那些挾帶著百年前明媚陽光的畫面霎時在我腦海中閃現，刺得我心間又澀又痛，連帶著生起了許多年也未曾起過的滔天之怒。

我仙力滌蕩而出，將那靈女魔力盡數壓下，靈女一怔。「什……」

我轉過頭去，目光穿透仿似帷幕一般落下的塵埃，盯在了靈女身上。「念在爾等小輩不懂事，我本欲寬以待人……」

我的神劍已被清寒盜去，與他一同消失在魔淵之中，但就算我沒有神劍，身體已衰，卻並不代表我已是無用之人。「霧靄山間，何容爾等放肆。」

靈女雙眸一瞇，似對我的話感到很不滿意，而旁邊流月卻倏爾眉頭一蹙。他伸手要來攔我，可沒等他跨出一步，我已催動霧靄山間靈力，凝結成劍，化無形為有形，在在場兩人都未來得及反應之時，一劍直取靈女頸項。

待得漸漸刺破靈女皮膚，她才是一愣，立馬旋身躲過，堪堪落在幾步之外，未給她喘息的時間，我再次催動靈劍，直取她心房。

招招致命，靈女連連後退，翻身躲過，最後避無可避只好一隱身形，在我這小院裡消失了身影。

知她氣息還在，我長劍向地，直入大地之中，口中冷然道：「我與妳魔族聖祖女王一戰之時，妳尚且不知生在何處，區區小輩敢在老身面前狂妄放肆，找死。」

話音落，我使院中氣息大震，連帶著將流月都震得往後退了一步。至此，院中再無靈女氣息，想來是被我連打帶唬嚇跑了。

院中霎時恢復以往安靜，我也再控制不住四周靈氣，任由它們向四周亂散而去。

「我還是寶刀未老嘛。」我自嘲一笑，剛說完，便是胸中血氣一湧，到底是沒再忍住。我一聲嗆咳，血自喉頭溢了出來。

我一抹脣角，看著手背上的鮮紅，我竟是像踩死了一隻蟲子一樣，毫無感覺。

麻木。

是的，我對這具身體，還有自己的生命感到麻木。畢竟這生命裡，再沒有什麼人什麼事值得讓我有一絲半點的牽掛了。

眼睛有些花，我感覺自己世界開始眩暈，有人扶住了我的肩膀，讓我不至於難看得摔倒在地。

我沒有感謝他，因為此時此刻我心裡只想到了一件事，「幫我把樹下酒罈封好。」我道：「那是清寒唯一留下的……再沒別的了……」

那是那個少年來過我生命裡的……最後一個證物了……

沒再聽到身邊人的回答，我雙眼不聽使喚地閉了起來，對四周一切，再無知覺。

第七章

我在黑暗中夢見了很多陳年往事，翻來覆去都是清寒的模樣。其實如果能一直見到他，就算讓我永遠沉睡在夢裡，我也是不介意的。

這些陳年往事夢著夢著，卻有幾分真實起來。我竟在夢裡感覺到有人握住了我的手，在我旁邊聲音沙啞地叫我「師父」，那麼愧疚，那麼不安和忐忑。

不知睡了幾日，我終於慢慢轉醒，這日剛睜開眼睛，便又聽到了外面的聲音。「你身為魔王，既然從魔淵中出來，重回三界，便該擔當起君王的責任，與我成親，帶領我魔族將士開疆拓土，好好出一口這些年被天界那些混蛋壓制的惡氣。而今你卻二話不說，到這山裡陪著一個將死未死的仙人隱居！」

聽這聲音，當是那現任靈女又找來了。只是這次她沒有動手，我躺在床上眨巴了一下眼睛，沒打算理會。

「且不說其他，你可知你陪著的這個女人，當年殺了我魔族多少將士！連聖祖女王都是拜她所賜才早殞於世！你要與她在一起，便是背叛魔族。」

「我叛了又如何？」

流月答得冷淡，一時間我好像聽見了靈女被氣得吐血的聲音。

我覺得好笑，神智稍微清醒了些許。而待我神智一清明，我霎時便反應過來，難怪之前會覺得流月的名字熟悉，那可不是當年大名鼎鼎，掉進魔淵之後再也沒有爬出來的魔王嗎……

而意識到這一點的時候，我卻倏爾渾身一僵。

這個魔王，是從那魔淵裡面爬出來的……

我一個激靈，翻身起來，鞋都未穿，徑直邁出了門去。見我出來，流月眸光一亮，未等他說話，我一把揪住了他的衣襟。「除了你還有誰從那裡面爬出來嗎？」

流月盯著我沒說話。

我沒耽擱時間，轉頭便盯向靈女。靈女一見我看她，就跟我眼睛裡有刀子扎疼了她一樣，她往後一瑟縮，復而又覺得自己這樣似乎太沒出息，便清了清嗓子道：「幹麼？」

「魔淵裡面還有誰出來嗎？」

她眼珠子轉了轉。「你是想問你那徒弟嗎？」

「說！」

靈女一震。「那地方千百年來我們魔族推了多少人進去，除了魔王，還有誰爬出來過……」

她話音未落，我周身氣息一起，徑直往魔淵那方而去。

當年我應該下去找清寒的。我想，如果魔王能從裡面出來，那清寒說不定也可以，即便清寒不可以，那我下去了，說不定也能在裡面找到他。我不該只在上面等的……

我應該去陪他的。

看看我這苟延殘喘的這些年，都活成什麼樣了。

我催動身上所有的法力，瞬行至魔淵邊。在高空中看著下方巨大的魔淵，恰巧見了魔淵邊上一處有一些魔族的人圍在一起。

我行了下去，聽見人群之中有一人在喊：「那兔崽子呢！讓他把我的身體換回來！」

有人在旁邊說了一句。「這看著有點像當年殺了厲親王的那個小子啊……」

我渾身一震，推開人群要上前，忽然之間聽得一聲慘叫，前面的人迅速散開，大喊著。「吃魔了吃魔了！」

人們慌張跑走，我這才看見在離我十來步遠的地方，我那個從小養到大的徒弟，一身衣衫襤褸，披頭散髮，眼帶邪氣，正咬著一個魔族人的脖子，在吞噬他的血液。

「我是你們的王！」他大喊著，「把你們的血都供給我！」

我看著他滿嘴是血的瘋癲樣子，即便他頂著我清寒的臉，但我也清楚意識到，他不是清寒，他這樣像極了連我也只在書上看見過的上古魔物——沒有接受過天界文明洗禮的，嗜血嗜殺的魔。

他是真正的魔王。

那來我院子裡的那個……

在我意識到這點的時候，我已經沒有回身和其他人一起離開的選擇了，因為正經魔王的眼睛已經落在了我身上。

這換做以前，我是不會跑的，正面戰上剛從魔淵裡面爬出來的魔王，我想還可以戰上幾百場，可現在我是不行的。畢竟年邁，老胳膊老腿，是揮不動了。

魔王身形如風，一閃身便落在我身前。剛才神行太快，我沒有力氣反抗，被他拎住了脖子。

他一笑。「神血大補。」

這哪行，他要吃了我的肉，可就壞大事了。

我雖然是個年邁的天罡戰神，但好歹也是戰神，心裡到底是心繫天下的。

雖然剛才心裡起了個念頭，還想去問問那人一些事，但現在看來，好像也沒有問的機會了。或者說，其實本來也沒有去問的必要的。

我本就是將死之人，問了又有什麼用呢，說了又有什麼用呢。只要知道，他已經活過來了，他能好好繼續活下去，我的心願，其實就已經了了一大半了，就算他是用著那本屬於魔王的身體，我心裡也是開心的。

我在魔王咬我脖子之前，我衝他一笑，將這野獸一樣的傢伙看得有點愣神。

他用屬於清寒的眼睛陰森詭譎地盯著我，我想這雙眼已經想了好多年了，就算現在看見的眼神不對，但我也是歡喜的，於是我笑得更開心了些。「我老了，你看我帶你走好不好？」

魔王又是一愣，隨即對我露出了牙齒，在他牙齒觸碰到我頸項的時候，我一劍從他的後背扎穿了他的心臟。

用的不是別的劍，正是那陪了我多年，後來被清寒盜走去報仇的神劍。兜兜轉轉，這神劍還是回到了我手裡，老夥計到底是與我一起打完了最後一仗。

在魔淵之下這麼多年，這把劍倒是一直別在這個身體的腰間。可見當年，清寒也是把這劍繫得真緊啊。

神劍入妖魔之體，吸食魔血，光芒大漲。魔王初初回歸，身體力量尚未恢復，此時被神劍入心，登時渾身脫力，可這樣是殺不死魔王的，畢竟我現在根本沒多少神力。

我肩頭在他胸膛一頂，推著他向魔淵而去。魔王死死抓住我的手不打算放。

「區區老婦，竟妄圖殺害本王……」

他是想著拽著我，我就不敢撞他下去了是吧……

我一撇嘴，一步衝出懸崖，失重感襲來，魔王用清寒的臉表現出了錯愕和不甘。

然後魔淵的黑暗便從四面八方洶湧撲來，我笑。「你看，我說帶你走就帶你走，絕不食言。」

黑暗帶走了我的視力，奪去了我的觸覺，清寒的臉在我眼前消失。我像是墜入了一個空寂無底的黑暗當中，不知自己的生死，而便是在這樣的地方，我竟然恍惚間好似聽見了身後一人痛苦的嘶喊。

他喊著。「師父……師父……」

帶著絕望還有那麼深的愛。

我倏爾想起了之前這個男子問我的話。「我若是釣妳，妳上鉤嗎？」

你早說呀，要知道你是清寒，我也像鏡湖裡的魚一樣，別說不用餌，便是沒有鉤，我也想著方法往你身上蹦躂的。

只可惜……

咱們總是錯過。

黑暗裡是感覺不到時間的，也沒有參照物，什麼都沒有，我以為我是死了。可漸漸我卻能在黑暗裡察覺到一些細微的動靜了，這是在有五感的時候所察覺不到的東西。

微妙的氣息流動，細小得連髮絲都吹不動的風，還有偶爾會觸動我耳朵的聲音。「師父，這裡不是死地。」

他說：「這裡是活的。」

我越來越感覺到這裡的動靜，這裡有氣流，有法力，還有……清寒。我能感覺到他的存在，只是我看不見他，摸不到他，甚至無法真切地聽到他的聲音。

但我能感覺這都按著他的心聲。

這是一種非常微妙的體驗。我能感覺他一直在對我說：「跟我學，我能帶妳出去。」

他在教我東西，他想帶我出去。

然後，他便真的帶我出去了。

當我重見天日的時候，已不知道是多少年之後了。魔淵邊上依舊一個人也沒有，我沒有看見清寒，我在懸崖邊四處尋找，依舊找不見他，他沒有在這裡等我，那……

我一回頭，卻倏爾發現，另一個人也從魔淵裡面爬了出來。

是我陌生的眉眼，卻帶著我熟悉的神情。

他的身體是流月，可我知道，這個人名叫清寒。

他陪我跳下了魔淵，在裡面陪了我不知道多少年。

我回望著他，站直了身子輕聲笑道：「魔王大人，你收徒嗎？」

尾聲

我和清寒一起從魔淵裡爬了出來，這事震驚了三界。

除了我們活著出來這舉動很強大以外，更多的，是因為我竟然在魔淵底下的殺人戾氣當中，修煉著改變了自己的身體。我的身體不再年邁，我不再是將死之人，我力量不再衰退，又恢復了當年的青春活力，只是……

我不再是神了。我變成了魔族，貨真價實的魔。

誰也不知道這是怎麼回事，我也不知道。

天界的人找來，痛斥我叛離仙道。我總是依偎在清寒的胸膛一攤手。「那你們除魔衛道就好啦。」

清寒挑了挑眉。

之後就再也沒有仙界的人來嘮叨了。

打不過就夾著尾巴做人，這是真理啊……

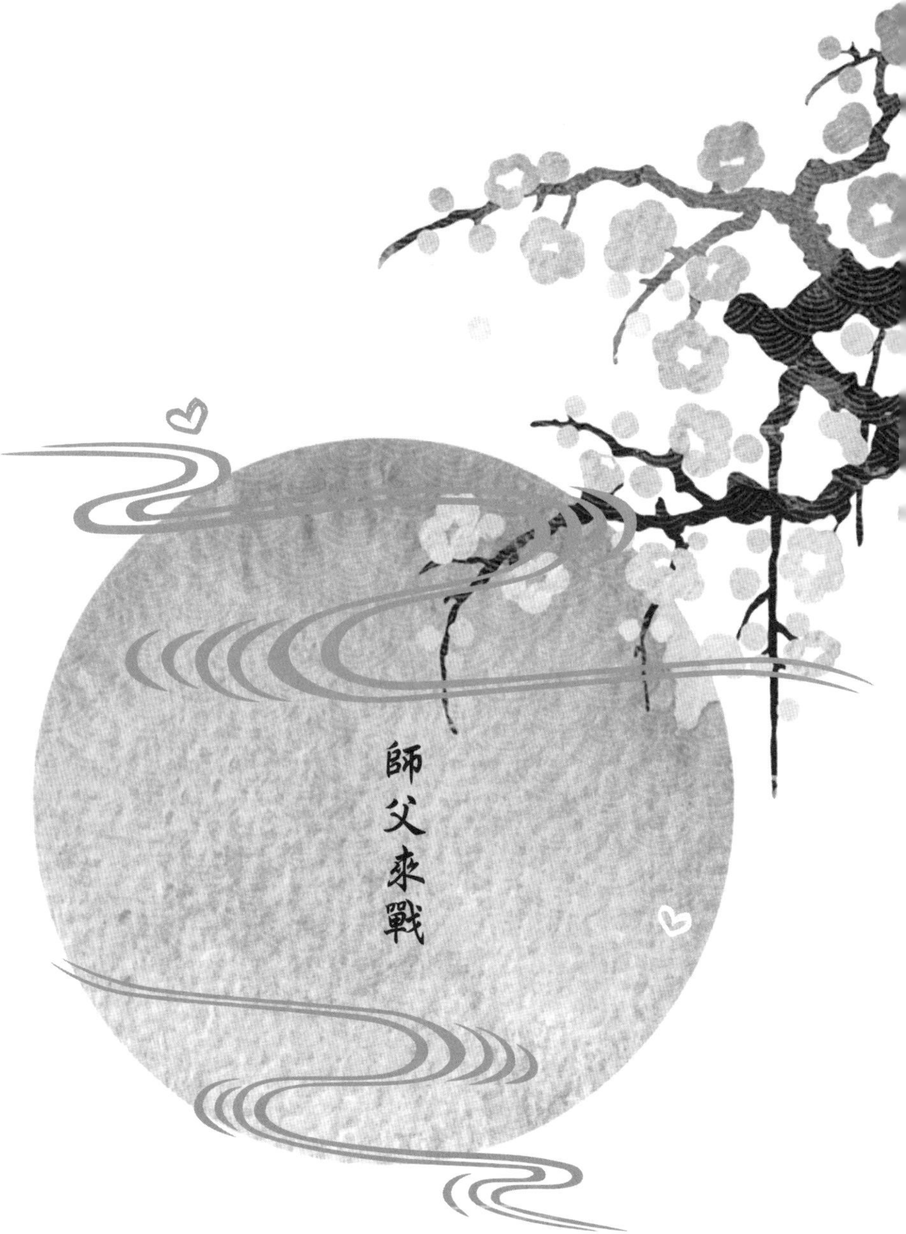
師父來戰

楔子

我攏袖立於仙靈山巔，看著漫天飛雪，不由得一聲長嘆。

還有一個月便要到五月廿三了，那是我修仙滿一百年的日子。這本應是個好日子，然而我卻開心不起來。

山下探子又給我發來了消息，說我師父還在揚州城裡喝酒吃肉，身上沒受一點傷，兩天前的暗殺行動顯然是又失敗了。

我愁得皺苦了臉，心裡委實萬分憂鬱。

不為其他，只因為我已沒錢再去請一個暗殺組織了。

從今天開始，要殺師父，只好擼袖子自己上了。

第一章

我七歲修仙，拜的，大概是這世界上最不靠譜的師父。其實若要較真的說，我還真不是拜進師門的，我那完全是……

被拐進師門的。

百年之前，魔族初滅，天下仍亂，流民遍野，我親生父母早不知在什麼時候被沖散到了哪裡去，是個孤身老乞丐見我可憐便帶著我一起在路上流浪。

彼時我們流浪進一座中原小城，老乞丐生了病，我便在街邊端個破碗乞討。是日天晴，街那頭傳來了一中年男子叱罵之聲：「你看看你吊兒郎當的樣兒！哪個有資質的孩子願意跟著你！收不到徒弟！你這輩子也別想出師了！」

「師父，話可不能說得這麼滿。萬一我隔幾天就收到徒弟了，你臉面豈不是很難看。」

這回答的聲音好聽得緊，雖然有三分痞氣與懶散，但音色卻是我那時從未聽過的好聽，我好奇抬頭。

便是那鬼迷心竅的一眼，穿透了重重人群，讓我看見了面容如玉身形似竹，神態卻微帶幾分懶散的男子……

那時我小，沒見過世面，就這般輕易地被他的臉給迷住了。

我看得太入神，手裡的破碗掉在了地上，「砰」的一聲，在嘈雜的街上本不那麼顯眼，但他卻轉過頭來了，墨玉一樣的眼睛盯住了我。

和著中年男子「你找啊！你找給為師看看！」怒氣沖沖的叱責，他倏爾歪著嘴一笑，徑直向我行來。

不得不承認，儘管日後我對這個師父頗多怨言甚至怨恨，但當日陽光傾斜，他白衣翩飛的模樣像一副美得不可方物的畫，印刻在了我的腦海裡。

「小乞丐。」他蹲下身，平視著我，「我觀妳筋骨奇佳但卻面黃肌瘦，想來是五行缺錢。」他在我碗裡丟了塊小碎銀，「我有錢，妳跟我走如何？」

我失神好一會兒，轉頭看了身後的老乞丐。老乞丐即便在病中，也依舊很有職業精神地向他伸出手，抖了兩抖。

他了然一笑，解了錦囊，「咚」的一聲，丟在了老乞丐面前。即便過了百年，我也依舊記得那聽起來賊沉賊沉的聲音——果然有錢！

然後我就隨他走了。

當時我以為自己是被買去做婢女的，不如一點，就是去做粗使丫頭的。我怎麼都沒想到，我竟然，是被買去當徒弟的……

仙靈山立派數百年，沒有哪個師父是用錢把徒弟買回來的。

我這個師父，做到了。

他當時還對他師父，也就是我師祖笑得壞壞的得意著。「師父您臉疼嗎？」

師祖氣得吹鬍子瞪眼，指著他半天沒說出一句話來。

蕭逸寒回頭拽了我的手，在我掌心裡放了一塊白玉佩。那時我從未見過這般精細的物什，一時惶恐，不敢要，只不安地將他盯著。

他將我的髒手握住，目光和他掌心一樣，都是下午太陽將歇未歇時懶洋洋的溫暖。「小乞丐，今天開始，妳就是我蕭逸寒的徒弟了。以後別人給妳東西，妳只能因為嫌棄而不要，而不能因為害怕而不要。妳得隨我，做一個金貴的人。」

我當時不嫌棄這白玉佩，於是便收了，日日佩於腰間，如珍如寶。後來，我卻已經將那白玉佩解了，置於箱底，理由和蕭逸寒說的一樣——因為嫌棄。

而現在我卻又將那壓箱底的玉佩翻了出來，想著此次出山是要殺蕭逸寒的，他有多不好對付我知道，說不定這是一場耗時長久的拉鋸戰。這個玉佩拿著，等到應急的時候，說不定可以當了換錢。

我御劍出山，不日便到了揚州，找了個客棧安頓下來。我根據上次探子提供的情報，找到了蕭逸寒經常出沒的酒館。

大早上的小酒館基本沒人，我點了壺酒，坐在角落裡守著門看。

正是煙花三月天，陽光和煦，揚州城裡桃紅柳綠，真是最美時節。而今世道也還安穩，不再像當年那般兵荒馬亂，百姓流離失所。

酒館外面一個小女孩被沙迷了眼，她閉著眼睛一邊揉一邊悶頭走，一不留神便撞到了個穿得破破爛爛的人身上。

看見那人，我眼珠不由自主地縮緊。

他披頭散髮衣衫襤褸，臉上亂七八糟長著鬍碴，雖然神情更比當年添了幾分粗獷野性，但這一雙眼，是我夜夜夢迴裡的魔，就算我自己化成灰，也認得他。

這就是叛出仙門、墮入邪魔歪道的，我的師父。

蕭逸寒。

小女孩一抬頭見自己撞見這樣邋遢的人，登時被唬得愣住，就瞇著一隻眼將蕭逸寒盯著。

蕭逸寒也垂頭看了她片刻，隨即蹲下身，略粗魯地打開了她揉眼睛的手，拉下她的眼皮便「呼呼」吹了兩口氣。

小女孩流了兩滴眼淚，將沙子洗了出來，可人也嚇得將哭未哭。蕭逸寒一拍小女孩腦袋。「走吧。」

他說話聲調依舊拖得懶洋洋的，只是沒有了以前溫暖的笑意，到底是世事變更，也改變了他，「回頭可別撞見別的壞人了。」

倒是知道自己是壞人。

我心底冷冷一笑，餘光裡看著他走進酒館來，坐在了我斜對面。

餘光裡注視著他，新仇舊恨，如纏藤般爬上心頭。

一時間我竟有些控制不住自己拿酒杯的手，杯底在桌上磕出了一連串「篤篤篤」的聲音。

百年前，我拜入蕭逸寒的門下。我本將他當作救世主一般供奉，暗暗發誓一定要好好對他，不能讓他失望，要成為讓他足夠驕傲的人。

可我怎麼也沒料到，他卻成了刻在我身上的……恥辱。

仙靈派有個不成文的規矩，想要出師就必須先收一個徒弟，而如今離蕭逸寒叛出師門八十餘年，即便我獻盡殷勤也未收到一個徒弟。

同輩的排擠，小輩的非議讓我日日生活於孤獨當中。不擺脫蕭逸寒這個恥辱，我就永遠會活在這樣的孤獨當中……

蕭逸寒非死不可。

我收斂了眸色，穩定了心緒，默默地為自己斟了杯酒喝。

蕭逸寒坐在我斜對面的桌子上，也倒酒自飲。舉杯之下，於時光斑駁的罅隙之中，回憶偏差，我竟恍惚間想起百年前蕭逸寒初初將我帶回仙靈山時。

那時蕭逸寒剛收了我，他出了師，有了自己的小院，再沒有人管著他，他便成天成夜地在屋裡睡懶覺，醒來便坐在院裡喝酒。

我那時小，整日唯唯諾諾地待在他身邊，小心處事，唯恐半點惹他不開心了，會將我逐出門去。

甚至會叫上我。

他讓我喝酒，我便喝了。

然後一直喝到蕭逸寒趴下……

那是我第一次發現自己竟有千杯不倒的體質。

第二天蕭逸寒醒來後嚴肅地打量了我許久，從此，他找我喝酒這件事便一發不可收拾……
蕭逸寒白日與我酌，晚上與月酌，醉了便一切不管地仰躺在椅子上睡覺打呼。在那只有我與蕭逸寒兩人的山頭上，我只好忙裡忙外地給蕭逸寒張羅著燒水鋪床。

我還記得第一次蕭逸寒在我鋪的床上醉酒醒來後的表情，怔愣、呆滯，有點反應不過來的木訥，他抓了抓乾淨的衣領。「昨天妳給我換的衣服？」

我點頭。

「倒是第一次。」他呢喃自語，「有人這般照顧醉酒的我。」

我看著他，老實又憨厚地說：「師父，徒弟以後會一直這樣照顧你的。」

他看了我一會兒，隨即便是瞇眼一笑，懶懶地往床上一躺。「好呀，如此，便給我拿點吃食來，待會兒我們便接著喝吧。」

「好。」

我那時天真地以為，喝酒喝得醉生夢死大概就是修仙者們的日常吧，徒弟孝敬師父，大概都是這麼孝敬的吧。

直到這樣過了好幾月，師祖來看望蕭逸寒，見院裡酒氣衝天，登時動了雷霆之怒，將蕭逸寒與我痛罵一頓之後，我才意識到，哦！原來別的山頭的師父都不這樣帶徒弟玩的！

蕭逸寒也才意識到了，哦，原來他身為師父似乎應該要教我什麼東西的。

那以後，蕭逸寒才帶我去仙靈門學堂夫子那裡上課，我也才過上了正常的修仙生活。也從那以後，我便再也沒有那樣與蕭逸寒共飲了。

時光翩躚，歲月像個調皮搗蛋的小孩，竟將我與蕭逸寒的初時與此刻的重逢，疊在了一起。

而現在，我的心境再也回不到當初的澄澈乾淨了。

我放了酒杯，站起身來，不徐不疾行至蕭逸寒桌前。

酒館外的春風徐來，拉扯了他的髮絲與我的衣襬。

「師父。」我在他桌子對面站定，喚了他一聲，一直等到他帶著三分醉意地抬頭看我……

便在這瞬間！我寒劍錚然出鞘，劍尖直取他咽喉，這一擊我未曾想過會成功，若是蕭逸寒這麼容易殺，那我雇的殺手，早就提了一百個蕭逸寒的腦袋來見我了。

可我沒想到，此時的蕭逸寒卻直直地盯著我，周身毫無防備。即便劍尖刺入他的喉間，鮮血滲出，他也只是看著我，像是發了呆，入了神一樣。

我眸光一緊，劍勢一頓。便在這遲疑的瞬間，蕭逸寒身上法力溢出，將我的劍刃往旁邊一推，刃口斜斜劃開了他的頸項，破皮流血，傷口卻不深。

他依舊坐著，身形不偏不倚，護體法術在擋開我的劍刃之後便隱了下去。

我瞟了眼他頸間落下的鮮血，再直視他的雙眼，四目相接，像針尖對著麥芒。「時隔八十年再見，不知師父可否還記得小徒？」

「是七十九年又十個月了。」蕭逸寒喝了口酒，語調竟似有悵然感慨，「小徒弟，妳是我唯一的徒弟啊，我怎會忘懷。」

他說的話倒讓我有三分驚異，說得好像對我還有什麼情誼一樣。

可蕭逸寒怎麼會對我有情誼呢？要真說有，他對我大概只有買賣的情誼吧，畢竟我是他真金白銀買來的徒弟。

第二章

蕭逸寒在我心中是有三宗罪的，這第一宗，便是他是這世上最不靠譜的師父。從嚴格意義上來說，蕭逸寒沒教過我哪怕一個法術。

蕭逸寒將我送去了仙靈派的學堂，便不再管我了。人家師父教了徒弟御劍來上學，而我還是自己背著書樓子，吭哧吭哧走一個時辰山路來上學，蕭逸寒從不過問。

直到學堂夫子看不下去了，才教了我御劍之術。

我第一次御劍回小院時，還隱隱有些期待，期待師父會對我另眼相待。可蕭逸寒別說另眼了，他連正眼也沒多看我一眼，他只覺我今日回來得尤其早，可以拉我陪他喝酒了……

那是我第一次因為期待落空，而悶悶地拒絕了他。

後來，各家的師父開始帶弟子們去山外歷練去了，一去便是一月，學堂便也停課一月。

不能去學堂，我便只有待在小院裡，洗了一天的衣。蕭逸寒躺在院裡椅子上，晒了一天的太陽。直到我快將衣服晾好了，才聽得他在我身後拖著語調打趣我。「我徒弟總是這麼勤快，以後妳要收徒出師，我可就捨不得了。」

「我不想出師。」

「哦？為何？」

「來修仙的師兄弟們出身都不卑微，只有我是乞兒，上課時我與他們一起，可下課時，我便無法融進他們。我覺得師父也一樣。」

「我？」蕭逸寒在椅子上翻了個身，半個手臂沒有力氣地垂搭下來，整個人便如貓一樣懶散，他好笑地問我，「我與妳這小可憐哪裡一樣？」

「師父也是孤身一人啊。」

蕭逸寒沒有說話。

「師父找我喝酒，我不喝你就一個人喝。我不在，你就一個人待在院子裡，師父孤獨無依，我也是，所以我想一直陪著師父，不想出師。」

一個山頭，一間院子，只住著我與他兩人，在幼小的我心裡認為的相依為命，不外如是。

「妳想陪著我？」

我晾好了衣服，轉身走到蕭逸寒身邊。「嗯，我陪著師父，也是師父陪著我，這樣我們都不會孤獨了。」

現下想想，那真是一番感人至深的話，而由當年年少無知、憨傻實誠的我說出來更是情真意切，但蕭逸寒回報我的，卻是在長久的沉默之後，打了個哈欠：

「就算妳這樣說，我也是不想教妳修仙的。」

我問他。「是弟子天性愚鈍不能修仙麼？所以當日師父撿我回來，只是因為我……可憐嗎？」

蕭逸寒懶懶抬眼睨了我一眼。「只是因為，我懶得教啊。」

他說得那麼無所謂，完全不覺得自己在踐踏一個孩子需要愛護的求學之心。可那時我還是沒怪他，我對他孝順寬容，就像是……他養的一條聽話小狗。

回憶起當年種種，我心頭登時又起一股血恨。

看著現在面前百年如一日吊兒郎當的蕭逸寒，我拉扯著嘴角，牽出一個陰森扭曲的笑。「好巧啊，我也將師父牢牢記在心中，在你離開的這八十年來，徒兒於日日夜夜中，晨光暮靄裡，皆不敢相忘。」

當年老實，暗暗吃過他的虧，受過他那麼多踐踏。如今，我要踩著他的臉，把那些委屈都討回來！

我收了劍，在他面前坐下，他這倒是稍微拿正眼瞅了我一眼。「到揚州來辦事？」

「我來找你的。」我道：「仙門空寂，沒法待了。聽說師父在紅塵裡逍遙自在，我便來投靠你了。」

蕭逸寒失聲一笑，長了鬍子的臉不再如當年那般誘人的美麗，但卻添了幾分滄桑的野性。「小徒弟，這麼多年了，妳還是沒學會撒謊。」

拳心微微一緊，可我也不再是當年那個被戳破謊言後，在他面前面紅耳赤手足無措的小姑娘了。

「我確實是來找你的。」我盯著他，「師父離開之後，有一心願始終壓在弟子心頭，過了這麼多年，願望積攢不慎成了執念。我尋了許多方法破解不得，於是來尋師父，願師父能破了我這一念入執。」

「哦？是何執念，方得我才可破？」

我直言。「我想讓師父，死一死。」

蕭逸寒眸光微深。「小徒恨我。」

「是。」我一字一句地說著，「恨之入骨。」

蕭逸寒默了一瞬，倏爾大笑，笑罷，放了酒杯，點頭。「妳是該恨我。不過……」他話音微頓，抬頭起來看我，「這可如何是好呢，為師如今還有要事未了結，暫時還不能放棄這條命，為妳解恨啊。」

我將劍抬了起來，再次指向他的咽喉。「不勞師父費心放棄，我自己動手就好。」

蕭逸寒坐著，眸光自下而上地盯著我，周身殺氣宛似萬千兵刃在他身側展開。

他以為我會怕嗎？我再也不是那個會為他微微皺一下眉頭就心慌不已的小屁孩了。我仙力一蕩，推開他釋放而出的殺氣，與他的氣息在這間客棧裡廝殺碰撞。

客棧裡的碗筷也碎了，桌子也塌了，甚至連地也開始出現裂縫，頭頂的房梁「嘎吱」作響，眼見便要坍塌於此。

「小徒弟，修為精進不少嘛。」蕭逸寒便在這衝突的當口，衝我一笑，「為師早看出妳有修仙天賦，妳自個兒也愛好修仙，看來為師離開這些年，妳也沒有偷懶。甚好甚好。」

我也是冷冷一笑。「託您的福。」

八十年前，蕭逸寒還在師門的時候，我修仙努力，用功得連蕭逸寒有時候都會咂舌，他說我是喜歡修仙，然而其實當年我並不是有多喜歡修仙。

當年，我只是過於依賴這個師父，如果我不修仙，我又要怎麼陪著他這歲月於身不留痕跡的仙人呢。他不教我仙法，可我想做他的徒弟，那我總得自己想辦法讓我可以有資格和他一直站在一起。

所以我只有自己努力，看在他的眼裡，就成了「修仙是我的愛好」。

後來，蕭逸寒離開了，為了有朝一日能報復他，我更是努力修行，直至今日……

「不過，今天也就到此為止了。」蕭逸寒話音一落，周身氣勢猛漲。

我心覺不妙，撤劍回來護於身側，忽然間只聽得周圍梁柱坍塌，一陣嘩啦亂響。整座客棧從我頭上落下，我身有護體仙氣，自然無礙。

可等塵埃落定，蕭逸寒已經再無蹤影。只有路上驚詫非常的路人，還有在客棧尚還完整的櫃檯下躲著的瑟瑟發抖的掌櫃，以及蕭逸寒留在空中的一句話。「為師此行尚有要事，小徒休要再跟來了，勿念。」

誰他大爺的稀罕念你。

我咬牙切齒，要念，也只會念你死。

我將劍收於身前，劍刃之上還有方才在蕭逸寒頸項上取的鮮血。我併兩指為劍，將刃上鮮血抹下，指上掐訣，施了一個跟蹤術，待閉上眼，我便能在一片黑暗當中，看見一絲隱隱的藍光，往天際遠處飄去，那是蕭逸寒的去向。

我御劍而起，悄然跟隨著這道痕跡而去。

想擺脫我，現在可沒那麼容易。

蕭逸寒行得快，我御劍一直追，這場景讓我想起了很久之前，有一次蕭逸寒帶我出山門歷練，那可能是蕭逸寒第一次像別家師父那樣，打算教我些什麼，也是唯一一次。可就連那僅有的一次，蕭逸寒都沒有做好。

那時，我還在學堂上學，別家師父們又集體帶徒弟去山外歷練了，這次他們要去兩月，而我只能回小院待著，看著蕭逸寒賞給我，他以前修仙時候學的書。

我百無聊賴，每天都會望著天空失神，羨慕著外出的師兄弟們，精神也極其不好。

終於！

不知道是戳到蕭逸寒的哪根神經了，他居然在一個清晨，叫我起床，讓我跟著他出山去歷練。

我欣喜若狂，他御劍在前面走了，我就御劍在後面追，然後……

然後我們就在外面御劍走了一圈，等我追上蕭逸寒的時候，他就打了個哈欠說累了，要就地歇歇，然後打道回府……

當年沒有打死他，可見我的脾氣也真是非常得好呢！

我和蕭逸寒就這樣落了地，可誰曾想，那地……卻是一個巨型迷陣，我們在裡面迷了路。

蕭逸寒嫌麻煩，不想走了，一副打算在迷陣裡住下來的陣勢！

那哪行！

我又不像他，完全修得了仙身，不吃東西光喝風就能活，我會餓死在樹林子裡的啊！於是我負責起了開荒尋路，查找陣眼，思索破陣之法，順帶滿足蕭逸寒偶爾任性的要求。

他今天出汗了，想燒水洗個澡，明天腳累了，不想走讓我給他製了個木板拖著他走……

或許，也就是從那個時候開始，我就生了一點對蕭逸寒的殺心吧。

但不得不承認，經過那幾天在迷陣裡詭異的「磨練」，我的修為不經意之間得到了提升。而且有時候在蕭逸寒的要求下，誤打誤撞，還真能尋得一些破陣的線索。

在離開迷陣的最後一天，我尋得了陣眼，而也正是那一天，我和蕭逸寒遇上了讓我和他師徒關係破裂的那一個人……或者說，那個妖怪。

第三章

當時我找到了陣眼，正想將課堂上夫子講過的東西實踐檢驗一下，可剛碰上陣眼，忽覺一陣妖風襲來，我抵抗了不過片刻，便被整個兒吹了起來。正是要被吹得隨風飄舞之際，一股力道裹上了我的腰間。

只見我那一直「癱」在木板上的師父，站了起來，以這股仙力牽引著我，將我拉到他的身旁。

腳落了地，可我的心仍舊不踏實。看著強勁的妖風，想來應該會出來一個厲害的妖怪，那是我第一次遭遇妖怪，難免膽寒害怕。

在被妖風吹得睜不開眼的時候，我想尋找一個依賴物，可身邊除了師父，並沒有什麼可以讓我抓的東西，而蕭逸寒……我從沒想過要依賴他。

於是，我抱住了自己的肩膀，瑟瑟發抖。

而便在這時，向來不靠譜的蕭逸寒卻好似不經意地往我面前一站，擋住了風來的方向，疾風頓弱。

我睜開眼睛，面前是蕭逸寒挺直的背脊，在尚且幼小的我面前，宛如一道巍峨的屏障，為我擋下那些迎面而來的斜風急雨。

「哎，養了這麼久，還是慫。」蕭逸寒擋在我身前，「怕什麼，為師不是還沒死麼。」

我自幼無父無母，乞討度日，朝不保夕，即便後來被蕭逸寒買回了仙靈山，心中對於「生存」的危機感也未曾減弱，所以我不對蕭逸寒發脾氣，哪怕他做得再不像一個師父。

我努力修習法術，為了和師兄弟們有話可說。我做一個不敢遲到的好學生，怕被夫子斥責，這一切都來源於我內心深處對於生活的不安，對於周遭環境的忐忑。

我那時小，並沒有其他辦法去排解自己的惶恐，也沒有強大到可以給自己足夠的安全感，於是我便期望去討好身邊的所有人，以得到自己想要的安全感。

可是安全感對我來說一直是稀有的東西……

直到這一刻……

直到蕭逸寒站在我的身前，他對我說，怕什麼，他在這兒。

他讓我感覺，我有人可依，有港灣可靠。

我說不出言語，卻悄悄地在他身後，抓住了他的衣襬。

蕭逸寒沒有回頭看我，他只望著前方，喚道：「哎，你嚇著我徒弟了。」話音一落，他手中寒霜長劍一現，仿似隨意在空中一劃，寒芒劈空而去劃破長風，於前方樹林一片空無之中，忽然與另一道力量相撞。

相撞的力道之大，致使周遭草木摧折，霎時之間，妖風暫歇。塵土翻湧之中，一妖嬈女子踏步而出，她一襲三彩衣裳顯得好不妖媚。「道長使得一手好劍。」她聲色妖嬈，我在蕭逸寒身後亦是聽得心頭一軟，一時險些被魅了心神去。

我從蕭逸寒身後探頭去看她，她便歪頭盯住了我，「喲，這小姑娘可真真可愛得緊，要不要隨奴家回洞府呢，我這兒可有好多好吃的呢。」

我在蕭逸寒背後縮了縮，將他衣襬抓得更緊了些。

「我好容易拉扯大一個徒弟，妳想搶？」蕭逸寒有點不滿地抖了抖劍，「來，過來受死。」

女妖笑得更妖嬈。「喲，道長可真會說笑話。這誰生誰死，可說不定呢。」言罷，她那方身影未動，我卻覺得腳下土地一軟。

我垂頭一看，登時心頭大寒，竟是腳下土地化為沼澤，有數隻手從沼澤中伸了出來，扒住了我的腿。「師……」

我話沒來得及喊完，蕭逸寒手中長劍入地，但聽清音入耳，滌蕩妖邪，大地之中寒芒一過，那些扒住我腿的手臂霎時折斷，沼澤之中發出了痛苦哀號之聲。然而光芒去勢並未停止，徑直擴向那女妖所在之地。

女妖面容一肅，抬手欲擋，最後仍是被光芒狠狠一撞，連連退了數步，方才止住腳步。

大地復原，我站穩身子，但見那女妖驚愕的神色，我便也仰頭，將蕭逸寒望著，他依舊笑得如往日那般懶散。「妳再說說，誰生，誰死？」

我才知道，我的師父……

竟有如此本事。

不僅是我驚呆了，那女妖臉上的笑意也再難維持，她腰一軟，登時換了張臉一樣道：「哎喲，道長饒命啊，是小妖方才有眼不識泰山，得罪了道長，小妖這便將陣法解開，送道長與道姑離開，還望道長饒了小妖一條賤命……」

蕭逸寒不為所動道：「先解了這迷陣再說。」

女妖琢磨了一番，這才往胸前一掏，似握住了一個吊墜，她將墜子捏在掌心，默念法咒。

四周氣息變動，我道是陣法已破，剛放下心來，忽然之間只覺頸間一涼，竟是有一隻手從我身後的土地裡長了出來，抓住了我的脖子。我的呼吸瞬間被掠奪，根本沒有發聲的機會！

在我以為自己完蛋了的時候，長劍自我頭頂劃過，斬斷身後手臂。那妖邪一聲尖叫，手臂消失，可剛才拖拽我的力道仍在，我直挺挺地往後面土地摔去……

我下意識回頭一看，身後的土地已經變成了泥沼，裡面若有似無地有著仿似來自地獄的手在舞動。

我心頭一陣發麻，蕭逸寒卻在那一瞬將我抱在了懷裡。可也在這一瞬間，我聽得蕭逸寒身後一聲女妖的冷笑，竟是不知道什麼時候，那女妖已經閃身到了蕭逸寒的後背。

我目光錯過蕭逸寒的肩頭，眼睜睜看著女妖持刀，惡狠狠地衝他後背砍了下來。

我心頭一緊，瞳孔猛縮，腦海裡閃現過近來在書上看見過的所有法術，當時兩指一併，操縱著我腰間長劍，長劍出鞘，往上一擋，堪堪架住她的大刀。可到底是我內息薄弱，雖是阻了她一阻，卻沒有將她徹底擋下。

只聽「咔」的一聲，我的長劍斷裂，接著便是蕭逸寒後背皮肉被撕裂的聲音，鮮血濺出，落在我臉上。

我雙目發怔。

蕭逸寒像是根本沒感覺到痛一樣，縱身一躍，將我放在了另一個地方。他手中光華一閃，我周身已閃現出了護身結界。

這一切都在電光石火之間發生，我根本沒來得及做更多的反應。他驕傲笑著捏了一下我的臉。「好徒弟。」

像是很自豪一樣。

可明明我連那女妖的一刀都沒有擋下，甚至還讓他受了傷……

沒再多言，他一轉身，便在我眼前消失，待得再出現時已經與那女妖戰成了一團。

沒有我做拖累，兩人之間的差距那般明顯，女妖不消片刻便落了下風。蕭逸寒眸中寒芒勝雪，那是我從未見過的神情，我想他一定會殺了女妖的！

可在他捏住女妖脖子將她慢慢提起來的時候，女妖卻在窒息的情況之下伸手抱住了他的手臂，以腿在他的腰間挑逗。「仙長饒命啊。」

她語氣那麼柔軟，甜得浸人心骨。

我以為蕭逸寒會不為所動，但沒想到沒一會兒，蕭逸寒卻盯著她胸前一愣，女妖見勢用力一掙，竟是掙開了去。蕭逸寒再伸手去抓，卻只一把抓到了女妖胸前項鍊。

女妖身形隱去，他也並不去追，只愣愣地望著手中項鍊墜子發怔。直到我帶著護身結界跑到了他的身邊，他也還沒回過神來。

「師父。」我喊了他一聲，他方才放下手中項鍊墜子。

我盯著他，「師父，這女妖……勾引到你了嗎？」

蕭逸寒一回身，瞥了我一眼，像是別的話都懶得和我說一樣。他隨手一揮，寒霜劍便落在了他腳下。「走了。」

那次歷練就那樣結束了。

我到很久以後才反應過來，那時候的蕭逸寒真的被女妖給勾引了。只是當時我小，認為那是個妖怪，還弄傷了蕭逸寒，他怎麼會被這樣的女妖勾引呢？

我信任他，甚至有點崇拜他，打從心裡承認——他是我的師父。

那次歷練結束之後，蕭逸寒開始越來越頻繁地往山下走，他每次下山都會帶許多酒回來，我也全當他是下山喝酒去了，並沒多想。

我在空靈派的日子還是那樣日復一日地過，看蕭逸寒以前修仙的筆記，去學堂上課，晚上回來打坐修行。

師兄們都說我進步快，誇我有天分，我卻並沒有什麼感覺。我看著蕭逸寒那些筆記上的時間，他的進度比我快了不知多少。

我意識到，這個連矇帶拐把我買回仙靈山的「懶鬼」或許是個傳說中的天才。

可他為什麼現在……就開始沉迷於醉生夢死當中了呢，而所有的師祖也都這樣看著他，由之，任之。

我對蕭逸寒的過去感到好奇，不止一次和學堂的夫子打聽過，只是每次說到蕭逸寒的往事，夫子總是緘默不言，不僅夫子如此，仙靈派的長者們也都是如此。漸漸地，我開始意識到，蕭逸寒的過去或許是長老們心照不宣的隱祕。

我那時雖知道了蕭逸寒的懶惰與不負責，可一個山頭上住著我與他兩人，共看朝陽，同賞日落，我有時雖然會被他氣得恨不得潑他一臉狗血，但日子總歸是安靜祥和的。

我開始忍耐不住地，深深依賴著他。

在人情略顯冷淡的仙山之上，他就是我所認定的相依為命之人。

我以為日子會這樣一直過下去，可這樣安妥的日子不知過了多少年，仙靈派裡忽然傳出了流言，傳言說蕭逸寒私通妖邪……

第四章

當這話傳到我耳朵裡時，仙靈派已經是人盡皆知了。

我是不信的。

可學堂裡的同窗開始毫不避諱地當著我的面，傳著不知道從哪裡聽來的傳言。「上月有個師兄在磨坊鎮歷練，親眼瞧見蕭逸寒從一漂亮的女妖手裡接過了一個東西，看樣子，像是符紙法寶！我覺著蕭師叔約莫是真的有與妖邪私通啊……」

我恍然間想起了多年前蕭逸寒帶我去歷練時，碰到的那個女妖。

我垂頭看著桌上的書，讀了這麼多年書，我頭一次覺得自己竟然笨得連一個字都不認識。

旁邊師姊看了我一會兒，碰了碰我的手臂。

我轉頭看她，她問我。「妳有察覺妳師父有什麼不對嗎？」

我看了她許久。「我師父沒什麼不對。」我幾乎是一字一句道：「我師父很好，他不是你們說的那種人。」我堅定地維護他，猶如在維護自己的信仰。

師姊見我如此，愣了愣，那方正在興致勃勃傳播流言的師兄卻是一聲冷笑，道：「他是妳師父，妳當然維護他。可私通妖邪這事，不是妳說沒有就沒有的。」

彼時我入仙靈派十來年，從未與人發生過這般爭執口舌，即便有，也會在對方要抵死爭辯之際後退一步，讓對方占個便宜，不至於撕破臉面。

我沒安全感，所以不想得罪哪怕與我沒有關係的任何一人。

可彼時彼刻，我卻像是要將十來年都忍住的強勁兒都發揮出來一樣，我盯著師兄，道：「我說沒有就沒有。」我直言，「你們都不瞭解我師父，何以道聽塗說，就對長者施以如此汙蔑？」

反駁之下，師兄果然怒了。「師門師兄眼睜睜地看著他和女妖做交易，身為修仙者，見妖類而不除，還與其行交易之事，這不是私通妖邪是什麼，這叫汙蔑？」

「那便將何人，於何地，在何時看見的這些事全都交代清楚，師門師兄何其多，若是真有其事，何必遮遮掩掩不說清楚，讓無聊之輩以訛傳訛。」

師兄彷似被我一句「無聊之輩」戳痛了心窩子，登時火燒腦門，一拍桌子。「妳話裡有話說誰呢！」儼然一副要動手的模樣。

我那時也膽大得不怕他動手了，心道，即便打一架，這事我也是絕對不退讓半步的。

可便在我打算豁出去了的時候，學堂夫子急急趕來。「吵什麼呢？」

在夫子踏進門來的那一瞬，我彷似看見在學堂門後有個熟悉的人影，帶著酒壺站在那方，看著我，身影略有些孤單，眸光裡隱有動容。

可夫子在我面前走過，不過一晃眼的時間，那裡便沒有了人。快得像是我眼花。

見夫子來了，師兄便也偃旗息鼓，看熱鬧的師兄弟們也各自散去。夫子看了我一眼，沒有說話，只拿了書像往常一般開始上課。

明明仙山陽光依舊遍灑學堂，讀書之聲朗朗入耳，四周一切都還那麼正常，可我好似能聽到他們掩藏在讀書聲底下的竊竊私語，如蛛絲將我捆綁，拉我墜入深淵，冰冷而無法自拔。

放了課，我馬不停蹄地御劍回了小院。

剛到小院，未及踏入院中，便聽得院裡一聲怒叱。「你知道你此番作為意味著什麼？」

是師祖的聲音。自打蕭逸寒收我為徒，有了自己的獨立小院之後，師祖便不再來管蕭逸寒了，這聲叱責猶如我初遇蕭逸寒時，在街邊聽到的那句喝斥一樣，只是此時師祖的聲音裡多了我聽不懂的沉重與嘆息。

我在院外站著，沒有進去，也無法離開，便做了一個牆角竊聽的賊，聽著蕭逸寒在裡面淡漠道：「我知道與妖物聯繫，仙靈派門人必定非議不斷。可我既已收徒出師，我的事，師父自可不必再管。」

一時間，剛才我在學堂說的話仿似化成了巴掌，啪啪啪地將我狠狠打了一通。

「你！你收的那叫什麼徒弟！你不過為了出師將徒弟收了，這麼多年，你說你教了她什麼！」師祖顯然也是氣得不行，「你對得起誰！」

蕭逸寒默了一瞬。「對不對得起誰，這麼些年便也過了。而今我如此行事，若是師父認為我行差踏錯，有辱師門名聲，師父將我逐出仙靈派便是。」

師祖聞言卻沉默了下來，半晌之後我只聽得一聲深且沉的嘆息，「各有各的緣法，為師如今是管不了你了，你要做什麼，便去做吧。只是一日為師，你便永遠是我徒弟，我斷不會將你逐走。」

院裡久久一陣沉默，接著光華一閃，是師祖御劍走了。

我呆呆地立在門口，不知站了多久，忽然間院門拉開，蕭逸寒見我站在門口，默了片刻，也沒問我其他，只像往常一樣道：「喲，今天回來得早啊。」

我抬頭問他。「師父下山，當真是與妖邪見面麼？」

蕭逸寒默了很久，久到我以為他不會回答我了，可他仍舊說了句「啊，約莫是吧」。說得那麼吊兒郎當，答得那麼漫不經心，可我依舊問得認真又執著。

「是當年那個女妖麼？」

蕭逸寒又點頭。「嗯，是啊。」

我直勾勾地望著他，他也看著我，臉上有些掛不住往日慵懶的笑。他微抿的唇角像是疊起了鎧甲，在抵禦著他想像當中的，我即將脫口而出的刺耳言語。

甚至我也以為我會質問他，會像今日在學堂上那師兄說過的那些話一樣，指責他私通妖邪，叛離仙道。可我一開口，卻是一句連我自己都意想不到的。「師父當初收我，只是因為想出師嗎？」

這句話與我們之前說的事毫無關係，我問出口，自己愣了愣，蕭逸寒也愣了愣，他做的所有防禦此時都沒有了放矢之的。

我的嘴像是和心連通一樣，自然而然又帶著點委屈不甘地問道：「所以當初你在街上看見任何一個孩子，都有可能成為你的徒弟嗎，即便不是我？」

我明白了，原來此時此刻，我最在乎的竟然是這個。

十多年來的讀書學習，道德禮儀，仙家清規，在我心中原來都敵不過，想要在蕭逸寒心目中成為特別的存在。

因為他之於我，是那麼特別。

我望著他，固執地想得到一個回答。

他收起了所有錯愕與怔然，抬眼望向仙靈山浩淼的遠方。「當然不是任何人都行。」他沉默了一瞬，嘴角一彎，模樣滿不在乎，「畢竟相比於別家孩子，妳最有可能跟我走啊。」

我只覺呼吸窒了一瞬，連心跳也停了。

是的，當時我是乞兒，而他用錢買了我。

別家孩子用錢買不到，但是乞兒是能用錢買到的。

一句話，將我的心穿了個通透。

我怔怔地看著他，看著他嘴角的弧度，還有眼裡的冷漠與無所謂。我感覺自己的心像是被推進了一個深淵一樣，一直往下墜，被冷風撕裂，被寒意刺痛，然後摔在地上，糊成一團紅色爛泥。

蕭逸寒對我來說的第二宗罪便是，他是世上最會用笑容辜負人心的人。

第五章

想起了這一段長長的往事，我御劍的速度不由得慢了許多。我拍了拍臉，讓自己從過往的情緒當中剝離出來，現在蕭逸寒的辜負與否對我來說根本就不重要。

只要殺了他，抹掉這個我生命當中的恥辱，我就可以回師門收徒，從此告別孤單，走向徒子徒孫滿堂的美好未來！

我正想著，忽見蕭逸寒去向的那方猛地有一團黑氣炸裂，衝擊的風挾帶著魔氣撲面而來。

我大驚。

百來年前天下大亂，就是因為長鳩魔族自魔界而來，橫行世間，致使魔氣洩漏，民心浮躁。而後長鳩魔族被一仙人剿滅，人魔兩界通道被封印後，讓這世間雖有妖怪，卻再無魔族。

而今此處卻是爆出了這樣濃厚的魔氣，雖不似人魔兩界封印被徹底打開，但也算是封印破了個洞。

我閉上眼睛看見那隱於魔氣中的藍光，心頭一顫。

這封印漏洞，難道是……蕭逸寒捅的？

我急急趕去那方，至魔氣最濃處，但見下方地面似被人鑿開了一個洞，裡面有魔氣井噴似地湧了出來，而蕭逸寒的身影正飄浮在那洞口正中。

他閉目站著，口中湧訣，黑氣不停地在他手中凝結。

我不知道他目的何在，但礙於蕭逸寒曾叛出仙門，在世間浪蕩八十載，期間又與不少妖道中人打交道。我不信他還有一顆修仙者的道心。

是以，要重新將這洩漏的人魔兩界封印補起來，我得自己動手。

我修仙的時候，世間已經沒有魔了，夫子提過一兩句，卻沒教過我們封魔的術法，而我卻會一點封魔的法術。要論原因，大概是從蕭逸寒當初丟給我的那一大摞，他以前修仙留下來的筆記裡學到的。

從來沒用過，我心裡也沒底。

但現在哪有時間耽擱，我照記憶裡的手法掐訣吟咒。趁蕭逸寒專心凝聚黑氣，無暇分神之際，徑直從空中落下，以掌為網，將黑氣控於散漏的黑氣盡數縛於掌心。

眼看著我步步逼近，地上的黑洞越來越小，肆意的魔氣被我漸漸壓制。半路之上，忽然橫來一劍，在我即將落地，將那黑洞完全握於掌心之前，把我逼開了去。

我一個旋身，手中法咒未停，一邊牽引著那黑洞，將它往我掌心裡拉拽。一邊冷冷看著同樣用手牽扯著黑洞的蕭逸寒。「蕭逸寒，在人魔兩界封印上撕這麼個洞，你到底要做什麼？」

「小徒弟。」蕭逸寒好像覺得好笑，又有點無奈，「一別不見七十九載，妳能修得如此厲害，為師甚是寬心，可妳偏偏要今日來壞我事，為師就不開心了。」

誰管你開不開心。

他不說緣由，我自當他是個壞人，只因過往數十載，他也著實沒做過幾件好事，讓人印象好不起來。

我催動體內法力，拚命將那黑洞往自己身前拉。蕭逸寒也是不放鬆半點力道。黑洞在空中旋轉，竟是將我與蕭逸寒的力道都吸納了進去，它拖著我與蕭逸寒，讓我倆越靠越近，越靠越近，然後……手在空中合在了一起。

只聽「啵」的一聲輕響。黑洞在我與蕭逸寒的掌心之間消失了！

周遭魔氣頓消，而我的手卻與蕭逸寒的手……

黏在了一起……

這什麼亂七八糟的玩意兒！還學人家月老牽紅線呢！

我觸碰到蕭逸寒的掌心，猝不及防感受到他的體溫，許多我原以為忘記的前塵往事都像走馬燈一樣在我腦海裡穿梭而過，小時候他與我喝酒對飲的模樣，我將喝醉了的蕭逸寒拖到床上給他蓋被子的模樣，還有……

在他離開仙靈山的前一天，他用同樣灼熱的掌心，捧著我的臉，吻了我的模樣……

我一甩頭，迫使回憶戛然而止。我又羞又惱，怒而要將手抽開，然而我一用力往後拉手，只覺掌心似有大力牽引著我和他，好不容易分開了一點點，周遭風聲又起，魔氣霎時從我與蕭逸寒的掌中洩漏出來。
我一驚，連忙將手又合上。
「啵」的一聲，魔氣又消失了。
我。「……」
蕭逸寒。「……」
詭異的沉默之後，蕭逸寒笑了出來。「看來，人魔兩界封印的漏洞，被我們抓在手裡，不能隨便放開了啊。小徒弟，妳看妳這亂搗得……」
他說著，竟然像個登徒子一樣掌心一轉，手指不由分說穿過了我的指縫，用十指相扣的手法，將我的手緊緊握了住。順帶將我往他身前一帶，我一個踉蹌，幾乎撲進他的懷裡。我抗拒推著他的胸膛，仰頭看他，他垂頭看著我，距離那麼近，呼吸都能吹動我的睫毛。
他微帶沙啞的聲音在我頭頂響起，「妳就這麼不想和為師分開？」
曖昧又危險。
我被他撩得是一臉通紅，害羞之後，肚子裡是噌噌往上冒的惱怒，怒得牙齒都在打顫。「蕭逸寒！你越發無恥了！」
蕭逸寒像是驚了一跳。「唷！我徒弟會罵人了！」
「我還會殺人！」我另一隻手抬劍而起，衝著蕭逸寒的脖子就砍去，哪曾想蕭逸寒現在是避也不避，扣著我的手，徑直拉著我在他懷裡轉了個圈，將我轉得背靠在他懷裡，將我另一隻手也一併擒住了。

他禁錮著我，同時也是從我的後背緊緊地抱著我。

我在他懷裡掙扎，他卻只是把我的法力壓制住，然而也並不做別的事情，像是……他就只是打算單純地抱著我而已。

「蕭逸寒。」我掙扎無果，索性也就不再掙扎，只冷了聲音，「你到底想做什麼？」

「小徒弟，為師離山而去這麼多年，對妳也甚是想念，就此親近一下有何不妥嗎？」

不妥啊！大大的不妥啊！

暫且不論咱們的關係還是不是師徒，就算是師徒，也沒見哪個師父用這樣的姿勢抱著自家徒弟吧！

而且，要真想念，這麼多年會連看也不來看我一眼嗎！要真想親近，當年又怎會捨得離去。彼時離開山門，任由我如何哭求，連頭也不曾回顧的，又是誰！

想到當年場景，我咬牙切齒，氣得渾身發抖。

蕭逸寒抱著我，自是能感覺到我的憤怒，但他卻不知恥地在我耳邊一聲輕笑。「得，不逗妳了，再逗，妳就得對我動真格了。」

我一愣，他順勢放開了我，只是他的左手尚且與我右手黏在一起，瞅了一眼我欲殺他而後快的目光，蕭逸寒失笑。「如今這人魔兩界的封印漏洞在咱們掌心，妳要殺我也得放手，因為單憑妳一己之力是握不住這漏洞的，若是我一死，氣息斷絕，妳也會被這封印漏洞吞噬。彼時我死了，妳也死了，漏洞擴大，魔氣遍野，仙門來不及及時處理，魔族便又會重臨人世了。」

我在心裡默念了一萬遍「蒼生為重」，方才按捺住殺了他的心。「這到底怎麼回事？」我問他，「這封印漏洞是你撕開的？你打算幹什麼？」

「我是打算撕開一個去魔界的入口，可沒想在這兒撕開。」蕭逸寒道：「此行往西去八百里外有一玉泉山，其山上泉水成潭，至清至淨，可遏天下汙濁之氣。我本打算於玉泉潭底再開封印，沒曾料，人魔兩界封印詭譎不定，竟在此處出了異動。」蕭逸寒抬頭看我，「還虧我小徒弟來得及時，要不然，為師如今可就為難了。」

他說得輕描淡寫，可仔細想想，他說的話卻十分可怕。

如果不是今天我趕來了，也出了一份力壓制封印，那現在蕭逸寒就已經被封印漏洞吞噬了，這封印漏洞也就就此打開了，沒人管，魔族就會從這漏洞之中重臨人世了！

我恨恨地瞪著他。「你最好能有一個寧願冒顛覆蒼生的危險，也要做此事的理由。不然今日便是拚了這條命，我也要帶你回仙靈山受審。」

背叛仙門不算什麼，私通妖邪也不算什麼，如今蕭逸寒要做的，是所有仙門乃至很多妖怪都無法容忍的事。魔族重臨天下，必定是一場生靈塗炭，百年前的慘狀，誰也不想再經歷一次。

蕭逸寒面對我的話，卻是一陣沉默。他看著我，嘴角有笑，卻詭異得顯得有幾分悲憫。

「別賣關子！」我斥他，「少給我裝高深，有話就說。」

「哎，我是在可憐妳啊，傻徒弟。」蕭逸寒道：「妳把我帶回仙靈山能做什麼呢？封印漏洞還是在咱們掌心裡，難道妳想讓這漏洞在仙靈山裡打開嗎？仙靈山的老傢伙們該走的都走了吧？會封魔之術的沒幾個了吧？現在它把我們黏在一起，妳對付不了它，其他人也對付不了。除了聽我的，妳還能做什麼？」

他說得……雖然討打，但卻是事實。

「傻徒弟，可憐妳活了這麼多年，怎麼心眼還沒長機靈。」

「……」

「跟我走吧，先去玉泉山，待將這漏洞放置於潭底，妳我再做打算。」

我心有不忿，但看著我與蕭逸寒緊緊黏在一起的手……也只好這樣了。

第六章

我與蕭逸寒就這樣手牽著手……上了路。

我一日御劍行個四、五百里不是問題，想來對蕭逸寒來說更是沒有什麼負擔，但要到八百里外的玉泉山還是需要兩天時間。我心急著讓蕭逸寒今天就趕路，他看了看天色，卻懶懶打了個哈欠，稱今日時間已經耽誤了，暫且尋個地方露宿一晚，明日再走。

我斥他。「御劍而行還看天色？過了這麼多年，你這拖延的懶病一點兒沒好。」

蕭逸寒被我說了也不生氣，兀自垂頭低低笑了兩聲：「可我徒弟的那副好脾氣，卻已經消失殆盡了。」

我以前哪是好脾氣，我以前只是……習慣了忍讓他，因為他是師父，是我敬重且害怕失去的人。

蕭逸寒牽著我的手，在傍晚的樹林子裡走著，一會兒往左看看，一會兒往右看看。我不知他要幹什麼，正隨手指了個地方讓他去那裡歇息，左右今天蕭逸寒不走，我也是真拿他沒辦法的。

蕭逸寒將手指放到脣上「噓」了一聲，隨即一抬手，一支匕首自他腰間飛出，徑直穿過了山坡之上一隻野雞的胸膛，野雞撲騰著掉了下來。蕭逸寒很高興，回頭對我眨了下眼睛。「小徒弟，咱們今晚的吃食有著落了。」

我冷眼看著他。

一直看他將野雞拔毛，除髒，然後夾在火上烤，他用一隻手做完了這些事，然後轉頭看著我，眼神映著火光，亮晶晶的，像個在找我討要誇獎的小孩。「以前與我出山那次，妳不是老抱怨我不照顧妳，都是妳自己在找吃食嗎？現在不抱怨了吧。」

我只冷冷道：「我已經辟穀很多年，不沾五穀雜糧，更別提葷腥了。」

時間過去了那麼多年，我早已修得仙身了。而我這個師父，卻並不知道。

他閃著點點火星的目光在聽到我這句話之後，像被潑了一盆水一樣，微微熄滅下去。他一轉頭，又發出了他那好似無所謂的低沉笑聲：「哦，徒弟到底是長大了。」

我沒搭理他。

最後那隻野雞卻是在蕭逸寒眼皮子底下不小心烤焦了去，我與蕭逸寒誰也沒吃，白白浪費了一個生靈。

晚上休息，我與蕭逸寒的手分不開，蕭逸寒就提議，咱倆睡一堆得了，而我指了指一旁的樹，說：「我倆背靠著樹睡。你睡一邊，我睡一邊，手就放在側面，晚上睡醒睜眼，誰也瞧不見誰，不用糟心。」

聞言，蕭逸寒看著我，眸光流露出來的情緒，好似是一種無奈的哭笑不得。

我不理解，有什麼好無奈的。分別多年幾近斷了聯繫的師徒，這樣處理關係，不是正合適嗎？

蕭逸寒終究還是依了我，我們尋了棵大樹，我坐一邊，他坐一邊。我們背靠著同一棵樹，卻各自面朝幽靜黑暗的樹林，只是手還在身側握著，沉默不言。

「小徒弟。」

在寂靜的夜裡，我聽見蕭逸寒輕聲喚我，一如過去很多年前，他喚我那樣，「妳在仙靈山過得好嗎？」

我沒有回答，沉默得就像已經睡著了一樣。而蕭逸寒沒聽到我的答案，也就此沉默了下去，像是睡著了那樣。

我閉上眼睛，今日讓我太過疲累，明天還要趕一天的路，我得抓緊時間休息。我想走快點，更快一點，用最快的速度趕到那個玉泉山，鬆開與蕭逸寒緊緊貼合的手。我不想再感受他的體溫，他的溫度，總是讓我心躁不安。

這天夜裡，我睡得很不安穩，我做了一個夢。

夢裡還是八十年前，蕭逸寒還在仙靈山裡，我還是那個小心翼翼侍奉著他的徒弟。

即便他已經對我說「畢竟相比於別家孩子，妳最有可能跟我走啊」，即便他自己已經承認了他私通妖邪的事情，即便我知道繼續跟著他，我就要站在整個仙靈山的對面，我也依舊無法離開那個有他的小院，無法離開他。

我每天不再去學堂，我好好地將山頭打掃乾淨，在院子裡研讀蕭逸寒給我的書。我每天望著天，等著師父回來。雖然每次他回來，都不再願意和我打招呼。

但他能回來，對我來說，就已經足夠安慰了。

而我這樣卑微的滿足感，終結在蕭逸寒最後一次回仙靈山的時候。

那天半夜三更，仙靈上一片寂靜的時候，他御劍歸來，跌跌撞撞，踉踉蹌蹌，失態勝過過去我見過他每一次醉酒的模樣。

我不知道他發生了什麼，只像平時一樣照顧著他。

我將蕭逸寒拖到他床榻之上，還沒來得及將被子拉開給他蓋上，蕭逸寒卻猛地坐了起來，目光盯著我，那一瞬清醒得就像沒有喝過酒一樣。

「小徒弟。」他喊我。

我應是。

「別人說我私通妖邪，妳不信，我嫌妳是小乞兒出身，妳不惱。妳明知我所行之事，為天下之大不韙，妳不棄離。」他一伸手，觸碰了我的臉頰，「為何？」

聽他這話，我心裡琢磨明白過來了，那日我在書院與人爭執之時，恍神看見門外的那人影，果然是蕭逸寒。

我答他。「入門沒多久，我就和師父說過了，我是孤身一人，師父也是，不管怎樣我都會陪著你。」

蕭逸寒笑了出來，他經常笑，嘲諷的時候也笑，耍無賴的時候也笑，打哈哈的時候也笑，可我從來沒見過他哪時的笑容如此刻一般，帶著三分滿足，三分無奈，還有更多無法言明的苦楚似的。

「小徒弟。」他另一隻手也撫上了我的臉，「我難道沒和妳說過，別用妳這雙眼睛這麼看著我嗎？」

我不解，卻在這時，蕭逸寒竟是站了起來，就這樣捧著我的臉，然後將唇印在了我的唇上。

溫熱的觸碰，熱度從唇瓣一直傳到心尖上，然後像要將我的胸膛炸裂開了一樣。我在驚恐、惶然、極度錯愕的情況下，整個人像死了一瞬一樣，片刻之後我陡然反應過來，猛地伸手去推蕭逸寒。

可卻沒將蕭逸寒推開。

他近乎蠻橫霸道地將我抱住，扣住我的後腦勺，讓我無處可躲，避無可避。他就這樣侵占了我整個思緒，將他唇齒之間的酒香，染暈了我的大腦。

我便像是也喝醉了似的，在短暫的掙扎之後，竟是對蕭逸寒再無法抗拒了。

在那一瞬間，我腦海裡閃過了許許多多那些年與蕭逸寒相處的細節，一時間我陡然明白，為什麼當初知道他去找那女妖，我心裡的心酸多過憤怒的原因。為什麼我現在寧願站在世界的對面，也要和他在一起的理由。

原來我對這個總是吊兒郎當沒個正經的師父，除了依賴、除了敬重，還參雜了那麼多我自己都沒有看明白的愛戀啊。

什麼時候開始的我不知道，可能是從他第一天撿我回來就開始的吧，也可能是某一天看見了他志得意滿的微笑，也或許是在外出歷練，他擋在我身前的那瞬間開始。

但不管從什麼時候開始，直到現在他吻我的這一刻，我知道，我早已經將眼前這個人種在心田，藏於腦海中了。

後背一疼，是蕭逸寒將我推上了床榻。

我感覺他的吻落到了我的頸項之上。我錯過他的腦袋，看見了窗外的月色，我心慌意亂，不知所措，大腦好似已經喪失了思考的能力。

直到一聲清脆的叮咚響聲，是蕭逸寒掛於腰間的飾物掉在了床下。

聲音那麼輕，卻像一記晨鐘，敲醒了我和他。

蕭逸寒轉頭看了一眼地上的飾物，整個人一僵。我也隨他轉眼一看，只見地上的飾物有點眼熟，我仔細一思索……這不正是當年蕭逸寒帶我外出歷練之時，在那迷陣中遇見的女妖隨身之物嗎！

當時蕭逸寒從她脖子上抓下來的那個吊墜……

我看了那飾物一會兒，一轉過頭來，看見的卻是怔愣望著我的蕭逸寒。

他盯著我，沉默不言。

我從他漆黑的眼瞳中看見了此時的自己，衣襟半開，雙頰緋紅，髮絲散亂。好不曖昧。而礙於我與他之間的師徒關係，這樣的我，又好不可怕。

他這樣的神情像把劍刺痛了我，他是在後悔嗎？後悔藉著酒勁兒吻了我？因為他覺得對不起他喜歡的那個女妖，還是因為他覺得對不起身為他徒弟的我。

更甚者……他心裡或許是在吃驚，我居然，沒有反抗他。

無法再想下去，我猛地掙起身，一把推開蕭逸寒，奪門而出，跑回了自己房間。

真可笑，這樣的時候，我也並沒有別的地方可去。因為我這一生，就是依附與蕭逸寒而生的啊。

我在自己房間裡收拾了自己，枯坐了一夜，直到天明。

天亮了，我壓下所有情緒，我與師父之間，這事雖然難於啟齒，但礙於他昨日喝得大醉，好歹還是能找個理由藉口。我不打算就此與蕭逸寒再不說話，我也做不到如此，所以天剛濛濛亮，我就打算去找蕭逸寒好好談談。

可我在蕭逸寒門口敲了許久的房門，也未見裡面應一聲。

是……又下山去尋酒喝了嗎？

我垂了眼眸，推門進屋，打算將他的屋子打掃一下，可剛進了屋門便見房間裡收拾得乾乾淨淨，他的佩劍帶走了，酒葫蘆也帶走了，桌子上就只剩下一盞熄滅了的燭燈，壓著一張蒼白的紙：

為師此去，不再歸來，望小徒保重，勿念。

短短一句話，不過十五個字，卻字字戳心，令我看得目眩頭暈，一時間竟覺得整個世界都顛倒了。

我不知道此刻蕭逸寒在哪兒，也不知道他以後會去哪兒，我只憑著直覺，一股腦地往山門衝去，心裡無數遍祈禱著，希望蕭逸寒此刻還在。

值得慶幸，我趕到山門前的時候正巧看見他與師祖道別，背了一個包袱，拎著他的酒葫蘆，沒帶劍，沒穿仙靈派的衣裳，就這樣一步一步走在下山的長階上。

「師父！」我幾乎從劍上滾下去，追到蕭逸寒身邊，「師父！」

我伸手去拉他，可在指尖未觸到他手臂的時候，便被一個結界大力彈開，我毫無防備，徑直被結界彈出去了三丈，撞在背後階梯上，又往下滾了幾階。體內氣血翻湧，我手骨傳來折斷般的疼痛，可狼狽地站起來後，我還待去追他，卻被師祖攔住。

我抬頭一看，師祖白髮蒼蒼，他嘆息著搖了搖頭。「他去意已決。小徒孫，勿要再傷了自己。」

我淚眼朦朧地轉頭再看蕭逸寒，只見他信步走著，越來越遠，瀟瀟灑灑，好似對著空靈山裡的歲月毫無半點留戀，對我也沒有絲毫不捨。

方至此刻，我終於哽咽。「師父，我願隨你一道走，你去哪兒都可以。」我跪著往階梯下行了好幾步，喊他，「我怎麼都可以，你怎麼對我都可以，只是你別拋下我！」

我幾乎嘶啞的聲音在狹窄的山道之間來回回蕩，宛似幽魂。「你別拋下我。」可直到我哭得眼睛都快看不見了，也沒見過蕭逸寒回頭。

他就這樣消失在了我的視線當中，一直到如今，八十載歲月，我獨留空靈山間，孤身一人，修得了仙身，也修得了一心空無一物。

第七章

「小徒弟……小徒弟？」

我被人搖晃了兩下，陡然睜開眼睛，入目的是蕭逸寒微皺著眉頭的臉。他手還放在我肩頭，見我睜眼便問我。「做惡夢了？」

我眨巴了一下眼睛，方覺一點溼潤的水跡冰涼地劃過臉頰，落入了我的嘴裡。我陡然清醒，猛地將眼淚一抹，心覺丟人。我拍開了蕭逸寒的手，站起身來，蕭逸寒與我黏著一隻手，他便也站起了身來，目光一直緊緊盯著我，好像十分關心的模樣。

但我卻覺得很好笑，蕭逸寒在我心中的第三罪便是——他是我此生所遇見的，最薄情寡義之人。

他臉上最不該出現的，便是關切的模樣。

「無妨。」我道：「什麼時辰了？」

「約莫寅時了吧。」

「你休息好了嗎？」

我問他，他目光卻放肆地在我臉上打量，把我的問題避而不答：「妳做什麼惡夢了？」

對付蕭逸寒這種人，我也只好用了他的招數，同樣當沒聽到他的話一樣道：「休息好了我們現在就趕路吧。」

我手一抬，不再管蕭逸寒，御劍便要走。哪想蕭逸寒卻將我另一隻手一拉，握在他掌心裡。「小徒弟，我不在的時間，妳在仙靈山過得不好？」

我嘴唇一動，胸中的情緒險些就要按捺不住了。可最終我還是忍了下去，只冷冷道：「你問這些有什麼用，你只需要知道，了結了人魔封印漏洞的事，我還是要殺你就行了。」

蕭逸寒聽罷沉默。

我將手從他掌心裡抽出來，剛想拈個御劍術，忽然間斜裡猛地吹來一陣詭異的風。我一愣，一抬頭，與蕭逸寒對視的瞬間，我便看懂了他眼中的想法——

妖氣。

「唰」的一聲，一道箭刃破空而來，我側身躲過，本以為是妥妥的沒有問題，哪曾想那利箭在離我不過三寸之處猛地炸開，霎時分作無數細針，直向我扎來。

我一愣，卻在這怔愣的瞬間，見一道幽藍的光芒在我面前一閃，是蕭逸寒的結界在我面前展開，將那些細針盡數抵擋在外。

蕭逸寒將我往他身後一拉。立在了我身前。

背脊還是那麼挺拔，與很多年前，幫我擋住那女妖妖風的他沒什麼區別。

我失神了一瞬，待回過神來，立即道：「不用你幫忙，我自己能解決。」我想從他身後站出來，蕭逸寒卻拉著我的手，讓我待在他身後。

「沒幫妳忙，這是來找我的。」他說：「妳老實待著。」

他這樣說，我倒不好動手了，要再往前面站，倒顯得是我趕著想要幫他忙一樣。

剛才那一發急箭之後，林中便沒了動靜。我左右探看，蕭逸寒卻不急，坦然等了一會兒，揚聲道：「你們不動手，那就換我來吧。」

言罷，他掌中光華一現，寒霜長劍凝成，仿似隨意極了的一劃，只見利刃在黑夜之中畫出一道月牙似的弧度，往黑暗的樹林中呼嘯而去。幽藍薄光所行之處，摧枯拉朽一般將林間繁密的樹盡數斬為齏粉，在這一擊的轟隆聲中，夾雜了不知道多少名偷襲者的慘叫哀號。

藍光隱去，林間草木盡折，來偷襲的妖怪們皆再無遮蔽，他們有的倒在地上，有的勉強能撐住身形站在原地。

我站在蕭逸寒身後，愣愣地看著他。

難怪，我這些年請的那麼多暗殺者都無法將蕭逸寒除掉。他而今的修為，比起之前不知道又高出了多少。

蕭逸寒向最近的一個妖怪走去，我亦被迫跟著他往前行。走到那躺在地上動彈不得的妖怪身前，蕭逸寒用腳尖踢開了他的衣裳，但見他腰上的掛牌，挑了挑眉。「又是你們。」

我看了那掛牌，也是一愣。「居然是你們？」我脫口而出，「任務不是終結了嗎？」

蕭逸寒轉頭看我。「什麼任務？」

「……」

我對視著蕭逸寒的眼睛，想了想，覺得，反正我現在已經明說了我要殺他了，讓他知道這些事也沒什麼大不了的。我坦然道：「我請的暗殺組織，掛了榜，給了錢，讓他們來殺你。」

「呵！」蕭逸寒難以置信地一笑，隨即默了很久，「小徒弟，妳這是恨我入骨啊。」

明明是句帶著玩笑的話語，可蕭逸寒說著這話的時候，卻將頭轉了過去，讓我不能看見他的表情。

當然，我其實也不是很在乎他這個時候是什麼樣的表情，我踢了踢地上那妖怪的腳，皺眉問：「我去掛榜的時候，可沒聽說過你們組織會請妖怪來辦事，說，你們這個組織，到底是怎麼回事？」

我是修仙的人，雖然請的是個暗殺組織，可還是恪守著修仙者的規矩，絕對不會找妖怪辦事。而那個暗殺的組織也是由一個仙門領頭，從來沒說過他們之中，居然還有妖怪。

可我這兒剛問了一句，卻見那妖怪不知咬破了嘴裡的什麼東西，一噝，頭一歪，七竅流血，就這樣服毒自盡了。

我抬頭一看，只見方才不管是站著還是躺著的妖怪，此刻都已經服毒自盡了。

保密竟然……這麼嚴格？這可不像一個普通的從事暗殺的組織會幹的事兒。

我轉頭看蕭逸寒，只見蕭逸寒也皺了皺眉頭，他轉頭看我。「只怕，我們真的得快點趕路去玉泉了。」

不再耽擱，我與蕭逸寒立即上了路，我與他一同御劍而行，我的速度到底是差了他一點。我努力趕他，最後蕭逸寒瞥了我一眼，竟是直接動手把我拉到了他的劍上。

我推他，他卻一本正經地說：「這樣快些。」

是……他確實快些。

我又在心中念叨了一萬遍天下蒼生，然後忍耐了他的接觸。

可身體貼著身體站著，沉默趕路，天上除了雲，什麼都沒有，我覺得有點尷尬，便與他道：「方才那個暗殺組織，我只請了他們一次，第一次未成功，我便撤了任務，自己下了山門。這第二次我並不知道他們為何而來，你且反思反思你近日作為。」

「我知道他們為何而來。」蕭逸寒答得肯定。

我轉頭看他。「你離開仙門，在這世間到底在做什麼？」

他沉默不答，就在我以為他根本不會回答我的時候，他卻道：「我要去魔界尋找我的親人。」

這個答案全然出乎我的意料，我從不知蕭逸寒竟然還有個親人，師祖他們也未曾向我提起過……對了，關於蕭逸寒的事，仙靈門的老輩都是刻意閉口不談的。

「你親人是誰，為什麼會在魔界？」

蕭逸寒默了一瞬，顯然不想回答這個問題，於是便撿了我前一個問題回答：「妳找的這個暗殺組織，與魔界有千絲萬縷的聯繫。百年前人魔兩界的封印雖然立了起來，然而魔界仍舊有餘孽在世間行動，他們隱藏身分，伺機而動，一直想尋找漏洞打開封印。以便重回人世。」

「先前妳請的這個組織，是一些流竄的修道者，他們來殺我不成，讓我捉了一個貪生之人，詢問之下才知道這個組織竟然一直在幫魔族餘孽行事。他們一直在尋找兩界封印之間的薄弱之處。我從他們這裡找到了線索，捕捉到最近封印薄弱處會出現的時間與地點，先他們一步打開了兩界通道，然而兩界封印雖是只漏了一個洞，卻力量巨大，我一時未曾收住，才致使魔氣洩漏。」

蕭逸寒晃了晃，看了我一眼，「好徒兒，得虧妳來得及時了。」

這樣說來，竟是我無意之間在暗中幫了他一把，讓他找到封印漏洞嗎……

「他們許是察覺到了今日的魔氣洩漏，於是便在晚上尋了過來吧。」

我垂頭看了看我與蕭逸寒緊握的手。「待得漏洞放入玉泉潭底，你又要如何？直接去魔界嗎？」

蕭逸寒沒有答我。在接下來的路上，我與他都一路無言，各自沉思著各自的事情。

蕭逸寒御劍行得極快，不過夜半時分，便到了玉泉潭邊，比我預料的還快了大半天。

我與他將緊黏的手一同放進了潭水之中，蕭逸寒閉目念咒，我只覺與蕭逸寒掌心之間的那股吸力漸漸小了下去，黑氣慢慢滲入泉水之中，卻沒有擴散，像是被凝固了一樣，黑氣在潭底漸漸凝聚成一個圓形。還是那日我前日看到的那個黑糊糊的洞口，可卻沒有魔氣滲出，潭水之上還是一片清澈。

果然如蕭逸寒所說，這玉泉水抑制了魔氣。

我的手和蕭逸寒的手終於也分開了來，他將手抽出，我的掌心便登時被冰冷刺骨的潭水浸染。

他看著我，笑道：「好了，小徒弟，妳可以走了。」

我一言不發，拔劍出鞘。「殺了你我自然會走。」我道：「在仙靈山這麼多年未曾聽過你有什麼親人，你不過是想說謊來誆我吧。封印漏洞在此，我不會放任任何人通過這個漏洞。」

誰知道蕭逸寒到魔界去的真正目的。這人做事任性隨心，我可不放心他。

蕭逸寒聽得我的話卻笑得更加開心了，他向前邁了一步，胸膛徑直抵在了我的劍尖上。「小徒弟，我說，妳不會殺我，妳信不信？」

第八章

不殺他？

我冷笑。「那就試試。」

我揮劍衝他砍去，蕭逸寒的身影卻在我面前一閃，眨眼間便挪到了我的身後，他抓住我的手，輕笑。「有哪個殺手會在一開始就報上自己的目的，妳不過是終於找到了個藉口，說服自己來見我這個師父的吧。」

「胡言亂語！」我斥了一聲，回身揮劍，手臂穴道卻被他一點，一時間整隻手如遭雷擊，長劍脫手而出。我往前一踉蹌，蕭逸寒順勢接住我，將我摟進懷裡，他一隻手倏爾撫上了我的臉。

這個姿勢太過熟悉，很長一段時間裡，幾乎夜夜出現在我的惡夢裡。我想要推開他，可卻使不上力，他只輕輕捧著我的臉，脣角笑容有點無奈。「小徒弟，妳別鬧。我答應妳，等我從魔界回來之後，我就一直和妳在一起，再不拋下妳了，好不好？」

好不好？

此時此刻，此情此景，時隔八十載，他對我說出這樣的話！他居然好意思問……好不好？

「不好！」我高聲一喝，爆發了身體裡所有的力量，憤恨地將他推開，我往後一退，一個踉蹌自己卻摔在地上。

「八十年前我哭著喊著讓你別拋下我，你一言不發地走了。當現在，我終於可以不在意你的拋棄時，你卻這麼輕描淡寫，讓我再接納你？憑什麼？」

我瞪著他。「這些年，我被同門排擠的時候你在哪裡？我日日在山頭小院等你回來的時候，你在哪裡？你走之後，我受同門孤立、欺辱，若不是師祖看我可憐照拂於我，我恐怕連著仙身都修不到。師祖仙去，我孤身立於空靈山頭，十年是一人，二十年是一人，三十年四十年五十年！年年皆是孤身一人，隔了這麼久，你卻好意思讓我再和你在一起？」

我冷笑，「你哪來的臉說這句話？」

蕭逸寒眸光微動。

「這些年你與妖邪接觸，你與妖邪廝混，你在山下如何快活的消息傳回山裡，託你的福，年復一年！我都因你而被嫌棄，我沒有師兄弟，也收不到徒弟。你知道什麼叫孤獨嗎？當有一日我在山巔風雪中醒來，發現我肩上積雪比崖上枯石還厚的時候，我想大概我坐化為石，也不會引起別人的絲毫注意。」

我看著他。「你問我這些年過得好不好？我告訴你吧，等你死了，我才有資格把以後的人生過好。」

一通話說完，玉泉潭水之上一片沉寂，我垂頭看著地，忽然間覺得，自己真是傻極了。為什麼要在蕭逸寒面前把這些話說出來呢，簡直……就像在博取可憐一樣。

我拾起了掉在一旁的劍，知道我今天奈何不了蕭逸寒，正打算同他放個狠話，哪想蕭逸寒卻開了口。「既然這樣，那就殺了我吧。」

說得那麼乾脆果決。

我抬頭看他。

天上的月色映入潭水，波光瀲灩也投射在我與他的身上。

他在我的注視下，又說了一遍。「如果能讓妳好受一點，這條命就給妳。」

我一聲嗤笑。「蕭逸寒，你以為我不敢要嗎？」話音一落，我提劍上前，劍刃覆上了法力，蕭逸寒若無防備，一劍我便能刺穿他的心房！

我劍尖扎破他的胸膛，破開衣裳與皮肉，鮮血流出，蕭逸寒果真絲毫不避。

他只看著我，臉上又掛起了吊兒郎當的笑，好像剛才的嚴肅正經只是我的錯覺。「小徒弟，砍頭也就只砍一刀呢，妳這是，要拿我練鈍刀子磨肉？」

我握著劍柄的手在微微顫抖，看著他胸膛上湧出的血，一時間，我發現竟然動不了手了。

我想了那麼多年，想了那麼多遍，可真當這一天到來了，蕭逸寒站在我的面前，任由我宰割了，我竟然可笑的……下不了手了。

此刻我方知，我殺不了蕭逸寒，不是因為我技不如人，而是因為，我真的殺不了他。

即便到現在，我也捨不得……

我咬緊了牙，真是恨極了自己的沒出息！

劍刃從他胸膛中拔出。皮肉傷對現在的蕭逸寒根本就算不得什麼。他不言，我不語，好像能就此沉默地站到天荒地老。

可到底沒有，一個意料之外的聲音打破了平靜。

「哎呀，奴家收到大人的消息就趕投胎一樣趕過來了，可累死奴家了。」聲音妖嬈，姿態嫵媚的女人從樹林間竄了出來。

我轉頭一看，竟是……多年前的那個女妖。

容貌半分未變，見了依舊魅惑人心。只是現在我已不像小時候那樣容易被迷惑了。

女妖見我手上的劍沾了血，又見蕭逸寒胸膛上有血，登時愣了一下。「喲，大人……」她連忙行到蕭逸寒身邊，「您昨兒個信兒裡說，我今日來的時候，你一定將你徒弟打發走了啊，現在咋弄成這樣了。」

蕭逸寒沒有答話。

我冷眼看著他們，心裡也了然，果然是還和她聯繫著呢。不過……能有什麼辦法呢，反正……我現在也殺不了蕭逸寒。

我對自己失望至極，一時間也覺得，蕭逸寒想幹什麼就去幹吧，我再也不要和他沾染上什麼聯繫了。

我轉身離開，連使御劍術的力氣也沒有了，就像蕭逸寒當日離開仙靈山前一樣，一步一步，靠著腿慢慢走遠。因為，我知道，我現在恐怕連御個劍，也能分神跌下來，惹人笑話……

我在玉泉山裡走了一天一夜，也沒有走出去。

蕭逸寒從八百里外御劍來的時候，也不過一天一夜，我現在卻窩囊得連腳都邁不動了。

我在山林間點了火，坐在火堆前發呆，琢磨著自己之後要怎麼辦。

如果不殺蕭逸寒的話，我好像也沒有什麼別的人生目標了。回仙靈山吧，那方一片孤寂，回去也沒什麼意思，不回去就在塵世吧……我他娘的現在還修了個仙身，連等死都等不到。

我往火堆裡喪氣地砸了根柴火，正是最無聊之際，天空中一片妖氣呼啦啦的襲來，將我的火堆吹得幾乎熄滅。

我也懶得搭理到底是什麼妖怪，只想著，這妖怪要找我打一架也不錯，反正沒什麼事兒幹。就是這麼灰心喪氣之際，那妖怪一把抓住了我的胳膊，將我拉得站了起來。

我一看，面前的人正是昨天見到的去找蕭逸寒的那個女妖。

只是她現在一身的血，相比昨日狼狽了好多。

「哎喲仙姑救命啊！」她衝我喊道：「妳快去救救妳師父吧，他要死了！」

聽得這話，我沉寂了一天的大腦像是忽然被喚醒了一樣，目光重新將眼前人打量了一遍，只見她一臉的淚，泫然欲泣。「妳師父死了，這人界可就又要大禍臨頭了！」

「什麼情況？」我問。

她抓了我的手。「咱們邊走邊說！」

女妖在路上告訴我，蕭逸寒確實有一個哥哥，而且他的哥哥還相當的有名，就是百年前以身血祭人魔兩界封印，使人魔兩界重新分隔，人界重獲安寧的那位大仙人。

聽到這個名頭，我就愣了。「從來沒有人和我說過，蕭逸寒自己也沒提過。」

「他當然不提啦，那死的是他親哥哥，還是代他去死的。他平白無故和別人提這個，揭自己傷疤作甚啊。」

「他哥哥代替他去死的？」

「嗯，其實後來很多的人都不知道，當年與長鳩魔族族長對抗的仙人有兩個，一個是蕭逸寒大人，一個是他哥哥。」

聞言，我又是一愣，蕭逸寒竟在之前……就已經厲害到那種程度了嗎？

「百多年前，長鳩魔族找到了人魔兩界的封印薄弱之處，將封印打開漏洞，大舉入侵人界。蕭家世代承襲封魔之術，只是到了蕭逸寒父親那一代，他們因久不見魔族入世而少於修煉，蕭家一夜之間被入了人界的長鳩魔族血洗。

「蕭逸寒與他哥哥僥倖逃離，幸得仙靈門人收留，兄弟二人在仙靈山苦練從家中帶出的封魔之術。蕭大人自小靈根聰慧，學起東西來進步神速，他哥哥卻反而要落後他一些。」

女妖一嘆。「他們殺了長鳩魔族的族長，要封印人魔兩界封印時，因為蕭大人與他哥哥都受了傷，以他們的力不足以封閉封印，唯有以一人血肉為祭。蕭大人本來打算以自己的血肉之軀為祭，沒想到，卻是他哥哥將他推開，去祭了封印。當時蕭大人要去救他哥哥，當時如果拚一拚，說不定可以救下他哥哥，也能保住大人自己的性命，但仙靈門人卻不敢讓他冒這個險，將他攔了下去。因為沒有蕭大人，封印就沒人守了，日後再有漏洞，世間就沒有人可以補了。」

我沉默。

所以蕭逸寒在那大戰之後整日以酒度日，對仙靈門的長輩們也不愛搭理，長輩們便也因為對此有愧，所以對他以前的往事，閉口不談嗎？

「九十年前呀，魔族在人界的餘孽找上了咱們妖族，說是找到了當時祭封印的那個仙人頭骨，就是蕭大人哥哥的頭骨，說那仙人的血肉祭在了封印裡面，是補了封印，也是讓封印有了個弱點。只要有這頭骨，就可以重新撕開漏洞，到時候魔族重臨人界，也會厚待我們妖族。

「統管妖族的長老們當時同意了，便開始協助魔族。終於花了十年時間找到了人魔兩界的封印一個小漏洞，將那頭骨送到了魔界去。

「當時這事兒便是經了我的手的，那漏洞大家好不容易扒開了一小點，裡面呼啦啦就湧出滔天魔氣，周遭登時樹木枯萎。我心裡發顫，就有些後悔了，覺著這事兒恐怕對妖族來說也不一定好。

「我臨時變卦，想帶走頭骨，可最後只搶到了那嵌在頭骨裡的一個吊墜，還被打傷了去，後來我尋了個僻靜樹林，布了個迷陣修養自己，也就是那時候第一次撞見了大人，啊對，當時妳也在。」

我恍然領悟，原來……當時那個吊墜，蕭逸寒一直帶在身邊的吊墜，竟然是他哥哥的東西。

第九章

我望著女妖。「這些年，蕭逸寒一直與妳聯繫，就一直在謀劃這些事？」

「是呀，他哥哥的頭骨被魔界的人拿去了，他這些年一直在尋找兩界漏洞，想要到魔界去搶回來。可你們仙靈門辦事死板，一準是不會讓他冒這種險的，所以他乾脆出了山門，也省得因為自己的舉動，在山上連累妳這個小徒弟。」

是，蕭逸寒做的這一切是隱忍，是痛苦，也聽得讓我心疼，他好像自己一個人承擔了所有的委屈和苦難，可對我來說，蕭逸寒只做錯了一件事。只這一件事，便足夠讓我記恨他記恨得無法原諒——

他從沒問過我，我願不願意他這樣做。

女妖與我說完這些事的時候，我們已經重新回到了玉泉潭水邊。看著玉泉潭下的黑洞，我問她。「那為什麼，現在又要來找我幫忙呢？」

「論封魔之術，世上無人可以與蕭家心法相比，師承一脈，妳之前不也和蕭逸寒一起封住了那漏洞嗎？找妳自然是……還是……」

女妖驚詫地看著我。「妳不想救妳師父啊？」

我沒說話，她表情顯得有些為難，「仙姑，妳師父這輩子一顆心裡沒有藏著誰，只有妳……昨天妳不是在這兒扎了他心口嗎？後來我問他，要妳真狠心扎進去了，該怎麼辦。他就說，辜負了蒼生也罷，好歹能讓妳從他那兒，得到片刻寬心。」

我聽得微微握緊了拳，我閉上了眼，撇開情緒，冷靜地問：「現在那邊是什麼情況。」

女妖拽了我的手，先一下跳入潭水中，游入了下面的黑洞裡。方一進入黑洞，魔氣便開始擠壓我的身體，在短暫的眩暈之後，失重感猛地傳來，我陡然發現，自己竟然已經飄浮在了空中。

御劍而起，我在空中立穩，打量四周，鮮紅的天，乾裂的地，這就是魔界。

而此時在遠處有一座黑色的大山在不停飄散這魔氣，地上遍野都是魔族的屍首，竟是……蕭逸寒血洗了這一片地方嗎……

女妖拽著我往那方趕，越走越近，我才看見，那哪裡是山，那就是一團黑色的魔氣凝聚而成的影子。在那影子的頂端，正是一個蒼白的骷髏頭。

而在那骷髏頭的正前方十來丈遠的地方，一道藍色的身影撐著結界，寒霜一般的光華自他手中長劍中散出。

不用女妖再做解釋，我便知道了這情勢，是蕭逸寒與那骷髏頭僵持住了。而現在是在魔界，魔氣源源不斷，繼續僵持下去，蕭逸寒只會耗盡內息枯竭而死。

他需要人幫他毀掉……他哥哥的頭骨。

等靠得更近了些，我瞥見了蕭逸寒後背上破裂的傷口，皮開肉綻，一身狼狽的血。

情況比我想得更嚴重……

忽然間，蕭逸寒察覺到了什麼，他猛地轉過頭來，盯住我滿臉不敢置信，隨即斥責女妖。「誰讓妳帶她來的！」

沒去管女妖的回答，我抬頭一望，只見那骷髏還在源源不斷吸收著魔氣，它似乎也察覺到了我的到來，魔氣開始狂躁地翻湧起來。蕭逸寒不得已必須轉身全心與之對抗，然而他現在已是內裡空虛，勉強抵抗之下，竟是一口鮮血湧出。

我當即不再耽擱，肅容上前，一記清光隨劍刃而去。清光破開魔氣直去骷髏頭，然而那塊頭骨比我想得更加堅硬，一擊之下，毫無損傷。

女妖卻在我身邊驚呼。「妳這麼厲害。」

我自是不弱的，蕭逸寒留下的那些書我早就翻爛，熟背於心，這八十年，我別的都沒幹光修仙，若連這唯一的事都做不好，我也沒有臉面苟活於世了。

蕭逸寒之前想必也看出來了，所以他才說，我沒有對他動真格。

我打量著那骷髏頭，閃身擋於蕭逸寒身前，此刻我回頭看他，只見他蒼白的臉上再沒了平日漫不經心的微笑，他皺著眉頭斥我。「這不是妳該摻和的事，回去。通知仙靈山的人，讓那些仙人來想辦法。」

我沒理他，感受著面前越來越凶戾的魔氣，我輕撫手中長劍。「蕭逸寒。」

我望著那骷髏頭，掂量自己體內力量，我明白，今日不交代一條命在這裡，恐怕是了結不了這件事了。我回頭看了他一眼。「師父，我這一生，最埋怨的人便是你。」

蕭逸寒瞳孔微微一縮，他好像知道我要做什麼事，伸出手來想要抓我。

可這種時候哪能耽擱，我護體結界大開，徑直將蕭逸寒彈了出去。一如當年，蕭逸寒下山之後，我被他的護體結界彈出去一樣。

那麼狼狽。

「不行！」他喊著，聲音有些嘶啞。

而他現在，已經沒力氣追上來了吧。我轉過頭不再看他，然而聽著他的聲音，我方在此時體會到了八十年前，他離開時的心情。

原來，是真的會難過的，是真的，有心臟被擒住了一樣的疼痛。

我緊緊一咬牙，將所有的聲音與情緒都屏棄在外。

手中長劍與我化而為一，我徑直衝向那骷髏頭，周遭的魔氣登時化為刀刃，將我切割得體無完膚，腰側藏著那塊蕭逸寒初遇時送我的玉佩隨風而落。我沒時間去管它，只聽前方「咔」的一聲，是骷髏頭破裂的聲響。

我的世界完全寂靜的前一刻，是蕭逸寒近乎聲嘶力竭嘶喊：「給我回來！」

我回不去了。

我這一生，最埋怨的人，是我的師父，而最喜歡的人……

也是他啊。

尾聲

四周一片荒蕪，幽靜黑暗，在混沌一片的世界中，我忘了我是誰，忘了我所有的過去，我只知道自己站在一條河邊，聽了不知道多少年的叮咚水聲。

好像每隔一段時間，都會有人來同我說：「姑娘，該過橋啦。」

但每次我都只是搖頭。

而為什麼要搖頭，我也不知道。我好像站在這裡，是為了等一個人，但到底是要等誰，我也記不得了。

就這樣混混沌沌，日復一日，年復一年的在這河邊飄蕩。

直到有一日，我看見面前一直漆黑的河水裡出現了一個男子，他滿臉鬍子拉渣，整日醉醉醺醺，瘋瘋癲癲地走在揚州三月的道路上。

春風吹不散他的酒氣，紅桃綠柳掩不住他的浪蕩，他一手抓著一個玉佩，一手抓著一個酒葫蘆，見人就說，他在找一個人，他在找他徒弟。

但只要有人問他徒弟叫什麼名字，他卻笑著答不上來。

他說，當年他懶，連名字也沒給他徒弟取一個，反正他也只有一個徒弟，小徒弟小徒弟的叫著，也就一直叫到了最後。

說著，他就哭了，在道路旁邊，喑啞地哭著。

看著河水中的這些畫面，我的臉上卻是不知為何，也滴滴答答地落下了水珠。

「姑娘，該過橋啦。」

我身後又出現了這道聲音，我轉頭一看，老婦人站在我的身後，端著湯，嘆息著。「世間萬事，有捨才有得，妳捨了妳的等，他才能有機會找得到妳。」

我看著老婦人手中的湯，終歸是飲了下去。

我捨了我的等，但願，他能在來生找到我吧。

也願到時候我與他之間，再沒那些埋怨與隔閡，只有朝夕相處，只有揚州三月的風，吹得人面依舊。

師父心塞

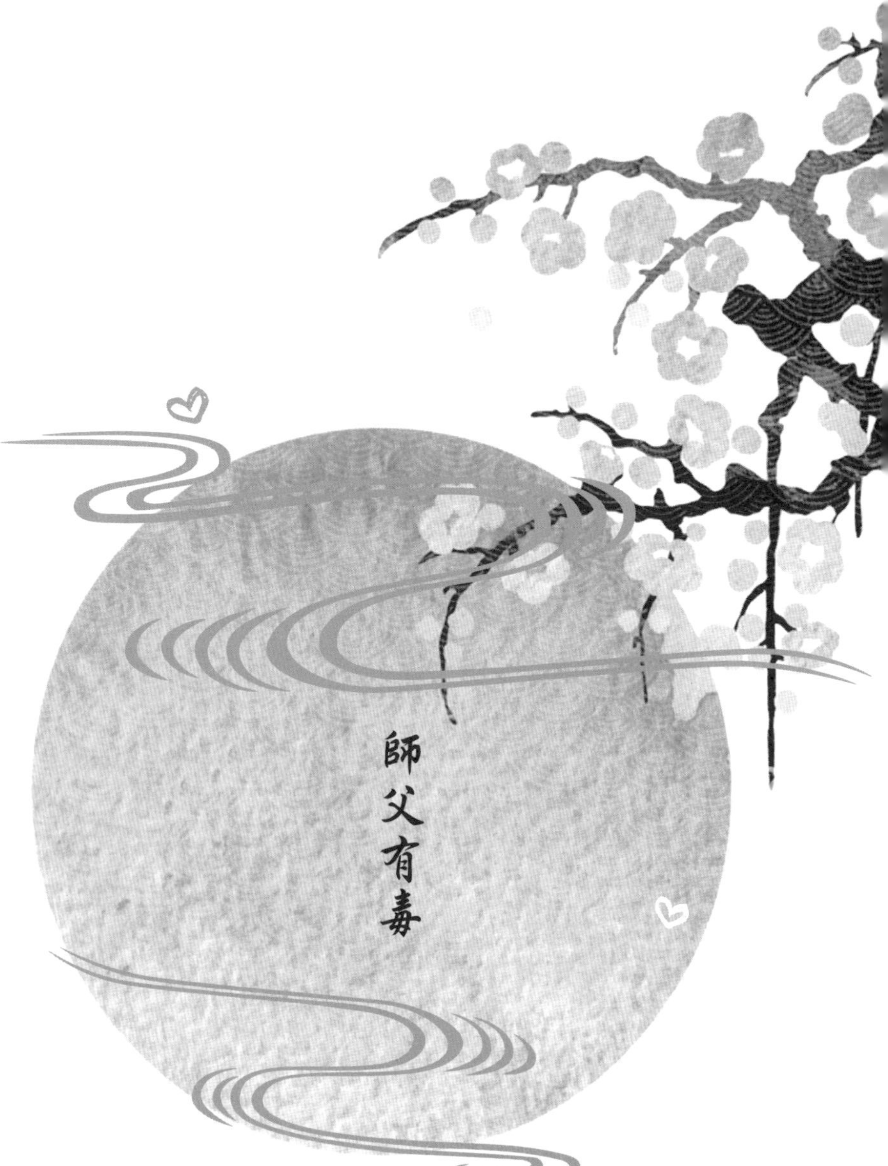
師父有毒

楔子

我拜了聞名天下的仙人——清和真人為師。

別人都道我幸運，羨慕我從此踏上了仙道，或可得長生。然而沒有人知道，自打入門開始，我內心裡便開始日復一日敲打起了小算盤……

盤算著，我要怎麼做，才能死。

我沒瘋，我只是有個很長的故事……

第一章

我原來是一隻千年人參精。就是話本子裡寫的那種，但凡有人要死了，作者就讓人去啃一口的千年人參。

身為名貴藥材化的精，我從小的生存環境是可想而知的惡劣，在我活的一千年當中，有整整九百年，都是在想方設法地藏匿行蹤，不被任何仙人、妖怪、凡人、動物……所有一切能吃我的東西找到。

不是我疑心病重，是他們真的要吃我。

打從我滿了一百歲，化成人形開始，所有見我者，皆見我如秋季大閘蟹、除夕大餃子……並且這種想吃掉我的目光，隨著我歲數的增加越發可怕。

我沒有朋友，因為朋友要吃掉我；我沒有愛人，因為愛人也想吃掉我。我沒有親人，倒不是因為他們想吃掉我，而是因為他們已經被吃掉了。

孤獨一支參，寡行人世間。

我其實對死亡沒什麼害怕的。我唯一怕的是，如果真的有投胎，我下輩子又投成了一支人參……

我知道我總有一天會死在別人嘴裡，但我想錯了，我死的那天來得十分的突然。我尚且記得那日我在躲避一個挖參人，慌不擇路竄進了一個僻靜的山洞，我在裡面靠著石壁躲著，不敢出聲，我躲了很久，挖參人也沒有找到我，然後我就睡著了。

再然後……

我就死了。

其實也不算死，我只是在一覺醒來之後，變成了一個人類的小女孩。

我連撞了好幾次門柱子，頭痛得太認真讓我不得不承認了現實。我就這樣變成了一個人類的孤兒，年紀八、九歲，獨居小山村外，靠村人接濟為生。

最初，我以為我是和一個人類的小女孩交換了身體。但後來我看見了心口處的一個咒文時……我驚呆了。

我雖然是個沒什麼用的妖怪，但因著我怎麼也活了千八百年了，對這些咒文我還是識得的。

這是一個還魂咒。

禁術！用來將死人的魂還到另一個活人身上，借活人的壽活下去！

看見這個咒文在這個小女孩的身體裡，而我的意識占據了這個身體，我倏爾意識到我原來的身體已經死了，而有人將我的魂，放到了這個小女孩的身體裡面。

是誰殺了我？又是誰救了我？為什麼要這樣做？

我不得解，於是只好繼續渾渾噩噩過日子。

苦惱無用，我只得安慰自己好好過現在的生活，而且現在怎麼也比之前好，因為現在無論如何，至少我不會被人當藥材、食材或大補丸盯著了。

然而，事實證明我還是太天真了。

第一個新月之夜，我的魂魄與這個宿體產生了強烈的排斥，猶如凌遲一般的痛苦纏了我整整三天三夜。

我熬過了一次，但這樣的疼痛並沒有停止。在接下來的三個月裡，每一個新月之夜，這撕心裂肺的疼痛都如期而至。

我不得不強調，其實，經過這麼多年做人參精的日子，我經歷了很多次的追殺、背叛和算計，很多次！我自認為我已經變成了一個處變不驚、遇事坦然、脾氣很好的人參精，但現在……

每個新月之夜，我痛得在草棚裡打滾的時候，我罵翻了讓我還魂的人上面八十輩子的祖先。

太痛了。

那入骨的疼痛讓我幾乎有了自盡的衝動，可偏偏，被施了還魂咒的身體，除非咒術破除或者施咒者身死，我還就死不了了！

求死不能，最悲哀的人生莫過如此。

第四個新月，我再一次熬過了那三天三夜，我面色蒼白地躺在草棚裡思考人生。忽然間，外面村子裡有人敲鑼打鼓大聲喊著。「上仙來了，上仙來為我們祈福了！」

等我痛得遲鈍的大腦將這句話的意思消化掉之後，我撐著疲憊的身體倏爾從草堆裡彈坐而起，眼瞳大亮——

仙人血，破世間萬種咒。

這還魂咒，自然也不在話下！只要我能咬他一口血喝下，我必定能瞬間飛出這身體，擺脫人世的痛苦，快樂踏向黃泉路！

咬！就是咬他丫的！

我踉踉蹌蹌奔出了院子，順著那敲鑼打鼓的聲音往前面追去。天上刺目的毒日頭讓我頭暈眼花，才痛過的身體還沒恢復，我腳步虛浮，整個人猶如踩在雲端飄，可要咬那仙人一口，要喝他血的意志卻尤其強烈！

我歪歪倒倒，一步一跪走上一個小坡，在坡上看見下方人群之中，有一個白衣男子。

他一身仙氣縹緲，與身邊的凡夫俗子氣度全然不同。

「喂！」我用最後的力氣高喊了一聲，下方的村人皆轉了頭望我，有人喊我小乞兒，有人問我作甚。我不看他們，只盯著那仙人。

他抬頭時，周遭一切的世俗喧囂都離我遠去了似的。他給我的感覺有一些若有似無的熟悉，就像在過去千年中的某個不經意的瞬間，我曾見過他一樣。

「大仙……」我咬牙，以最後的力氣道：「給條活路唄……」

讓我喝一口你的血。一口就好。

讓我從這個人世解脫就好，這日子，真沒法過了。

我後面的話沒有說完，眼睛一閉，徑直從山坡上滾了下去。村人的驚呼，身體的劇痛混雜而來，到最後，我昏迷之前，只記得有一隻溫柔而有力的手輕輕托起了我的腦袋。

我全然沒力氣睜眼了，卻詭異地記住了他身上的幽香。

第二章

等我再醒過來的時候，我就已經不在那山村裡面了。

鬆軟的棉被包裹著我，讓我猶如睡在雲端一樣舒適，耳邊有風過青松的聲音，還有好聽的男聲在我耳邊開心地喊著。「她醒了，師父！大師兄！她醒了。」

我轉頭一看，床榻邊正有個十八、九歲的男子往屋外高興地呼喚著，而在他身邊還站著一個十五、六歲的少年。少年抱著手，靠在床柱子上斜眼打量著我，上揚的眼角自帶三分傲慢，他審視著我，又輕聲嫌棄了男子一句。「二師兄，克制一下。」

二師兄一回頭，看見我，立馬擋了一下嘴，有些不好意思道：「吵到妳了，不好意思呀。妳有好好睡飽嗎？想吃肉肉，還是想喝粥粥？」

這態度，妥妥像是在問小寶寶似的。

也是，我現在這個身體看起來也確實是個小孩子。

我沒答他，正適時，屋外又走進來一人，眉目冷硬，身姿挺拔。他穿著與二師兄還有那少年一般的衣裳，想來，應該就是大師兄了。

這個大師兄看來是個不苟言笑的主，在我身邊一坐，探手便撫上了我的額頭。「燒退了。」他說罷便向二師兄吩咐道：「下午送她走。」
我一愣，隨即立即反應過來，我不能走，我還等著喝你們師父的血呢！
二師兄也是一愣。「這就送走？我聽說她山下家人早沒了，這世道又不安穩，她一個小女孩孤苦伶仃，萬一……」
對呀，萬一我有個三長兩短呢？雖然……如果按照保命這個條件來看，我待在你們師父身邊才是最危險……但你們架不住我想死啊！
你送我走了，我在外面根本就死不了啊！只會一月一月的生不如死！
我抓緊了被子，含了一汪波光瀲灩的眼淚，巴巴地望著大師兄。「叔……叔叔好可怕。」
演，是我這千年以來，得以在眾多獵食者的手中活下來的絕活。我現在是個孩子，自然就要利用孩子的優勢。我一哭，一示弱，果不其然，二師兄就心軟了，立馬開始護犢子。「大師兄！你嚇到她了！她還是個孩子！」
「……」大師兄沉默不言。
這時，旁邊卻插來一道挑刺的聲音。「是個跟我們沒什麼關係的孩子。」驕傲的少年不鹹不淡地看著我，「天下孤兒這麼多，二師兄你能挨個兒都抱回來？我看著丫頭眼珠轉得比二師兄你快，賊精明著呢。用不著咱們管。」
嘖，這個臭小子！
我心裡對他暗暗不爽。於是連忙抓了二師兄的手，往他手臂上一蹭，說掉眼淚就啪嗟啪嗟往下掉。「小……小哥哥也好可怕。」

「師弟！」二師兄果然肅容斥了臭小子一句。

臭小子輕輕「嘖」了一聲，沒等他說話，我連忙順著二師兄的手臂就往上抱。「大哥哥，大哥哥救救我。」我脆生生地喊他，拽著他的衣服輕輕啜泣，喚得二師兄連忙把我抱了起來，拍著我的後背忙不迭地安慰。

我心下得意，抽了抽鼻子，嘴角剛掛了一絲微笑，但見門口處還斜斜倚了一個人。

青玉簪鬆鬆地盤著頭髮，一襲寬鬆的袍子垂墜於地，他抱著手，一雙淡然的眼眸裡看著屋裡這齣戲，嘴角自有三分若有似無的淺淡笑意。

我看著他，他看著我，四目相接，明明什麼交流也沒有，可我卻倏地心底一涼，竟然有一種他嘴角這個笑，是在笑我的感覺。

大師兄也發現了門口的人，他恭恭敬敬地行了禮。「師父。」旁邊的臭小子便也規矩彎腰行禮，而二師兄抱著我，無法作揖，便手忙腳亂地深深鞠了個躬。「師父。」

那人抬了抬手，免了三人禮數。他一動，我鼻尖便嗅到了與那日一樣的幽香味道。

是一股讓人覺得莫名有幾分熟悉的味道。

我望著他，站的地方有些逆光，讓他變得像畫像裡的神明一樣，有幾分神聖起來。「緣分一場，便將她留下吧。就當是給你們添了個小師妹。」

大師兄眉頭依舊緊蹙。「山上清貧，無人可照料於她……」

「我來照料！」二師兄第一個舉手，興高采烈的模樣，就像親娘找回自己失散多年的骨肉一樣。然而這屋子裡卻只有他一個人的情緒那麼激動，他抱著我開心了一會兒，轉了幾圈，讓我看遍了大師兄冷漠的臉和臭小子鄙夷的眼神。

他自顧自開心了好久，才想起將我放到地上，給我指了指面前的白衣仙人。

「還不拜見師父，清和真人。」

聽到這個名頭，我登時一怔。

我對這些修仙修成真身的仙人其實並不是太感興趣，因為……這些仙人也需要尋找天下靈草靈藥來鞏固他們的修為。對於我來說，他們不過也是一張想要吃我的嘴罷了。

但他的名頭，卻是大得讓人不得不記住。

清和真人姓晏名霖字長依，傳聞他至十六、七歲的年紀也依舊只是個普普通通的讀書人，但適逢家變，不知有了什麼奇遇，半道出家來修了仙。接著就跟上天專門給他鋪了路一樣，一路扶搖直上，幾年內便攻克幾重修行難關，不過十年時間，修得真身，自此長生。

他沒有師門，沒有師父，獨自修行，這麼短時間出了這樣的成就，怎能不令天下驚駭。

自此他聞名天下，但他為人又極度低調，是以時至今日，也沒有人知道他到底是什麼模樣……

原來。

我呆呆地望著他，心道，原來，傳說中的人，就是長這模樣啊。是比那些一般的人，不一樣。

有幸跟著他修仙，說不定還真能得道呢，只是……

苦了我這個來一心求死的。

我望著晏霖久久沒有反應，二師兄便輕輕拍了我一下，「哦……」我回過神來，「多謝師父！」說著我便跪地行拜師禮，我打算磕個結結實實的頭以表誠意，然則我這頭還沒磕在地上，卻撞進了一個溫暖的手掌心裡。

我抬頭，見阻我之人，竟是晏霖。打從見我開始，他嘴角一直噙著一抹笑意，我不知道他在笑什麼，正在心裡琢磨，是不是他這個仙人真身，能看穿我的靈魂……

「啵」的一聲，晏霖好看的手指在我腦門上輕輕一彈。

「心眼倒是實。」他話帶些許揶揄，「妳這般磕頭，不心疼腦袋，我可心疼地上的磚石。」

我看著他，又有些失神了，不為其他，只為他面上的笑容，好看得勝過了我所見過的任何世間美景。

身為一個活了千年的藥材食材和大補品，我甚少見到他人對我露出這樣沒有任何目的的笑容。

「真人……」我動了動嘴，有點想告訴他我現在真實的狀況。

但轉念一想，他是一個仙人，萬一他知道我身上有還魂咒，就把我和什麼邪魔外道之類的掛上鉤，到時候我不但討不了他的血喝，搞不好還得被關起來受一頓苦刑。

我是求死的人，沒必要讓自己冒風險吃苦頭。找個機會捅他一刀，或者狠狠咬上一口，放一點他的血，我就能解脫，沒必要和這個仙人扯那麼多道理。

畢竟……看著是個好人，心裡念頭亂七八糟的人多了去了。哪怕是什麼仙人賢人聖人……

我這千年來，吃夠了這些人的苦頭。

「還叫真人？」二師兄見我開了個頭又住口，以為我害羞，便幫腔道：「叫師父呀。」

「師父。」我乖乖配合，尋了個由頭，將這事帶了過去，「我有點……餓了。」

然後屋子裡默了一瞬，四個男人，一時都沒有言語。已經成了我三師兄的臭小子「呵」的笑了一聲：「仙山修道還想吃飯，餓著，辟穀。」

我巴巴地望著二師兄，二師兄一咬牙。「我來做飯！辟穀慢慢學，不能斷糧。」

臭小子聽得二師兄這話，恨恨地一咬牙，瞪了我一眼，甩手就出門了。

我被他瞪得莫名其妙，這小子，對我的敵意簡直來得太過陡峭。

第三章

從那以後，二師兄就變成了我的奶娘……好聽點便叫衣食父母，一日三餐皆靠二師兄來打理，雖然他的東西弄得不好吃，但好歹吃不死人。

我對食物的欲望也沒有那麼強烈，我只是對晏霖的欲望很強烈。

可我知道，我現在一個小孩子，硬碰硬是肯定不能讓晏霖出血的，我要騙得他心甘情願為我流血。為此，我規劃了幾個場景，一個叫慈母手中線。

其意在讓晏霖為我縫補衣裳。縫補衣裳嘛，我搗亂碰他一下，讓針尖扎入他的皮肉裡，我再是一個無辜的眼神，嗷的就是一句，「師父你受傷了！」然後就可以出其不意攻其不備，把他手指頭含進嘴裡，吮吸他美味的血液，輕鬆奔向黃泉路。

這是一個非常好的謀劃。

是日，天氣陰沉，天將雷雨之際，各個師兄都在自己屋裡打坐修行，獨有晏霖在懸崖邊的山石亭上觀雲觀風，擺局與自己對弈。

我在衣服上別了針線，瞅準時機，往山石亭上跑去。剛要跑到山石亭上時，一腳踩在青苔上「哎呀」一聲就摔了，「嗤啦」一聲，衣袖裂開，我含了一包淚，抬起頭來，哭唧唧地望著亭子裡的晏霖。「師父。」

我知道，我這形容非常愚蠢，但是！我現在是小孩啊，小孩的特權就是可以不用負責的愚蠢。

適時，他手上正拿著一顆黑子，微微側眸瞥著我，見我這般望著他，他嘴角又起了幾分笑意，收了黑子，微微歪了一下頭。「怎麼了？」

「我衣服破了。」我爬起身來，上了亭子，站到晏霖身前，將自己袖子給他看。天上烏雲摩擦，閃電劃過，「轟」的一聲雷響猶如炸在耳邊似的。晏霖在這電閃雷鳴中，不動聲色地將我衣袖提起來看。「是破了一條口。」他眸光一轉，「哦，這兒正好別著針線呢。」

「咦，可能是二師兄昨天幫我縫衣服的時候落在上面的。」我找了個藉口糊弄過去，然後又眼巴巴地望著晏霖。

「嗯，那回頭讓子清再給你縫上。」

「……」

師父……這種時候難道你不應該說，我來幫你縫上嗎？你到底懂不懂套路？

我轉頭但見雷雨已至，稀里嘩啦在亭外下了起來。我打了個噴嚏，抓了抓因破了袖子而露在外面的手臂。「好冷呀。」我不想讓晏霖再回避，我徑直開口，「師父，你幫我把袖子縫一下吧，正好有針與多的線呢。」

晏霖眸光微動，倒也沒再拒絕。「好啊。」

他說著，捉了我破了的衣袖，拈了針，開始幫我縫補起來。

我就站在他的面前，能感覺他給我縫補衣袖時的一呼一吸，他縫針手法嫻熟，看得讓我都有點驚訝。「師父你好會縫衣裳。」

晏霖輕笑。「幼時家貧，只得自己縫補衣物。」

我陡然想起，這人在十六、七歲之前都只是一個普普通通的讀書人，一時間我無比地好奇，他到底是經歷了什麼，才能變成現在這樣。但是，這顯然不是我該好奇的事情，我的當務之急是……

「轟」又是一個驚雷落下，我「呀」的叫了一聲，動了手臂，抬手的角度恰恰將針頭頂向晏霖的手指頭。

我在心裡得意一笑，我雖然是個沒什麼用的人參精，但這些小把戲，我還是玩得很順的。這個角度頂上去，饒是晏霖他是個仙人，也沒辦法在這出其不意的情況下避開。

果不其然！

我只見那針頭直刺晏霖的手指，電光閃爍見，「啵」的一聲脆響。

電光隱沒，雷聲消退，針尖……斷了。

啊！

我居然算掉了！仙人仙身，這俗世的針根本就扎不破啊！

「哎呀。」晏霖也有幾分錯愕的樣子，「針斷了。」他只得就此在衣服上給我打了個結，「剩下的回去讓子清給你縫補吧，或者……」他笑咪咪地看我，「妳找了針，我再來給妳縫。」

如果不是看在他不知道我謀劃的份上，我幾乎都要懷疑他最後這句話是在挑釁和打趣我了！

「慈母手中線」這個計畫是失敗了，不過沒關係！我還有第二個計畫，那就是「師徒情也深」。

我現在既然拜了晏霖為師，找他討要個防身仙器什麼的也是自然，這普通針線傷不了他，但他給我的仙器總是可以扎破他的皮的。到時候我拿著仙器去他面前比劃，一個不小心，往他手上一扎！

我再是「嗷」的一聲叫，撲上去，抱住他的手就可以開始吸血了。我要不了多少血，能破我這身上的咒就行了。

打定了主意，我瞅了個天晴的日子，打算去找晏霖。

適時，晏霖正在屋子裡不知與大師兄晏子明在說著什麼，窗戶開著，我看見大師兄的表情有些凝肅。晏霖的表情倒是淡淡的，等走得近了，我倏爾看見晏霖將大師兄的手腕一拉。

我眉梢一動。

嗯？

這是……作甚？

只見大師兄被擒住手腕之後，當即皺眉，往後一退，可晏霖不由分說再是一用力，將他拉到身前，然後……在他掌心輕輕摸了一把，接著十指扣住了大師兄的手掌！

大師兄表情當即又急又惱。「師父……」

我的表情也是錯愕非常。

這……這是師父該做的事？這不是登徒子調戲姑娘的戲碼嗎！

晏霖不愧是修成了仙人的人，只見他這一套動作做下來行雲流水，相當嫻熟。將大師兄的手握了片刻後，晏霖終於放了手去，表情自始至終沒有絲毫波動，相當冷靜。

「好了，去吧。」

硬朗的大師兄脣角顫抖了一瞬。「師父，徒兒……」他話沒說完，晏霖一轉頭，盯住了站在門口有些口瞪目呆的我。大師兄將後半句嚥了進去，然後隱忍著情緒轉身離開。

我能猜到他要說什麼，這種情況，他肯定是要說徒兒不能從啊！

這誰能從啊！晏霖沒想到你居然是這樣的一個仙人！難怪平日裡不敢在大庭廣眾之下出現！

你們這些仙人果然沒什麼好人！

「怎麼了？」晏霖行至我身前，蹲下身來看我，一雙眼眸藏著溫和淺淡的笑意，完全不像剛輕薄過別人的模樣，「袖子又破了？」

「我……呃，唔，師兄他們都有自己的劍，我也想要一把自己的劍。」

「哦。」晏霖點頭，他轉頭看了看，隨手就將屋裡掛在牆上的桃木劍取下來，遞給了我，「這是把好劍，妳拿去用吧。」

……

哄小孩呢！

我忍住了將桃木劍摔在地上的衝動，乖乖接了劍，看了眼笑咪咪的晏霖，也就這麼被打發走了。

不過，我現在已經不是很關心這件事了，我的心思完全被師門八卦吸引過去了……

晏霖對大師兄有所圖謀，這事兒二師兄和三師兄知道嗎？他們知道私底下這個道貌岸然的師父，會悄悄去拉人家小手嗎？

三師兄晏子和是個臭脾氣，他不待見我，我也不待見他。於是在第二天茶餘飯後，我晃蕩到了正在幫我洗碗的二師兄身邊。

「二師兄。」我脆生生喊他，他應了一聲，一臉溫和地轉頭來看我，就像在看自家孩子一樣親切。「小師妹怎麼啦。二師兄在洗碗，待會兒和妳玩好不好？」

「好呀，二師兄，剛才我看見大師兄又下山了。」

「嗯，大師兄最得師父真傳，下山除妖的時間多。」

「哦，這樣啊，可是我怎麼覺得，大師兄好像有點不喜歡師父呀。」

「嗯？」二師兄轉頭看我，「為什麼呀？」

「上次我看見師父抓了大師兄的手，大師兄想將師父推開呢。結果沒能將師父推開，大師兄還惱了。」我睜著天真無辜的大眼睛，眨巴眨巴地望著二師兄。

只見二師兄溫和的神情在臉上凝住，手中盤子「哐」的一聲落在了地上，碎了個稀爛。

素來溫婉如親娘的二師兄此時臉上再無笑意，也未與我解釋，一轉身出了廚房，眨眼便跑不見了蹤影。

他修得仙身行得快，我追不上，但也不願錯過這仙門八卦，於是吭哧吭哧地往晏霖的房間跑。

我跑到的時候，正是二師兄在與晏霖說話。「師父怎能如此！」他言語含恨，竟是不顧禮節，一把往晏霖的手腕抓去！

我「呵」的一聲，倒抽一口冷氣，立即捂住了嘴。

什麼？這二師兄難道對師父……

晏霖一揮衣袖，避過了二師兄的手，他指尖光華一過，在二師兄腦門上輕輕一彈，與那日我入門給他磕頭時，晏霖彈我腦門一樣，只是力道卻全然不同！

只見二師兄腦袋往後面一仰，愣生生被彈得摔坐到了地上。

「沒大沒小，這些年教你的禮數又忘了。」晏霖斥他，雖則言語並沒有帶多少生氣的意味，但二師兄卻摔坐在地上，紅了眼。

我看他是委屈的。

二師兄對師父有那啥，師父喜歡的卻是大師兄，但大師兄的心思卻也沒放在師父身上。

這這這……這清和真人門下，真是好大一齣戲。

我看得津津有味，卻見晏霖一轉頭，瞅見了恰恰把腦袋伸過窗戶的我。

他一挑眉，隔了片刻，掩蓋了眸中情緒。「小不點，妳又來作甚？」

「我……」我轉了轉眼珠，「我來找二師兄。」

二師兄聞言，從地上爬了起來，他轉頭看我，嘴脣動了動，終究還是出了門來，將我手牽了。「小師妹，我先帶妳回房睡午覺。」

我在二師兄面前是要賣乖的，於是點頭應了，隨著他走。待要離開晏霖院子的時候，我回頭望了晏霖一眼，只見他孤身一人站在偌大的院子裡，仰頭望著院裡的飛花，陽光落在他臉上，竟將他面色照出了幾分蒼白。

我有些怔神，卻在這時，晏霖目光一轉，與我四目相接。他輕輕一笑，向我揮了揮手，而剛才那份蒼白，便像是我的錯覺一樣，不復存在。

離遠了晏霖的院子，我仰頭問二師兄。「二師兄，師父為什麼要打你呀？」

二師兄嘴角一抿，眸光暗了一瞬。「師父沒有打我，他是在保護我。」

保護他？這是何意？我有點不懂他們清和門下的套路了。

我還在糾結師父大師兄二師兄之間的關係的時候，二師兄牽著我正巧路過了三師兄晏子和的院子。我見得那臭小子正在院裡練劍，看見二師兄的一瞬間，他眼睛亮了亮，待得見了我，那乍亮的目光霎時一沉。

我心頭打了一個突。

哎嘿！

這個感覺……莫不是……

這三師兄對二師兄……

細細一想，這臭小子對我的討厭來得謎之陡峭，如果這樣一想，確實也是能想得通的呢！

我覺得我千百年來歷經世事而建立起來的人生觀在此刻有點搖搖欲墜，像是經受了一場巨大的洗禮一樣。我垂下頭，沉默地回了房。

這清和門有毒啊，這師徒四人玩法簡直太新穎了一點，我約莫扛不住，還是得盡早奔赴黃泉才是。

可想得容易，我沒辦法從晏霖那裡尋得能傷他的仙器，這屋裡三個師兄估計也不會幫我，為今之計，可能只有尋求外界幫助。可這清和門素來與別的門派沒有交流，也沒什麼仇家，一時半會兒，我上哪兒找一個能把晏霖捅出血來的……。

「哎，小孩。」

山石亭外，倏爾有人叫了我一聲，我一轉頭，但見來人少說有十來個，皆是青衣白袍的打扮，人人腰上配著一塊白玉。見了他們，我心頭一怵，下意識轉身就要想跑。

但腳剛一落地，我想到如今我是一個人類小孩的身分，已經不再是人參精了，我不用跑。

「你們是誰？」我問他們，然而心裡卻清楚得很。

他們是白玉門人，天下最大的修仙門派，以前我當人參精的時候，沒少被他們這門派裡的人追逐……好幾次都差點死在了他們那些高階修仙者的手上。

「我們乃白玉門人，來尋清和真人。清和門在這山間何處，妳可知道？」

晏霖的這個清和門，說是個門派，總共五、六間小屋，藏在山林裡根本就看不見，不像這白雲門，動不動就成千上百人的，沒進山就能看到仙門的屋瓦。

我現在待的這山石亭，離晏霖的屋子並不遠，會仙法的話，掐個訣就到了，只是我不知道該不該和這群人說呀。

我對白玉門人的印象並不如何，再加之十來人都是一臉討債像……

「往那條道走。」我給他們指了條錯路，「拐過去，往山上走就看得到。」

為首那人轉頭往那方張望，所有人的注意力也都轉向了那方，我趁此機會矮了身子打算開溜，哪曾想我指的那個方向竟「啪噠啪噠」跑來一人。

「師叔，那方是下山的路。」

當場穿幫，我心道不妙，憑著多年逃跑的經驗，埋頭一竄打算跑路。

但我現在到底連以前一千年的修為都沒有了，跑了兩步，衣領便被人提了住，一把抓到了空中，任由我兩條小短腿怎麼折騰也掙脫不了。

「妳這小孩！為何要騙我！」被喚作師叔那人厲聲叱問，附帶還加了一巴掌拍在我後腦勺上，「給我說實話。」

我被衣領勒得幾乎要喘不過氣，更別說回答他的話了。

我憋著勁兒擠出幾個破碎的氣音，可身後的「師叔」並沒有放開我，那些白玉門的弟子們還在嘰哩呱啦討論「這小孩和清和門什麼關係」。

胸口窒息的疼痛，讓我眼前開始發昏，便在此時，忽見一道白光猶如晴天霹靂轉瞬而下。

猶如那日晏霖與自己對弈時，我在這亭裡看見的遠處雷霆。

「轟」的一聲！擒住我衣領的手陡然鬆開，我在摔在地上之前被一個溫暖的懷抱抱了進去，我用力地呼吸空氣，喘息的聲音像是慘叫的驢。

溫暖的大手掌在我後背輕輕拍了兩下，撫平了我久久不能平息的心跳。

我這才有精力抬起了頭，只見晏霖的下頷弧度精緻又幹練，與素日裡面對我與幾個師兄的溫和不同。此時，他眉目間的肅殺將我看得也是一呆。

這個從見面開始就笑咪咪的仙人，原來……竟然也會有這般面目。

「我的徒弟，豈容你們欺負。」

這護短的意味簡直不能更明顯，我小小的手緊巴巴地拽著晏霖的衣裳，緊緊靠著這根大腿，說什麼也別想讓我鬆開。

被人保護，多麼幸福，在過去的千年裡，我連想都不敢想……

我轉頭看白玉門中人，他們望我的眼神兒霎時不一樣了起來。那為首之人方才抓我的那隻手，袖子已經被盡數燒掉，化為灰燼，他胳膊裸露在外，皮膚有些焦黑，他抱住手，咬牙瞪著晏霖。「江湖從未有人說過清和真人收了個小徒弟……」

「我收徒，從未告知天下。」晏霖徑直打斷了他的話。

晏霖說得在理，他收徒，確實從未告知天下，至少我就從不知他這三個徒弟是個什麼樣，因為我自己保命都來不及，哪有時間探聽人家門內之事。但我知道，江湖中人對清和真人門內的事，卻是十分津津樂道的。

那白玉門人有人為他們的師叔抱不平。「再是如何，清和真人這般傷人也太過分！」

晏霖將我穩穩抱著，讓我坐在他的臂彎裡，方便我轉頭看戲。「小徒年歲尚幼，你們欺負於她，還道我傷人過分？」晏霖微微眯了眼睛，「你們白玉門沒教好你們尊老愛幼，我便幫你們掌門補上這一課。」

言罷，周遭風起，烏雲自四周而來，以不可思議的速度快速聚攏，在天空中堆積擠壓，悶雷猶如龍鳴在其中翻滾。

我看得心驚，晏霖不動聲色地將我眼睛一遮。我只覺周遭風聲一動，待得晏霖再將手從我臉上拿開的時候，我耳邊已經變得很清靜了。

我竟是被晏霖帶回了他的房間裡。

剛才肅殺的風蕭蕭已經全然不見，身邊是尋常我見過的院子，青草與小樹。

我下意識往窗戶那方去張望，想知道那些白玉門人的情況，但晏霖卻將我身子一掰，讓我面對著他。他看著我的脖子，伸手輕輕摸了摸我脖子上的勒痕，皺了眉頭。

「師父。」我問他，「那些人呢？」

「過一會兒他們就知道走了。」他摸著我的脖子，「疼嗎？」

受過每月新月之夜的那種劇痛，這點疼又算得了什麼！

我爽朗地一搖頭。「沒事兒。」

然則晏霖的表情卻不輕鬆，他沉默地看著我脖子上的傷，又摸了摸我的頭。

「本不想讓妳再受任何委屈……」

他說得含糊，我沒聽太明白，但我還是覺得奇怪，他這句話的意思是……他知道我以前受過委屈囉？

沒等我細想，二師兄倏爾急匆匆跑了過來。「師父！我聽見山石亭中有雷動……」他看見我，後半句話吞了進去，「小師妹怎麼了？」

我摸了摸頭。「衣領被別人揪住了。」

二師兄這些天給我當爹又當娘的，就差給我把屎把尿了，完全把我當自家孩子在養，得見我脖子上的紅痕，他倏爾面色一陰。「來者何人？」

「白玉門的。」晏霖淺淺答了一句，「已經打發走了。」

二師兄大怒。「這白玉門簡直混帳！仗著近年勢大，其下雞狗都要升天！竟無緣無故敢擾到此處來！」

「只怕並非無緣無故。」晏霖應了一句，眼神淺淡地瞥了二師兄一眼。二師兄方收斂了怒氣，聽晏霖吩咐道：「子明還在山下，你今日去將他尋回，近來外面怕是不太安寧。」

二師兄垂頭應是。

離開晏霖房間，我問二師兄。「為什麼外面不太安寧就要把大師兄找回來？大師兄不是除妖最厲害嗎？」

二師兄默了一瞬，倒也沒瞞我。「大師兄原來有過一個師父，叫石門真人。」

其實二師兄說到這裡，我便明白了一大半。石門真人，這個名頭是我大半生的噩夢。

這個石門真人天賦極高，但喜歡追求邪門歪道來修行，一直游走於正邪邊緣之間，他對靈丹妙藥極感興趣，對仙草更是全力以求，尤其是對我……

身為千年人參，我也是好幾次差點進了他的嘴裡。

「石門真人在江湖上名聲不太好，他修行之道有所偏頗，時間長了，會在自己身體裡積累毒素，定期要清除，而他會將體內的毒，過到別人身體裡。」

這事在江湖上鬧得沸沸揚揚的，我也曾聽說過，後來石門真人就被江湖門派舉而殺之。

沒想到……大師兄以前竟然還拜過這樣的人為師，他背後的故事深得很哪！

「大師兄出自石門真人手下，即便在石門真人死後，他依舊是江湖裡正邪兩不靠的人，其他門派害怕石門真人的弟子中再出一個他，於是要斬草除根。是師父收了大師兄為徒，將他庇護在羽翼之下，賜姓晏，名子明，令大師兄撇開障目謠言，永遠明曉本心。」

我點點頭。

我本來還奇怪，晏霖那麼占大師兄便宜，大師兄為什麼不乾脆離開，原來卻有這種淵源在裡面。大師兄內心，對師父的感情……想必一定來得十分複雜吧。

第五章

下午二師兄下山找大師兄去了，我閒得無聊，坐在院子裡看飛花，聽見旁邊院裡有「唰唰」的練劍聲。我爬上牆頭，往晏子和院裡張望，那臭小子已經練出了一頭的汗，很是用功。

我趴在牆頭上觀望，看得無聊，便晒著太陽睡著了。不知睡了多久，忽然間「唰」的一道劍氣從我耳邊擦過，「哐」的一聲打在了我旁邊的青藤上。

青藤碎裂，我嚇得一個膽顫，根據多年的生活習慣，像兔子一樣埋頭下了牆就要往屋裡竄。

但轉念一想……

我跑什麼？現在又沒人能吃了我！

一定是那臭小子故意嚇我！

意識到這點，我怒向膽邊生，氣沖沖地走到晏子和院門前，敲了門。「三師兄你太過分了！」

晏子和開了門，臉上還有幾串熱汗掛著。「哦，眼睛瞪得倒圓。」他不鹹不淡地說著，「我見妳手腳挺俐落，平時那般走路都要人牽的柔弱勁兒上哪兒去了？」

我一默，靜靜打量著他。

倒是忘了，這個三師兄對二師兄可是……

我抱起了手，懶得在他面前裝了。「你有本事你也變矮變小變柔弱啊，二師兄一樣牽你走帶你玩，還給你餵飯呢。」

晏子和聞言面色一青，果不其然是吃醋了。「妳這臭丫頭……」

他這話未說完，忽見天上一道人影御劍而過，急匆匆地趕去了晏霖的房間。看那劍尾流光仙氣，竟然像是二師兄的身影，幾時見二師兄回來這麼急過，而且晏霖不是讓他下山去找大師兄了嗎？怎麼……

我與晏子和對望一眼。

晏子和身形一閃竟是要走，我腿短跑不快又急著過去看戲，於是拚盡全力堪堪一把抱住了他的大腿。

「妳作甚！」他詫然大怒。

「帶我一起走！」

「妳……」

「你磨不磨嘰！」我斥了他一句，他許是也心急過去，嫌棄地「嘖」了一聲，倒是也一把拽了我的胳膊，將我拉了起來，法術一過飄到了晏霖的院子裡。

「……那白玉門弟子的死相與多年前被石門真人害死的人一模一樣，白玉門人近來正四處尋找石門真人以前的弟子，可他們多為功法所累，已經身死，唯有大師兄……先前在山下他們與大師兄相遇，動了手去，這下已經將大師兄擒走了！」

我與晏子和趕來時，堪堪聽到了二師兄這麼一番言語。

我仰頭望晏霖，只見他眸中覆了寒霜，良久之後，只淡淡問了一句。「他們帶著子明去白玉門了？」

「是……」

晏霖起了身。「我稍後回。」他留下這句話，竟是身形一隱霎時消失了蹤影。二師兄大喊一句「師父！」，便也跟著消失了。

我心頭著急，可我現在半分修為也無，唯有扒拉著晏子和的頭髮扯了扯。「你跟上呀！」

晏子和一惱。「要妳言語！」他拈了御劍訣，倏爾想起，「妳給我從我身上下來！」

我死死抱著他的胳膊。「我不下！我要去！」晏霖那陣勢看著就是要去打架的！搞不好我今天就能討得一汪血喝呢，雖然……我其實並不那麼想在那場合喝上晏霖的血，但別的辦法，我也是沒有了……

「瞎磨嘰什麼時間！」我斥晏子和，「趕緊走！」

晏子和無奈，他功法本就是幾人中最為薄弱的，御劍已經是跟不上，確實也沒時間耽擱。他當即認清方向，跟著追了過去。

一路上我趴在晏子和背上，像打馬一樣打他。「你快點，你快點啊！」遲了去，血都乾了，還喝什麼喝，土都沒得吃。

可晏子和用盡了全力御劍，與晏霖、二師兄晏子清的差距還是在那兒擺著。

我倆遲遲趕到時，晏霖在白玉門的這一戰都已經要戰完了。

我所見之地皆是一片焦土。天上黑雲壓成，天雷依舊在其中翻滾，晏子和御劍在半空之中，我在四處張望，尋找了一會兒，得見下方有一處還有法力撞擊的光華。

待過去，只見晏霖護著身後半跪在地上的大師兄，而二師兄就站在師父旁邊，與他一同將身後的大師兄擋著。他們面前是一堆白玉門人，數也數不清，手持利劍，對他們怒目而視。

「那方那方！」我拍了晏子和的肩，他沒好氣地應我。「我看見的！別吵！」

如果說這是一場兩個仙門之間的爭鬥，那清和門簡直勢單力薄得讓人心疼。但我俯視而下，看著晏霖挺得筆直的背脊，即便沒有見到他的臉，我也感覺他這一身氣勢，能勝過敵方的千軍萬馬。

我看得愣神，晏子和比我心急，轉瞬而下，落在了二師兄的身側。

晏霖瞥了他一眼，眸光在我身上一劃，他沒開口，二師兄先急了，斥了晏子和一句。「你為何將她帶來了！」

我見晏子和被斥得一愣，一心的擔憂霎時嚥入喉頭。我見狀，心知這樣下去晏子和還不得恨死我。我連忙道：「我自己要來的，我擔心……」

我看了在場四個男人一眼，他們的關係太複雜了，我這時候說擔心誰，好像都有人會吃醋吧！

我還在為難，二師兄便繼續斥晏子和道：「她小不懂事，你便也不懂事？」

呃……

我發現了，好像在晏子和面前，二師兄才更像是個師父，而真正的師父，好像並沒有什麼存在感。晏子和對晏霖，也並不是太關心的樣子……至少比起對待二師兄的態度，他對晏霖，委實要生疏一些。

這個清和門果然是讓人看不懂的存在。

四個人湊在一起就是一齣戲。

晏子和一咬牙，任由二師兄將他罵了，他垂頭，沒做任何辯解。只是目光落在二師兄的手臂上，我順著他的目光看去，這才見得二師兄衣袖裡的手正在啪噠啪噠往下滴著血。

二師兄受傷了！

那晏霖……

我目光下意識就往晏霖的手上瞥去。

可他袖子太廣，將手遮了住，我也未曾看見有血從他袖子裡滴下來。我想繞到前面去瞅瞅，可剛跨出去一步，晏霖便一抬手，按住我的肩頭，將我反手推到了他身後。

我仰頭看他，他只盯著前方，拍了拍我的腦袋。「乖一點。」

這話裡語氣，竟有幾分寵溺的意味。

在這樣對自己不利的情況下，他還能這般有閒心來安慰我，讓我乖一點……不說其他，這人的心也確實挺大。

「清和真人。」對面的老頭一身白袍鬍子飄飄，盯著晏霖開了口，「你這番大鬧我白玉門，不明事理！包庇罪徒，可是要與我眾仙門正道為敵？」

晏霖語氣淡淡的。「我徒弟有無有罪我自己判斷，輪不到你們審，更由不得你們抓。」

老頭大怒。「我門中弟子莫名橫死，乃中了石門仙人之毒，而今這世上只有你徒弟晏子明身中能帶此毒，先前我將他帶來白玉門便已探過，他身體裡毒已清除，誰都知道，石門真人的那邪功，修煉之後永生不可除，只有累積到一定程度，過於他人之身，他身上沒毒，不是過到了我弟子身上，還能去哪兒？」

晏霖沒有說話，我轉頭看大師兄，但見他緊咬牙關，一臉恨色。我不知道他在恨個什麼勁兒，只聽得二師兄一聲怒叱：

「你們白玉門簡直血口噴人！我師父以己之身度師兄體內之毒，自石門真人去後，年年如此！這麼多年以來，從未有過一次將毒過於他人。如今你們有何證據如此妄斷！」

此言一出，對面白玉門人皆是一驚，老道詫異道：「你卻能化解石門那邪毒？」

我也是怔愣地看著晏霖，石門真人那功法的毒，可是過到誰身上誰就死，晏霖竟然幫大師兄擔了這麼多年的毒嗎……

這果然也是真愛了啊！

另有白玉門人不甘道：「便是清和真人幫他過毒又如何，這世上再沒有別人有石門之毒，我門弟子死於此毒……」

「除我外還有否其他石門弟子我不知。」大師兄終於開了口，壓制著情緒道：「你們白玉門人，我從未動過。」他捂著胸口，艱難站起身來，我想扶他，他抬手就在我腦門上一按，我個頭矮，正好成了他的拐杖。

我被他按得腦袋一晃，但見大師兄退了兩步。「家師恩厚，多年為我吸納體中毒素，前段時間才冒著風險將我體內毒素清除……」

嗯？前段時間？

我看著大師兄拳心握緊，倏爾想起之前在院裡看見，晏霖抓了大師兄手的那一幕。難道……那個時候，不是晏霖在占大師兄的便宜，而只是……在把大師兄的毒過到自己身體裡？

這倒也說得通，只是奇怪了。

如果說年年如此的話，那為什麼這一次二師兄還要那麼驚訝地跑去找晏霖？

「我這一身修為無多大作用，反倒累得家師因我年年受苦，如今更因我蒙此大辱。」大師兄退遠了去，晏霖盯著大師兄，倏爾一瞇眼，輕輕喚了一聲：「子明。」

「師父，你賜我子明為名，望我明曉本心，可我從未如今日這般明曉本心。」他一握拳，周身氣息一動，我見他身上氣息逆流，竟是一副要自廢功法的架勢！

「大師兄！」二師兄欲前去阻止，而大師兄周身逆行的氣息卻越轉越快。

晏霖抬手將二師兄攔住。

「這一身功法，要來拖累，不如散了。」話音一落，但見大師兄周身光華大作，一股氣浪撲面而來，我沒有修為，抵擋不得，正是這時面前一個人影一閃，有人蹲下身來將我腦袋一摁，一把將我抱入懷裡，以他的氣息幫我抵擋了那激蕩的氣息。

有一股幽香在鼻尖縈繞，是晏霖的味道。

我透過他的肩頭看見了在身後的那些白玉門人，功法稍顯薄弱的已經被這激蕩的氣息震倒在地。

這震盪瞬息即散，我沒能看到身後大師兄的模樣，不過我也能想像得出，應該不太好看。自行散功的人，輕則七竅流血，重則經脈盡斷，爆體而亡。

晏霖將我抱起身來，自始至終按著我的腦袋，沒讓我轉頭看見大師兄。我只見所有人的目光都滿是驚駭，包括白玉門人也是一副怔愣模樣。

「子清。」晏霖聲色一如既往地平淡，平淡得就似任何人也無法觸動他一樣，「將他先扶回去。」聽這話，大師兄應該是還活著的。

我心頭鬆了一口氣，拽著晏霖肩頭衣服的手稍稍鬆了一些。

而我一鬆手，這才察覺出來，那雙抱著我的手有幾分微不可覺的顫抖。

我方才知曉，原來，這個看起來一直微笑著的、萬事淡然的師父，其實內心……也是會被觸痛的。

第六章

大師兄自廢功法，白玉門人又拿不出實質的證據，這一場懷疑就這樣以幾乎兩敗俱傷的模樣收了尾。

晏霖將我與晏子和帶回去之後，忽而手上一鬆，我「啪嘰」一下就摔在了地上，一轉頭，卻見晏霖竟是「哇」地吐了口烏黑的血出來。

此時他跪在地上，高度正好讓我能清楚看見他的臉，我這才發現，他額上已是一片冷汗，唇色過分蒼白。

「師父……」

不知為何，看見晏霖這模樣，我心裡陡升一股惶恐。

他吐血了，是的，他吐血也是血，但我看著他唇邊的血，一時竟全然忘了我原來的目的。

「你怎麼了？」我問他。

「師父毒發了！」晏子和在旁邊肅了面容，他往屋裡望了一眼，「二師兄此刻肯定是在照顧大師兄，別聲張。」他吩咐了一句，將晏霖的胳膊扛上了肩。

我在旁邊幫了一把沒什麼用的力，撐著晏霖的腿，讓晏子和將他扛到了屋裡。

晏霖倒在床上，牙關咬緊，緊閉著眼，他這副模樣與我在那新月之夜似乎並沒什麼兩樣，好似痛得馬上要死過去一樣。

原來，他將大師兄身上的毒過來之後，自己的身體其實並沒有將這毒化解掉嗎？他只是把這毒藏在自己的身體裡，仗著自己修為深厚而強行壓制。

晏子和擰來了溼毛巾往晏霖頭上抹，我沉吟片刻，最後終是坐到了晏霖身邊，將他的手拿了過來，細細把著他的脈象。

晏子和見狀，皺眉看我。「妳會把脈？」

我會啊，因為我是活了千年的活藥材啊。為了活命，我可是學了不少技能呢，只是現在在這個身體裡，為了避免被人看出來，所以通通都要裝著罷了。

照理說我現在也該裝著，本來晏子和就已經很懷疑我了，我實在不該讓他繼續起疑。但是……看著晏霖這樣……我……沒辦法作壁上觀。

「晏……師父從什麼時候開始給大師兄過毒的？」我皺眉詢問，聲色不由回到了以前的模樣，晏子和被我問得一愣，可也知道現在不是在意其他事的時候，只道：

「不知道，我入門之前，大師兄便已經入門幾十年了，這麼長時間裡，一直都是師父給大師兄過毒。」

幾十年……

能要好幾十條人命呢。我心情有點凝重，晏霖身體已經被這石門的毒浸泡透了，完完全全就是一個毒人。

這樣的毒……我喝一口他的血，真是不知道是這咒先解，還是這身體先死掉。

「他多久會毒發一次？」我正在詢問，只聽門外有個急匆匆的腳步聲跑來，竟是二師兄尋了過來。他身上約莫都是大師兄的血，但見晏霖痛苦地躺在床上，二師兄咬緊了牙，額上青筋幾乎都要跳出來。

我沒有管他，只手法熟練地掐了幾個晏霖身上的穴位，二師兄見狀，表情也有些詫然。

他沒有插話，只聽晏子和回答我。「不確定，師父內息渾厚，能壓制住體內的毒，只是每次在受了重傷抑或者內息不夠之時，便會毒發。」

我望向二師兄。「我們到之前，師父便與白玉門人有過激戰？他體內並不似有內傷的模樣。」

二師兄怔了片刻，還是答道：「我動了手，師父沒有受傷，師父體內氣息薄弱乃是四、五個月前，不知在山外出了什麼事，回來昏迷了好長時間。」他垂眸，「為大師兄過毒的日子要到了，我本與大師兄商議，這次師父昏睡才醒，內息不足，便讓我先替大師兄過毒。哪曾想……那日師父竟不由分說，自己動了手去。」

我恍然大悟。

原來如此，難怪當時二師兄要生氣，大師兄要惱怒了。也難怪二師兄當時要說，師父是為了保護他。

因為不想讓石門的毒過到二師兄身上，所以即便內息不足，也強行為大師兄過了毒。

這晏霖……對二師兄也是真愛啊！

他……我轉頭看著面如金紙，痛得人事不省的晏霖一眼。輕輕按了按他頭上的一個穴位……

他真是一個溫柔的人。

又溫柔，又強大，還讓人心疼。

「那幾個月前師父昏迷不醒又是為何？」

「不知。」二師兄搖頭，「師父自外歸來便昏睡了整整三個月，他醒來後什麼都不願說。」

我摸他脈象，確實也沒摸出什麼傷來，只覺氣息格外虛弱。「有什麼方便凝氣的丹藥嗎？」我問：「他身體裡的毒外物解不了，只得靠他自己化解。」

其實也不是外物解不了，要是我原來的真身，千年人參精的精氣是可以幫他解毒的，但我已經死了，也不知道我的真身去了哪裡……

「藥房裡有些丹藥，只是師父鮮少藉助外物凝神聚氣，那些丹藥沒什麼用，只有一些參片。」

聽到參片這個詞，我下意識覺得皮肉一緊，但也別無他法。「拿……拿來讓他吃點吧。」我放開了他的脈，退去了一旁，守著看晏子和拿來的參片，放進了晏霖的嘴裡。

我看得遍體生寒，只埋著頭默念同根莫怪。

這一晚，晏霖這邊折騰了一宿，大師兄那邊也不輕鬆。我到底還是見到大師兄那一身的傷，與二師兄和晏子和說了一些注意的事，便讓他們幫大師兄包紮了，我回去守著晏霖。

沉悶的一晚過去，直到第二日午時，晏霖才堪堪睜開了眼睛。

我那時睡得有些迷糊，湊過去，下意識抬手摸了一下晏霖的額頭，然後放到自己額頭上。「沒什麼大礙了。」

我拍了拍他的肩膀，「你身體底子還行，換別人身上早死透了。」拍完了，我收手打了個哈欠，正想自己回去睡一覺，忽然覺得晏霖看我的眼神有點不對。

我還沒打完的哈欠僵在了半空中。

我……剛才好像忘了代入之前一直在演的身分了，我好像……是不是穿幫了？

我轉了眼珠，盯著晏霖，但見面色依舊有幾分蒼白的他也盯著我，剛才那幽深的目光只是我的錯覺一樣。他唇角又勾起了那一抹若有似無的笑意。「妳守了一夜？」

他問我，好像一點沒覺得我有哪裡不對。我便也當他睡迷糊了，跟著打哈哈。「師父，妳可讓我還有二師兄三師兄擔心了！」

聽到我提他們，晏霖的心思果然被引了過去。「子明如何了？」

「二師兄他們照顧著呢，說是傷勢平穩下來了，就是……一身功法沒了。」

晏霖垂了眼眸，點了點頭。

我看了晏霖一會兒。「師父你……不難過嗎？」辛辛苦苦教了這麼多年的徒弟，為了幫他活著，給他過了幾十年的毒，最後，這個徒弟為了不再拖累自己，將那一身功法都廢了。
大師兄……經常下山除妖，在山下人的口碑裡，他那麼優秀，晏霖應該也是將他當自己的得意弟子吧。
晏霖默了一瞬，抬頭望了我一眼，此刻我方看見他笑意背後的無奈。「他既然自己這般選擇了，便也隨他吧。」
但是，他是難過的吧，就像那時看見大師兄自廢功法時，他手臂的顫抖。
我抬手，像先前他拍我頭時那樣，拍了拍他的頭。「師父，別難過。」
晏霖一愣，隨即眸光柔了下來。「嗯，好，我不難過。」
「過了就好了。」
他盯著我，雙眸映著我小小的身影，瞳孔裡的光仿似都被揉碎了一樣軟。
「嗯。」
他被我摸著頭，像是我們倆的身分倒過來了一樣，他像一個小孩，而我是安慰他的大人。
恍惚之間，我竟似有一種錯覺，錯覺於過去的千年之中，有那麼一個片刻，好像能和剛才重疊。
可也只有這一瞬間，過了便也不那麼覺得了。
半個月後。
大師兄的傷好之後，來求了晏霖，讓他將他放下山去，因為他如今已不再是一個修仙人，而是普通人，該過普通人的生活。

晏霖沒有挽留。

送大師兄離開的那一天，我與晏霖還有二師兄、三師兄一同站在小院門口。見大師兄跪在地上，磕頭三拜，用力得將額頭都磕出了血來。拜別恩師，了斷這仙緣，大師兄頭也不回往山下走去，看他漸行漸遠的身影，我轉頭望了晏霖一眼。

他是高高在上的仙人，並沒有多少情緒的波動，但我卻莫名地覺得，他身影蕭索得讓人想抱抱他。

晏霖其實……有一顆很柔軟的內心。

我拽住了晏霖的手，他垂頭看我，我衝他笑了笑。「師父，以後你教我練劍吧。」

晏霖一怔，微微一笑。「好。」

他還有三個徒弟。

我握著晏霖的手，忽然間覺得，其實，我可以不用喝他的血了。像這樣一直在這小院裡，和他，和兩個師兄一起這麼生活下去，也沒什麼問題。

我已經開始漸漸習慣這樣的生活了。

這樣的生活，足夠幸福得讓人想沉迷。

第七章

大師兄走了，晏霖身體恢復後，並沒有人追究我為什麼小小年紀就會醫術。

大家裝著糊塗，我自然也樂得裝糊塗。只是我現在開始好奇一件事，那就是我原來的身體死了，但到底去了哪裡。

因為，現在如果找到我的真身的話，或許還是可以治晏霖身體裡的毒的。

我開始想調查這件事，但我現在是個小孩，並沒有這個能力，於是我打算讓晏子清和晏子和來幫忙。但大師兄離開之後，二師兄擔負起了大師兄以前的職責，經常下山收拾跑進村裡的小妖怪，照拂山下村民，他忙得不見蹤影，我便想去攛掇晏子和。但是！

晏子和經常也不見蹤影！

晏霖自打從白玉門回來之後，閉關調理的時間多，也沒時間管我們三個，說來，關於我這個三師兄，晏霖以前也沒怎麼管過，反而二師兄更像他的師父……

我正琢磨著要去什麼地方找晏子和，便見天上一道御劍光芒劃過，這光我認識，是晏子和御劍下山了。

他下山做什麼？

我不由跟出了院子，晏子和在天上御劍，行得不快。我也沒打算要跟上他，只是跑到了一個山頭上，想看看他到底要去什麼地方。

御劍的光往後山下的一處密林裡去了，那裡沒有村莊人煙罕至，晏子和為什麼要去那……

我還沒想完，忽覺腳下石頭一鬆，竟是前段時間下雨太大，將這山石泥土沖得有點鬆散了。我只覺身子一沉，叫都沒來得及叫一聲，「嘩」的一下便從這個山頭上滾了下去。

天地在不停的旋轉，我滾得頭暈腦脹，身體皮膚被山石樹枝野草胡亂切過，最終撞在一塊半山腰的大石上，將大石撞得往下一滾。我還想我要跟石頭一起繼續往下滾的時候，哪想大石下方竟是一個空洞，我「咚」的就摔了進去。

「啊……」終於停下來了……

身體像是要散架一樣的痛，但在經歷了靈魂與肉體的排斥之後，這點疼痛對我來說已經不算什麼了。我撐起腦袋，將摔得脫臼的腳弄了回去。

然後往上抬頭一看。

只見頭頂約莫有三丈高，此處隱約是山中石間的一個縫隙，四周皆是石壁，有一條幽深的小道可以往裡面走去。地面上有水光波動，藉著頭上漏進來的天光，水波反射著光芒，照亮了洞穴。

我站起身來，拖著紅腫的腳走了兩步。「救命啊！」我喊了一聲，聲音在石壁裡回蕩，估計沒有人能聽見。

畢竟剛才我已經滾了好長一段路了。

我一聲嘆息，為今之計只有等他們三個誰早點發現我不見了，然後出來搜山了。

我靠著山壁，正打算坐下，忽然間，有一股奇妙的味道吸引了我的注意力，在這水波通向的小道深處，我好像……聞到了……以前我自己身上的那股……參味……

我登時神情一凝，嗅著這個味道就往山洞深處走。

越是走，這股參味便越是明顯，終於，走到一個寬大的石室裡。面前是一面冰牆，我看見我那似手臂一樣的真身，正嵌在那冰牆之中。

我一驚。

我……我居然在這裡發現了我的真身！

我！居然！死在了這裡！

我驚愕得瞪大著眼，老半天也沒說出一句話。

我死在了這兒，但這是清和門的山，平時村民都不敢上來砍柴的，怕玷汙聖地。小妖小怪的，在村子下鬧鬧，也是不敢上山，別的門派的仙人更不用說了，哪個門派找到了我，不藏在自己門派裡？

而我的真身在這兒，也就是說，我就是被這山上的清和門人……殺的？

意識到這件事，我心底大寒。

是誰，誰殺了我。

大師兄？不對，他已經下山了，如果是他殺我，他應該會將我的真身帶走。晏霖？不對，他身體裡有毒，如果殺了我，應該會第一時間將我吃掉，給自己解毒。二師兄？有可能，但是更有可能的……是晏子和。

我是追著晏子和下山的痕跡才滾到了這裡的，也就是說，去向不明的晏子和可能經常走這條路，那他就是最有可能將我真身藏在了這兒。

但為什麼又只是將我真身藏起來呢？吃了我可是能直接飛升的呀，而且，為什麼又要給我換魂呢？

我摸著胸口上的換魂咒，找不到答案。

我在石室內待了一會兒，想不明白其中關鍵，但我卻倏爾冒出了一個別的想法——

我的真身在這裡，晏霖有救了，只要把我的真身讓晏霖吃掉……

不對，等等，現在還不確定這事就是晏子和做的，萬一殺我的人是晏霖，萬一他對我還有別的圖謀……

我不敢細想。

在什麼事情都沒有清楚之前，我不能輕舉妄動。我順著小道，重新走回了我掉下來的地方，在那處抱著腿坐著。

天頂上的光慢慢變暗，直到外面天色完全黑了，我見得一束御劍的光從我頭頂上劃過。

沒多久，上面的人轉了下來。

「臭丫頭？」是晏子和在叫我。

我想了想我那嵌在冰牆裡的「屍身」，霎時有點遍體生寒。

「妳在這兒做什麼？」晏子和從上面跳了下來，輕輕落在我的身邊。

他神色如常，「踩滑了掉進來了？」

「嗯。」我點頭。

他嫌棄地撇了一下嘴，「我帶妳上去吧。」他抓了我的手，縱身一躍，徑直從坑裡跳了出來，「怎滾到這處來了？妳在追著鬼打嗎？」

我見他這神態表情，心道他恐怕不知道那小道過去會看見什麼。

「我追著你跑的。」我留心看著他臉上的神色，「今天見你御劍下山了，你幹什麼去了？」

他神色果然一怔，沉默下來，隔了好一會兒才道：「這不是妳該問的。」

「哦，那我回頭讓二師兄來問。」

晏子和神情一僵，咬了咬牙道：「我……可能隔不了多久，也要下山了。」

「你下山去哪兒？」

「欒皇帝荒淫無道，舊部將與我商議，令我掀大旗起兵。」

我愣住，咦，等等，我好像有點沒聽懂。「舊部將……起兵……你？」

晏子和瞥了我一眼。「我是先皇遺子，昌和二十年，欒皇帝起兵篡奪皇位，舊部將帶我出逃京城……」

「等等！」我喚住他，「你是皇室血統啊？」

晏子和點了頭。「舊部將帶我與母妃出逃，路上被人埋伏，母妃身死，是二師兄救了我，帶我回了清和，師父收我為徒。至今已有十載。」

原來……如此。

原來二師兄才是救了晏子和的人，也難怪晏子和對二師兄要親近許多了。只是現在他也要離開二師兄了……

晏子和將我帶了回去，從頭到尾沒有提過一句關於剛才那山洞的話，似乎只認為那是個普通的山溝，而我也只是普通的掉進去了。

「那你打算什麼時候離開？」我問晏子和，晏子和正在沉默，旁邊傳來二師兄的聲音。「什麼離開？」他才從山下回來。但見我一身的泥與傷，有點驚訝。

「小師妹！怎的弄得如此狼狽！」他蹲到了我身前，沒有管身邊的晏子和，不嫌髒地用衣袖擦了擦我的臉。我瞥了旁邊的晏子和一眼，只見他垂眸望著二師兄，神情有點落寞。

認真算來，晏子和被二師兄帶回山上的時候，年紀應該比我還小，現在二師兄照顧小孩的手法這麼嫻熟，以前肯定也沒少照顧晏子和。

但是現在晏子和長大了，而二師兄愛護的人從以前的他變成了我，所以在這是來自「前輩」的醋味啊。

晏子清一轉頭問他。「你欺負她了？」

晏子和一噎。「我……」

「三師兄說他要走了。」我搶了話頭道：「他要下山去找他舊部將，要去打仗了。」

此言一出，場景一時靜默，不過也只有這樣，二師兄的心神也才全部被晏子和引了過去。他沉默地看著他。「你要去？」

晏子和點頭。「生在帝王家，這本是我不能逃避的命運。山裡十載，所學所見，已足夠我後半生受用。」已

二師兄在我所見，其實是個話多的人，但此時此刻他的沉默卻與那日師父送走大師兄時一樣，不置一詞。

「你若想去，便也去罷。」二師兄最終只說了這樣一句話。

晏子和轉了身。「我這便先去與師父說一聲。」他頓了頓，「這些年……多謝師兄照拂。」

我以為二師兄會繼續沉默下去，哪想在晏子和身影即將走遠的時候，二師兄又輕輕道了句，「仗打完了，還可以回來。這裡還是你家。」

我見那方晏子和背影一僵，一抬手，飛快地在臉上抹了一把，轉身走了。

其實我是不太能理解他們之間的感情的。我活的那千年，沒覺得活著有什麼好，沒朋友沒愛人，自然也沒有離別，沒有不捨。

他人對我而言都是過客，只是在這清和門裡，我卻開始感覺到那種不捨的情緒了。儘管我內心還在猜測他們到底是誰殺了我，誰給我換魂，為什麼要這麼做，可對於他們的離別，我也感同身受。

我想，我這大概就是傳說中的，對他們有了感情了。

第八章

晏子和離開了不過幾日時間，二師兄帶我下山去買東西時，我便聽到了有人在傳，先帝在民間的遺子舉兵反叛了。

我轉頭看二師兄，他只淡淡提過老闆手裡的東西，牽著我回山了。

山裡就剩下了我與二師兄還有晏霖。變得比以前清冷許多，我偷偷去那個石洞裡看過，我的真身還在，晏子和果然不知道這裡有什麼東西，不然，他要去打仗，拿著我這真身去，指不定就能起到好大的作用呢。

那剩下的，就只有晏霖和……二師兄？

可這兩人都不像殺了我的人。

晏子和走後，二師兄更是要把我寵上天去，晏霖雖沒什麼表態，可他身上帶毒，若千年人參在此，他沒道理不用，又不是傻。

難道……殺我的，還真是山外的人，或者這清和門裡還隱藏著別的人？

我猜不出，而就在這時，一件麻煩事來了——

新月之夜。

我猶記得我是上個新月之夜被晏霖帶回清和門的，這不過一個月的時間，我卻在這裡經歷了這麼多事。

這天到晚上之前，我都處於很緊張的狀態。一大清早，二師兄下山了，晏霖在房裡調息打坐，我跑到了山後的那洞穴裡，走到我的真身旁邊，看著嵌在冰裡的我自己。

我嚴肅地思考著，如果我把「自己」吃了，我今天晚上是不是就不會那麼痛？

但是到最後，我發現我想多了，這根本不存在我吃不吃自己的問題，因為我根本就敲不開這個冰層！

臨到傍晚，我的身體開始隱隱作痛了，直至深夜，我痛得撕心裂肺。

我要這樣忍受整整三天三夜的痛苦。

我痛得迷糊，那種想死，想逃脫這個身體的想法不禁又出現了。什麼活著，什麼不捨都不重要了。我拚命地哀號，再不怕被人發現。

怕什麼，還有什麼比死更可怕，我倒想將那個罪魁禍首喊到這裡來，讓我看看，到底是那個龜孫……這麼缺德。

殺就殺，還給我換魂作甚，簡直……多此一舉。

可這也不過是我開始痛的那幾個時辰裡，想的東西罷了。等幾個時辰一過，我連叫也都沒有力氣叫了，像蟲子一樣蜷在地上磨蹭。

我痛得迷糊，神智不清，四周的石壁開始變得恍惚。我偶爾能見到有人影在我身邊走，偶爾甚至能感到有人在拍我的背，在摸我的額頭，在安慰我，輕聲說著：「忍忍，忍忍就好了。」

「過了就好了。」

過了就好了，這話聽起來有點熟悉，像是我自己在安慰自己，又像是從天邊傳來，帶著一段有些模糊的記憶在我面前飄。

我隱約記得，很多年前我好像救過什麼人，那人也如我一樣在地上打滾哀號，我那時說。

過了就好了。

可我實在想不起來，太久遠了，我已經忘了太多事，太多人。

時間變得那麼緩慢，又好像在飛逝。

等三天過罷，疼痛消失，我從地上爬了起來，冰牆上我的身體還在，四周也是空無一人。我心情是絕望的，想著這樣的疼痛居然還有下一次，我一時間有些無法忍受了。

我爬起來，歪歪倒倒地往洞穴那邊走去。

我不管了，我要爬上去，要告訴晏霖，我是個被換了魂的人，我是銜著他破解萬咒的血來的，我不想活了，就想死。我願意把我的真身拿給他，讓他吃。給他解毒，他只要給我一點血就好。

怎麼都好，反正我是不要再這樣活受罪了。

然而我沒走幾步，待我一抬頭，卻見面前有個模糊的人影站著。

我往上一望——竟然是二師兄。

他找到這裡了，他是來找我的？

我剛經受過那劇烈的疼痛，現在腦子還有點迷糊，摸不清情況。隔了一會兒，我才終於發現二師兄的目光並沒有落在我的身體上，他微微仰著下巴，怔愣地看著我身後的那面冰牆。

「二師兄。」我喚了他一聲：「你來找我？」

二師兄終於看了我一眼。沒有知道我失蹤三天之後應該有的擔憂，甚至也沒有平常的關心。

他緊皺的眉頭透露出了他內心的糾結與掙扎，我不知道他在想什麼。

「師父呢？」

我問他，但是我這個問句好像觸碰到了他的心事一樣。

二師兄倏爾一咬牙，面露難色。終於，他拳頭一緊，像是做了什麼決定一樣，他向我迎面走來，隨即與我擦肩而過，他看也未曾看我一眼。

下一瞬間，我餘光得見石室之內光輝大作。

我轉頭看他，只見得二師兄手中集了法力，只聽「轟」的一聲，他一掌擊打在那冰牆之上，冰牆碎裂、大地顫動。登時，這地下石室裡便像是有地牛翻身了一樣，天頂上的碎石不停砸落下來。

我沒有躲閃，只呆呆地任由那些石塊砸在我的身上。「二師兄……」我愣愣看著他，「你在做什麼？」

他沒有回答我，手上動作更大，在冰牆上又狠狠砸了一拳，冰牆徹底碎裂。

我那已死的真身從裡面掉了出來，二師兄一手將我的真身握住，轉過身來，一手提了我的衣領，在我完全懵懂的狀態中，把我帶到了地面上來。

地下石室坍塌，山體凹陷進去一大塊，塵埃翻騰中，二師兄將我放在了安全的地方。

我怔怔地看著他，他卻避開了我的目光，臉上再也沒有以前看著我時，那樣明媚寵溺的笑。

「對不住，小師妹，幫我也與師父道聲對不住。」

他說罷這話，一轉身，竟是御劍而去！

他走的背影是那麼堅定又決絕，仿似踏上這條路，就再也不要回頭。

只是我完全處在狀況外。

這是什麼情況？

二師兄來救我，看到了我真身的屍體，然後就帶著我的屍體離開了？他去哪兒？他要去幹什麼？他把我的真身帶走了，那我要拿什麼東西給晏霖解毒！他不管他師父了嗎！

我隱約意識過來，這好像是一件徒弟背叛師父的事，但我不知道他是怎麼個背叛法的，我現在唯一想大聲吼出來，告訴晏子清的是：「你他娘給老子留根鬚下來也是可以的啊！」

可我痛了三天，渾身無力，喊出來的聲音也追不上他御劍的速度。我只有這樣孤零零站在原地，遙遙望著二師兄已經看不到的光芒，傻愣著。

不知道愣了多久，我一轉頭，見晏霖竟然此刻就站在離我不遠的一個小坡上。他也望著遠方，等我回頭看他了，他的目光便也落在了我的身上。

我倆一時無言，最後是我沒憋住，開口道：「師父，二師兄好像跑了。」

坍塌的山體，消失了三天的我，帶著千年人參莫名其妙就叛走了的二師兄，我覺得我有一堆問題沒辦法跟晏霖解釋，但晏霖聽了我這話之後，卻只有無奈一笑，點了點頭。「我看見了。」

他向我伸出手，「先和我回去吧，妳這身衣服也該換了。」

回了院裡，一片冷清，一個人也沒有了。

我的肩膀被先前坍塌下來的石塊砸傷了，晏霖幫我揉著胳膊按摩，我看著他，一時有點無言。

這個清和門在我來了之後，好像就沒有一天是安寧的。徒弟一個個因為各式各樣的原因，竟然在一個月裡全部走光了，我忽然覺得有點不好意思，我是不是……剋晏霖啊……

「沒什麼大事，我去給妳燒水，妳自去刷牙洗臉一番。」

「師父，這不是刷牙洗臉的時候吧。二師兄也走了……」

我望著他，不放過他臉上的任何表情，因為無論從什麼角度來看，晏霖的表現都太奇怪了，他對我不好奇，對二師兄也不好奇，他好像……

什麼都知道一樣，什麼都在意料中，所以什麼時候都能處變不驚。

「這幾天江湖上發生了一些事。」晏霖拍拍衣裳，站起身來，「魔道靈使身中劇毒，命在旦夕，子清回去救他妹妹了。」

嗯？

等等，我是不是又聽到了什麼訊息量巨大的話。

我慢慢理了理晏霖剛才說的這句話裡面的詞語。

魔道靈使我是知道的，他們魔道那邊與仙門這方不同，他們只有一個門派，沒有名字，統稱魔道。

魔道有個巨大的結界，需要靈使守護。而靈使是他們魔道裡靈力最強的人，經過各種磨練之後，站在靈使的位置上，負責守護他們魔道的結界，防禦正派攻擊。

這一屆的魔道靈使是個女子，子清就是二師兄，二師兄回去救他妹妹，他妹妹是……

靈使？那二師兄不就是……

「他是魔道中人？」我怔愣地看著晏霖。

晏霖淡然點頭。

好嘛，我算看明白了，其實晏霖失去這三個徒弟根本不能賴我剋他。這按照常規發展來看，這幾人命中註定，遲早都是要離開他的。

一個背負過去，為其他江湖正道所仇視的仙門棄子；一個不僅是魔道中人，還是厲害靈女的哥哥。還有一個是被篡位皇帝趕出皇宮的先王遺子……

您老收徒弟可真是會挑！

這沒點身分和過去的，都還進不了你的門了是吧。除了我……不，我也不簡單，我是一個借了凡人小女孩身體起死回生，活在這世上的人參精。

晏霖或許……收徒的體質就是這樣了吧。

「妳消失的這些天，子清其實並不知曉，魔道那方傳來消息後，他便全然亂了。」晏霖像是閒聊一般與我道：「子清幼時與他妹妹一同是魔道靈使的候選人，可靈使一路，艱難至極，不少候選人都死在了磨練的路上。當年，子清那一屆的候選靈使打算叛逃魔道，子清與他妹妹也參與其中，可是他妹妹年幼，不慎被抓回去了。」

晏霖的話說得風平浪靜，可我聽著他的描述，卻能想像到當年他們出逃時的倉皇。

兩個相依為命的孩子，哥哥本打算帶妹妹走，卻不曾想只有自己一個人逃了出來，而妹妹被帶回去。她不知道吃了多少苦，才走到了靈使的位置上。

身為逃出來的哥哥，以後的日子又怎麼能安心。

「子清當年本欲為了妹妹再回魔道，可他逃出來的時候受了重傷，雙腿幾乎走不得路，我救下他，完全醫治好已是兩年後，而那時，他妹妹已經成了靈使。」晏霖看了我一眼，「那時子清妹妹的年紀，也約莫與妳現在一般大吧。」

這時我方才有些明瞭了，難怪二師兄才開始那麼拚命地想要留下我，對我也那麼的好，原來，是他在我身上，想彌補他對他妹妹的虧欠。

「那師父……」我問他，「你就這樣任由二師兄走了，他拿的……」

他拿的千年人參可是能治你身中劇毒的啊！

這話我沒全部說完，因為說到一半的時候，我突然想起了一件事情——晏霖怎麼知道二師兄拿了千年人參回去救人了？

二師兄拿人參走的時候，他是沒有到石室來的，直到地底塌陷，除非……

我愣愣地望著晏霖。

看著他溫和的眉眼，太多的言語一下堵住了喉頭。然而千言萬語，匯聚起來，其實我也就只有一個問題想問。

是你殺了我嗎？

晏霖看了我一眼，神色還是那般淡淡的。「換魂術的疼痛大概會持續一年，過了這一年，以後就不會痛了。」

他像是漫不經心地說出了這話，語氣神態與方才給我講二師兄的故事時，沒什麼兩樣。

但是這句話卻足夠讓我如墜冰窖。

第九章

「你一開始就知道我是誰？」

「對。」

他絲毫沒有否認，態度坦然，彷彿若是從撿我回來的那一天，我問他這個問題，他也會這麼直白地回答我一樣。

其實想想也是，也只有這樣才能想得明白，他從頭到尾的那副奇怪的態度，若即若離，高深莫測。也只有這樣，才能解釋，為什麼他這麼一個高高在上的仙人，有一天會親自到我這身體所在的那小村莊去。

也才能解釋為什麼誰都不帶，他就偏偏帶了我回來，還那麼順從二師兄的意願，就此收我為徒。

此後的一點一滴，都是他高高在上的俯視，看著我在他的眼皮子底下醜態百出的做戲。

我垂頭看著自己的手，我從石室回來之後便得到了這麼接二連三的震撼消息，我甚至連去刷牙洗臉的時間都沒有，手上身上還是在石室裡摸爬打滾時的泥土塵埃。

「為什麼要這樣做？」我問他，「你殺了我，得到我的真身，便是想吃了它吧？那為什麼要留著，冰封起來，以至於現在讓人盜走，也不去追？」

其實這麼多年以來，我已經習慣了被人背叛利用的生活，我知道我在別人眼裡是一頓豐富又美味的大餐，我早就做好被人吃掉的準備了。

我只是有點接受不了，既然已經殺了我，也想將我吃掉了，那又何必多此一舉施以禁術，讓我與別人換魂。

借別人的壽讓我活下去，做什麼假慈悲……還是說……

「你把我留在這山上，是還要利用我什麼嗎？」

晏霖本來一直看著我的眼睛，此時見我直勾勾地盯著他，他卻是挪開了目光，轉身往外面走去。「是有些許愧疚吧。妳那已死的真身已解不了我身體裡的毒，讓子清拿去便也拿去就是。」

他走到門口，微微逆著光回頭看我，一如我第一次在這房間裡見他一樣。

二師兄抱著我，大師兄和三師兄都站在旁邊，而他斜斜倚靠在門上，嘴角掛著輕輕的笑。

然而不過也就這麼點時間，怎麼一切都面目全非了起來。

「子清走了，我是不會照顧人的，妳若想留也可以留下，妳若是也想走，我便也不攔妳。妳身上有換魂的禁術，出了這裡，在仙門地界待不得，妳二師兄若回去能救得他妹妹，必定也會留在魔道，為魔道所用，他身分不會低，妳去那方投靠他，沒有錯。」

他幫我把後路都想好了，聽起來很是慈悲，但仔細想想，他借我這身體的小姑娘來延續我的壽命，從而彌補他所謂的「愧疚」……

「我不想活了。」我望著他，對他伸出手來，「你幫我把咒解了，我不想這樣活著。」

他只是斂了眼眸，轉身離開。「我不會解咒。」

晏霖回了房間，從那天開始，他就當真沒有在我面前出現過。

我在空蕩蕩的院子裡待了兩天，這裡什麼動靜都沒有，活像是個已經死了的地方。

我記得好像很久之前，我也過過這樣的生活。為了躲避所有的活物，我尋了一個極偏遠的山谷裡搭了個房子，打算在那兒混吃等死，可後來不知為何，我在那兒沒能待住，便也出了那山谷。

時間過得太久，我已經完全記不得，我是為何要從那裡出來了。現下想來，便也當作是因為無聊透了吧。

而今，我偷襲不了晏霖，沒法喝到他的血，也沒法讓晏霖自己給我解咒。我思來想去，這麼待著確實不是辦法，所以……最後雖然很不情願，但是我還是照著晏霖說的那樣，離開了清和門。

我不想再看見晏霖，因為一看見他，便覺得之前因他而跳動過的心跳，有點可悲。

我走的那天，天色正是明媚，鳥語花香，仙霧氤氳，一如以往。只是一院的冷清讓人感覺蕭索，我在院門口站著，站了很久。

晏霖沒有出來，他也沒必要出來了，從今以後，他再不會有任何一個徒弟可以背叛他了。

我埋頭下山，等路過山石亭，將要轉彎，再見不得這霧靄中的清和門時，我又忍不住回了頭。卻在這時，恍惚看見了一個模糊的人影立在高高的山路盡頭之上。

以孤冷之姿，落寞之態。

可我一眨眼，那人影又恍惚不見。

一切只如我的錯覺，便像我來到了這個小院，感覺自己終於找到了一個可以保護我，不利用我，不算計我的人一樣……

都只是錯覺。

我離開了，在路上行了兩三天，心裡很是忐忑。

適時晏子和的隊伍與朝廷已經開始打仗，山下流民遍野，我跟隨著流民的大部隊走著，晚上睡破廟，白日找些野果來吃。

我不知道這麼小的身體，要怎麼獨自走到魔道去，也不知到了魔道之後，那裡的人會不會接收我。二師兄離開師門了，他先前雖然對我好，但現如今會怎樣，我也不敢細想。

我又一次發現，自己不敢再相信別人了……

對，又一次。

先前，我其實是願意去相信晏霖的，所以從一開始知道我的真身在清和門的時候，我也沒有第一個去猜是晏霖殺了我。

到上路的第四天，我醒的時候忽然間感覺破廟外一陣光芒大作，廟外有人驚呼出來。「仙人鬥法了。」

我心頭莫名一凜，揉了眼睛出了門去，但見破廟之外，清和門的方向，天空之上一片烏雲翻騰。雷鳴電閃，光芒時而從烏雲之中照射出來，閃耀萬里。

那是……晏霖的力量。

他在和誰相鬥？竟然如此激烈！我這幾天行得慢，沒走多遠，但離清和門還是有一定的距離。此處也受到他法術的波及，想來戰況激烈，但到底是誰能讓晏霖如此動手？

他的身體……

扛得住嗎？

心中一起這個擔憂，登時我便有些坐不住了。我告訴自己不能回去，且不論晏霖他先前對我做的那些事，便說如今我這個平凡的小孩身體，沒有一點法術，無論是救他幫他，約莫我都做不到。

但是……

這萬事最怕的就是但是……

我沒控制住自己，拔腿就開始往清和門的方向跑。我的速度太慢，就算體力足夠支撐，等我這樣一步步跑回去，戰鬥說不定早就結束了。

我心頭著急，一時竟有些不管不顧，按照我以前的法子，調動氣息，手中掐訣，縱身往空中一躍。

我的術法是對的，但這個身體裡並沒有修為支撐，於是我又摔在地上滾了一圈，一身本就不太乾淨的衣服變得更髒了，可是我還是不願意放棄。

我想回去找晏霖，他現在用了這樣大的法術，回頭必定會毒發，到時候若沒有人在，他不知道會怎樣。若我過去，還能幫他把把脈，找點丹藥，將他把命給吊住。

我掙扎著從地上爬了起來，又繼續掐訣念咒，如此這般幾個來回，我倒是將這個身體運用得熟練了一些，終於能在空中飛上一段距離後才掉下來。

這比我一個人用腿跑來得快多了。

我向著清和門的方向，一路摔一路飛，經過一個下午，終於趕到了山下。而這個時候，山上的烏雲一去，雷霆停歇。山上雖然沒了動靜，但我還是不敢停，只怕稍有延遲，萬一……晏霖就死了……

我又連滾帶爬摔上了山，等我到清和門的時候，觸目之處已經是一片焦土，原來的房子院子不見了，那些樹木池塘也不見了，原先的仙氣氤氳如今只剩下了一片塵土飛揚。

在那山巔中間，原本正是晏霖院子所在的地方，此刻已經凹陷了進去。我見一人躺在那裡，他一身的血觸目驚心。

我雙腳有點顫抖。

恍惚之間，這個場景又與我記憶中的某個場景重合。我記得我好像在哪一年也是如此，救過一個人，在我短暫居住過的那個山坳裡，一個書生一身是血滾了下來，我救了那人……

可現在不是回憶過去的時候，我沒多想，就衝他跑了過去。「師父？」

我喚他，「你怎麼了？」

晏霖幾乎已經失去光芒的眸光一轉，看見了我。「妳……」他眼睛裡映入了我的影子，「回來……」

「是，我回來，我回來，我會走，你別急著趕我，我先幫你治好傷我就走！」

我摸了他的脈，脈象極弱，我抬手就要咬破自己的手腕，我是千年人參，我的血可以保人性命，但是……

當我一口咬在我手腕上的時候，我忽然發現，我現在已經不再是千年人參精了。我怔然愣住，只看得見晏霖咧了咧嘴角，他神智仿似已經完全模糊了，只是嘴裡含混地呢喃著。「妳又來救我……」

又？

我以前何曾救過他？我……

我轉而想起那關於晏霖的傳說，他本是一介書生，恰逢家變，為人所害，於山間有了奇遇……

那奇遇難道……

正在這時，我身後倏爾襲來一道殺氣，我轉頭一看，只見一個身體已經一半石化了的可怕怪人衝我迎面而來，是要一掌把我拍死。

我抵擋不得，卻不知道此時晏霖哪裡來的力氣，竟然一抬手將我腦袋往他懷裡一抱！

我胸膛裡全是他血的味道，腥味中夾雜著他身上的那股若有似無的幽香。

我不知道晏霖如何接下那人一掌，但是我能感覺到溫熱的血液從我頭頂上流了下來，那是什麼我不用猜也知道，濃厚的血腥味將我包圍，我像是墜入了一個血潭一般無法自拔。

就在這濃厚的血腥味裡，我總算辨別出了晏霖身上的幽香是什麼味道。

那是參味，是我自己血液裡也本來帶有的藥香。

我當年心善，救了那書生，以我的血餵養了他七七四十九日，改變了他的體質，讓他起死回生，我……

救的是晏霖。

難怪！難怪一開始他看我的眼神，總是帶著似曾相識，難怪他要用還魂術給我續命，原來是在報我當年的救命之恩……

「呵，晏霖，你竟將自己的壽命，過給了這個小娃娃嗎！」那半石半人的仙人在我背後開口。

聽到這個聲音，我愣了，這是……

石門仙人……

他不是死了嗎！為何卻還活著！

第十章

我被晏霖抱在懷裡，什麼都不能看見，但卻能感覺出晏霖緊繃的每一寸肌肉。

「當初那人參精自己走入我嘴裡，她的精氣讓我從沉睡多年中甦醒，而你來亂我好事，後來竟以還魂術撈她魂魄，再借自己壽命於她。我以前倒不知，清和真人竟是如此多情之人。」

還魂術撈我魂魄，借自己的壽命給我……

晏霖給我施的這個咒，並不是單純將我和小女孩的身體交換，而是……給我找了個已死的身體，然後把他自己的壽命借給我了嗎？

晏霖他……

「你話太多了。」晏霖的聲音在我頭頂響起，下一瞬間，他身形消失，我只聽得山風在我耳邊一聲呼嘯。

等我再抬頭，看向天空，卻見晏霖縱身而起，將那石門仙人提到了高空之中，他身上電光流轉，是聚集了他最後的力量。

我什麼也做不了，只能在一片荒蕪的地上仰頭看著天上的他。呆呆的，怔愣的，見他在那電光之中與石門真人……

同歸於盡。

「轟」的一聲，激蕩的光芒似乎能滌蕩天下，光芒散去天邊萬里，強光之後，什麼都沒有了。

晏霖不見了，石門真人也不見了。

到最後，我也沒能看見晏霖的臉，甚至都沒來得及聽上一句他對我說的話。

我只知道，他之前騙了我，為了趕我走。

他說是他殺了我，但從石門仙人的話來看，是當初我為了躲避挖參人，而自己走進了石門仙人的嘴裡，也難怪當時那片地方、那塊石地那麼清靜。

而後晏霖救了我，用還魂術拉回了我的性命，用他自己的壽命，讓我能到這個身體裡繼續生活……

所以晏霖幾個月前回清和門之後昏迷了那麼久，所以我在那個小山村裡待了三個月，直到第四個月的時候他才來將我接了回去，所以他那麼輕易地收我為徒。

只是他從來沒有說過任何一句，關於他對我做的這些事。

我坐在原地，吹著熟悉的山風，只是再也看不到熟悉的景與熟悉的人了。

清和真人的死，不日便遍曉天下，不為其他，只因為他與石門真人這一戰，實在動靜太大。

石門真人竟然活到了現在，也委實讓人意料不到，大師兄身上還有的那點疑慮也被盡數洗去。

我在清和門上沒有離開，三位師兄回來的時候，我也沒有與他們打招呼，幾人皆是沉默。我們甚至都沒有機會給師父下葬，因為他連屍身也沒有留下。

直至夜了，我才開口道：「你們怎麼都回來了。」

大師兄沉默，二師兄道：「靈使的毒是石門的毒，魔道說此毒是清和真人給靈使下的，我初時不信，而今妹妹已醒，證實確實是師父……」

晏子和也道：「我也是入了軍營才知曉，師父一直與父王下屬有所聯繫。」

他們的話都說得沒頭沒腦，我也是想了一會兒，才徹底反應過來。

待得反應過來之後，便是一陣心血往上湧，堵住我的喉頭，讓我幾乎呼吸不能。

原來，這一切竟然都是晏霖布下的局！他就是想趕我們離開，然後獨自一人面對石門真人。

因為他已經將壽借與了我，他本來也活不了多久了！

我先前自己走進了石門真人的肚子裡，晏霖卻在那時候救了我，帶上我的真身離開，隨即將我的魂魄放在小女孩身上。既然是還魂術，那小女孩必定是先前就死了的，他是借自己的壽命讓我活了下來。

而石門真人吸食我的精氣得以甦醒，但他沒有吃到我，他身上的毒還在，所以他傷重之後，必定會去找一個倒楣鬼來過毒。這江湖上肯定有一個人會死，死相與之前石門真人在的時候一模一樣，只要晏霖不說石門真人還活著，那江湖上的人肯定會查找石門真人的徒弟。

這是註定會賴到大師兄的頭上，而大師兄身體之中若無毒，更招人懷疑。毒若過到二師兄身上，二師兄修為沒有晏霖這般渾厚，必定能被人看出來。所以晏霖還是強迫大師兄將毒過到了自己身上，方便他接下來的布局。

晏霖教養大師兄多年，必定知道大師兄剛正的秉性，若是知道自己連累了石門，大師兄一定會提議離開，只是恐怕晏霖也沒想到，大師兄竟會那般強硬地將自己的功法都廢去後再離開。

而二師兄的妹妹中毒，二師兄也註定會走。三師兄有自己的背負，當朝廷的人找過來的時候，他不會坐視不理。而我，只要晏霖與我說，是他殺了我，我便也會離去。

我們都走了，他在此處，獨自應對前來復仇的石門真人，一場同歸於盡的戰鬥，屍骨無存。

石門真人死後，江湖人便會知曉先前的命案怪不得大師兄。二師兄救回了魔道靈使，魔道不會追究他以前的叛逃之罪，只會對他禮待有加。三師兄修仙十年，即便起兵失敗，他也不會有性命之憂，他不過是隱居之後，再去履行自己的使命罷了。

至於我……

我的路早在我離開的時候，晏霖便幫我鋪好了。

我會去找二師兄，從此在二師兄的庇護下好好生活。用新的身體，借他的壽命，不用再擔心別人對我虎視眈眈的目光，我可以過上正常平凡的生活。

他算計好了一切的事，做好了一切的安排，將我們每個人以後的規劃都理了清楚。我們都出師了，都離開了清和門，好像生活再沒有什麼不好的事情發生……

只是他不在了。

這樣一想，晏霖也真是卑鄙得可怕，怎麼把所有人都算進去了，卻沒有更貼心地考慮一下他們的心情呢。

他這樣，讓我以後……要怎麼繼續生活下去。

甚至我連死，也沒辦法想得輕鬆了，因為這是他的命。

尾聲

我做了一個夢，夢裡是當年我隱居山中，那青衣書生墜入山谷，身受重傷。我一時動了惻隱之心，將他救起，七七四十九日，餵以我的鮮血，保他性命。

近兩個月的時間，朝夕相處，他話不多，卻常喜歡靜靜地看著我，有時問我，你喜歡什麼。只要我說出口的，他都會想方設法幫我做出來。

最後一次，午後陽光正明媚，我懶在院子裡晒太陽，他便坐在一旁斟茶，一邊飲，一邊問我。「以後，妳想過怎樣的生活？」

我瞇著眼睛睡覺，漫不經心地答了句。「還能怎樣，不被人時時刻刻惦記，平穩安樂，普普通通活著就行了。」

他聽了，沒有言語。

隔日他便說要離開一陣，回頭再來找我，我想著應該是離開幾天，便讓他去了。

可沒想到，他這一走，便再也沒有回來過。

山裡本來沒人，我一個人待著也就罷了，現在突然來了一個人，讓我接受他後，他又走了。這滿山青翠便寂寥得讓我有點接受不了，於是我也離開了那個地方。

從此以後天涯各地四處流浪，我其實是想出山去找他的，可時間真的過了太久，我忘記了找他，也忘記了他。

只是他卻沒有忘記我。

夢醒過來，夜正黑得深沉。我恍惚間想起晏霖還在的時候，那日白玉門人上門來找大師兄麻煩，卻傷了我，晏霖後來輕輕幫我揉著脖子上的傷口呢喃：「本不欲讓妳再受任何委屈……」

當時沒明白，現下想來，心裡卻仿似有潰爛了一樣的刺痛。

我想過普普通通平穩安樂的生活，現在我做到了，只是內心，再也沒辦法如先前一樣平靜入水。

因為有一個人在我心裡成了一根刺，碰不得，談不得，連吹口氣，只要關於他，都會帶來錐心的痛……

師父年少

楔子

我是西塢家族的長女，與我幾個天賦各異的妹妹不同，爹娘生我的時候，像是恰好忘記了將我任何特長點亮，我生下來後相貌平平，性格溫吞，修仙問道也無甚靈氣。因則是長女，還曾被寄予厚望，可隨著我年齡的增長，我在家族裡的地位越發是一日不如一日。

我三個妹妹則是一個勝一個的美豔，一個比一個的聰慧，家族的關注都落在了她們身上。我本以為我這一生也就這樣了，平平無奇的生，平平無奇的死，可沒想到，在我活了三十幾年之後，我又突然被家族重視了起來。

不因為別的，只因為我的家族需要一個女子去勾引一個……

十幾歲的少年。

第一章

我三個妹妹都中毒了，面色發青病臥在床，昏迷不醒。我去看望過一次，只覺得平時那麼聰慧漂亮的妹妹們變成了這樣，委實讓人心疼。可我的心疼也沒什麼作用。

我只知道我的妹妹們是在兩三天內連續中毒，中毒之後便暈倒了，想來是被人暗算了。但到底是被誰暗算怎麼暗算的，沒有人知道。

三個功法冠絕同齡人的妹妹幾乎同一時間中了毒，族裡調查來調查去，也沒調查出是誰幹的，因為族裡並沒有人有這樣的本事，於是關於嫌疑人的懷疑，便懷疑到了族外去。

但凡這段時間來過西塢的厲害修仙者，都被請到我家裡來喝了一頓茶，可依然沒有抓住頭緒。

正在大家愁眉不展的時候，我庶出的秦冀哥哥帶著一身的傷回了西塢，族長問他為何所傷，他哭著痛陳：

「聽說前幾日侯山的紫陵君路過西塢，在西塢近郊逗留幾日，然後才離開。我心疼妹妹病情，便想與紫陵君細問。不是我懷疑紫陵君，誰都知道他那身功法出神入化，就算他沒有解藥，說不定憑功法也能救三位妹妹性命……哪曾想，紫陵君一言不合對我便是一頓痛打……」

那日那時我是恰好路過主堂的，見秦冀哥哥一個三、四十歲的老男人了，在族長面前哭得如此撕心裂肺，委實替他覺得有幾分丟人。

我本打算像平時一樣當沒看見，轉身離開，我那族長卻沉凝了片刻。「紫陵君不屬任何仙門，年紀輕輕便已修為有成，乃曠世奇才，可偏偏行事作風過於偏激，所行之道非邪非正，於我族也曾有過節……」

「對，這紫陵君邪乎得很。」秦冀站起身來，對族長道：「我覺得三位妹妹中毒一事，在紫陵君這兒必有貓膩，不然他也不會如此抗拒我提及此事，還對我痛下毒手。」

我心道，紫陵君顧十嵐，十幾歲就以兩個「特別」在江湖聞名——天賦特別高和脾氣特別臭，你瞎找人找到他頭上，他沒打殘你已經是我聽過最溫柔的對待了，還這般言語……

「嗯。」族長卻點了頭，「我與長老們且商議一番，你先下去治傷吧。」

秦冀哥哥走了，我也埋頭離開。

我知道，老頭子果然是向秦冀哥哥的說法那邊靠了，他在懷疑紫陵君。我常常覺得老頭子們想法讓人有些無法理解，但做為家族史上最無用的長女，這些決策大事我從來都是插不上嘴的。

我以為這次也會和往常一樣，家族自行找其他人去將這事解決了，我只需安安靜靜過著我混吃等死的無用長女生活。

可是！

萬萬沒想到……

我頭上那些老頭子們，竟然又做了一個讓我無法理解甚至堪稱令人匪夷所思的決定——他們要我去勾引……紫陵君。

我先說說我自己吧，在大家族裡活了三十來歲的無用長女，功法最差，姿色最平，年紀大了，笑起來還有一點褶子，不討人喜也不討人厭，我就是家裡的一株盆栽，放哪兒都行，放哪兒都不醒目。我最大的目標就是在西塢家族裡黯淡地，默默無聞地，寂靜如雞地過完我這一生。

我是個大家族裡，比傭人還沒存在感的一個普通人。

再說說那紫陵君吧。

他都不是年少成名了，他是年幼成名，五歲能文不一定，但他十歲的修仙修為，已經足夠讓大他二十年的前輩汗顏。

天才，大概就是適用於這樣的人身上。

眾人仰望，萬人矚目，宛似天上的朗朗明月，一舉一動都足以成為整個修仙界茶餘飯後的談資。

而且最主要的是，他很神祕。

至今江湖上沒人知道他的真正來歷，只知道他為人處世亦正亦邪，脾氣高傲得幾近古怪，年紀輕輕卻已早早看破紅塵一樣，獨行世間，沒有愛人朋友甚至親人。

這種孤傲清冷的高嶺之花，他們想讓我這個與塵土一樣普通的人去摘下？

我覺得族長彷彿在逗我。

可當我大表哥把我提到顧十嵐暫居的那個鎮子時，我終於認定，我的家族，真的派我來幹這種不可能幹得成的事了。

我離家之前，族長給我傳達了三個意思。

一是讓我靠近顧十嵐，調查一下他與我三個妹妹這次中毒的事有沒有必要，或者是不那麼必要的關聯。二是讓我請顧十嵐來西塢，給我三個妹妹療傷。第三個則是……如果以上兩個都達不成，那就想辦法將顧十嵐聞名天下的療傷功法「長靈心境」學會，帶回西塢，讓西塢的人來救我三個妹妹。

我捋了一捋。

照理說，族長給我的這三個期望，最後一個應該是退而求其次的辦法。

但是我覺得……這三個好像都沒什麼差別吧！我一個都不可能達成啊！對方可是顧十嵐啊！

我巴巴地望著御劍送我過來的大表哥，他是我生母妹妹的兒子，在西塢家族裡也算是有頭有臉的一個人了，我抓住了他的衣袖。「大表哥，我要是事情沒辦好怎麼辦？」

大表哥看了我一眼，他天生冷臉，於是這個眼神也顯得有些凜冽。「妳素來在家裡什麼事都不做，而今三位妹妹中毒，妳不全心全意想著救她們，還在想自己如何脫身嗎？」
我張了張嘴，面對這樣的訓斥，我通常無言以對……吃人的嘴短，我確實是在家裡吃閒飯的，挨罵也沒錯。
「家裡大夫能拖延三月毒發的時間，三月後我來找妳。若一事無成，西塢家族要妳也無用。」
夭壽了，長女的鐵飯碗這下也要打破了！
「這符妳拿著，我要找妳的時候，黃符會帶妳來我的位置。小心藏著，回頭跟著紫陵君的時候，別被他發現了此物。我族與他有過節，妳知道的。」
我知道的。
當年我西塢家族在湘南集全族之力圍攻一隻大妖，族長欲拿下妖頭為我族立威，沒想到剛要殺那大妖的時候，紫陵君憑空而來一刀就把那妖怪的頭砍了，說這妖怪前幾天得罪了他，他也追殺妖怪到此，手起刀落一點都沒有顧及我族長的臉面和虛榮。
於是我族從此與紫陵君有了過節，而至於這個過節紫陵君還記不記得，我就不清楚了。
我唯一清楚的是，我族長大概是知道的，給我三個妹妹下毒的不是紫陵君。因為紫陵君根本沒有必要這樣做，要是誰得罪了他，他直接拔劍得了。
我族長也知道，要讓我請紫陵君回西塢，幾乎是不可能的事情，因為從沒聽誰說過，紫陵君會為了救人，而跟誰去任何地方。

我族長的真正目的是第三個，想讓我來偷學紫陵君的長靈心境。我若能學會這個，從此，我就再不可能是隻默默無聞的菜雞了。

大表哥說我如今還在想辦法讓自己脫身，不顧妹妹安危，其實，族長也不差啊，我敢打賭，如果三個月的時間我找到辦法讓紫陵君教我長靈心境，而三個月的時候我還沒有學完，族長一定會讓我留下來學完再走。

我嘆了一口氣，為了我的鐵飯碗和三個妹妹，這紫陵君，咬牙也得上了。

第二章

紫陵君住在全鎮裡最貴的客棧、最好的房間，和一般修仙人追求的簡樸艱苦不同，他很會享受自己的生活。

而家族給我的勾引經費足夠讓我住上和紫陵君同樣的房間。客棧天字兩間房，他住甲，我住乙，完美製造了偶遇的機會。

然而對我來說，現在的難點不在於我要怎麼遇見紫陵君，而在於遇見他之後，我要怎麼讓他對我印象深刻，覺得我有趣，從而萌生出要將我收為徒弟的想法……

我照了照鏡子，看著眼角上的魚尾紋，想著紫陵君如今不過也就二十出頭的年紀，心裡有點惆悵。

要拜一個比我小十幾歲的少年為師，這其實是一件有點羞恥的事情。而最羞恥的是，在拜他為師之後，我還要主動噓寒問暖獻殷勤，以期待他早日對我有真感情。

有了真感情之後，要學什麼功法，一切都好辦了。

我住進客棧之後，先拈了個小法術把自己眼角的皺紋揉了揉，暫時給揉沒了去，我化了個妝，穿了身少女粉的衣服，登時整個人看起來便年輕不少。

我在客棧待著，努力聽著對面房間的動靜，一天開門三十次，只為製造偶遇顧十嵐，順便拐個腳摔進他懷裡的事。

但是三十次我都聽錯動靜了。

後來我開關門太頻繁，惹得小二也上來問我情況，是不是有哪裡住不慣。我生平就喜歡做個普通平凡，默默無聞不引人注目的人，開關門影響了小二的正常工作，我覺得挺抱歉，便也停止了這種無聊的行為。

我直接在門上戳了個洞，蹲在房門前，時刻觀察著對面的情況。

一直等到傍晚，愣是沒見人進也沒見人出，我只道是不是家族的情報出錯了，便起來伸了個懶腰，打算下樓點一些吃的，再回來繼續蹲守。

哪想我這邊打了哈欠剛拉開了門，對面的門便也開了。我與紫陵君打了個照面，我的哈欠噎在了喉嚨裡，而紫陵君則輕描淡寫地瞥了我一眼，視若無睹關了門，下了樓。

而我還沉浸在紫陵君的傾城容貌當中無法自拔。

這個少年未免也長得太美了吧！

我自幼長在西塢家族之中，雖沒什麼本事也不用外出，但西塢家族的人多美貌，所以見別人之容顏我多半是不會波動的，但這紫陵君已經超過常人想像的俊美帥氣了。

我愣著神，跟著紫陵君下了樓，同時也在腦子裡琢磨著，難怪族長要派我來勾引紫陵君。
以前族長帶人出去抓那大妖的時候，基本全族出動，所有年輕有為的哥哥弟弟姊姊妹妹們沒一個缺席的，估計當年在場，他們多見過了紫陵君。
而只有我……沒有去。
紫陵君在樓下坐著飲茶，我聽他點了幾個客棧的招牌菜，價格均是不菲。尋常修仙人一般是不吃飯的，這個紫陵君果然不同凡響，大魚大肉絲毫不忌諱。
我坐在角落裡觀察他，正琢磨著要怎麼才能製造出一點偶遇的火花，忽見客棧外有兩個穿著嚴實的男子，架著一個戴面紗的女子進來。
女子的臉完全被擋住，手腳被兩人架著，腳下走路有幾分僵硬與不自然。
我瞥了一眼，默不作聲地別開了頭，端著茶杯喝了一口。心裡還在琢磨的時候，那三人路過紫陵君身邊，一個男子卻是一個踉蹌，莫名摔倒在地。
他摔倒的時候正有一陣風吹過女子的臉，掀開她的面紗。客棧眾人這才得見那女子眼中淚光瑩瑩，嘴上被白布緊緊勒住，致使她根本言語不得。
客棧霎時安靜，摔倒在地的男子爬起來，在同伴怒目而視下，連忙將女子的頭紗重新蓋好。兩人交換了眼神，拖著女子便往客棧外面走。
「站住。」在我猶豫要不要發聲的時候，紫陵君輕描淡寫地喚了一句，喚得那兩人神色一緊，立即戒備地盯著紫陵君。
卻聽他道：「你將我筷子碰掉了。」
我垂頭一掃，紫陵君的一支筷子果然掉在了地上。那兩人聽是這般小事，不打算搭理，邁步便要走，可在行出客棧之前，紫陵君身形一閃，下一瞬已經攔在了那兩人面前。

「我不是說了站住，沒聽到？」

那兩人面色一狠。「小子，我青冥派拿人，少要多管閒事！否則！當心你的腦……」

紫陵君眉梢一挑，在那人話音未落之際，手中扇子一揮，徑直將那人扇得飛了出去，直愣愣地撞破客棧大堂的窗戶，像小孩手中的皮球一樣，被砸在隔壁的牆壁上。

他一言未發，在另一人反應過來之際，反手收了扇子，對著另一人的腦袋就是一拍，那人吭也沒來得及吭上一聲便直接倒在地上，昏迷了過去。

紫陵君收了扇子，頗為不高興哼了一聲：「壞心情。」

而那戴著面紗的女子則拚命發出了哼哼哈哈的聲音，我趁機迎上前去，連忙幫那女子把面紗解開，轉頭就去誇紫陵君。「大俠好身手。」

紫陵君卻看也沒看我一眼，也不管那一桌動也沒動的美食，轉身就往樓上走去。

哈？這就不吃了？不對……這就不搭理人了？

果然是高嶺之花……孤傲得凍人。

「公子！」被解救的姑娘殷切一聲呼喚，幾乎是要跪著撲上前去，意圖抓住紫陵君的手臂。但臨到了紫陵君背後，只見他一抽手，那姑娘一跟頭撲在了他身邊的階梯上。

我看著都替她疼，可她沒有介意，爬起來，拍拍衣裳，接著道：「公子，我乃長蘆金家的幼女，此番得公子搭救，小女子……」

「我沒有救妳。」紫陵君冷冷地回了一句，接著上樓，那女子鍥而不捨追上前去，可還沒等她說話，紫陵君腳步一頓，回頭瞥了她一眼，「別跟著，煩人。」

「……」我也很是無語，江湖傳言果然不虛，這個紫陵君脾氣當真古怪，救了人又嫌人煩……

而且這長蘆金家我是聽說過的，什麼都沒有，就是有錢。換做我，我是很稀罕和這種人做朋友的，畢竟人要給自己留後路，萬一哪天我西塢家族待不下去了，還可以到金家混口飯吃……

那姑娘被紫陵君喝斥得有點愣神，我趁此機會，連忙擠過姑娘的身體，跟著紫陵君上樓。二樓轉上三樓的時候，紫陵君的目光在我身上掃了一眼，我立即拉扯了一個溫和的微笑，套近乎。「我也住上面。」

他沒等我把話說完就轉過頭繼續走了，真是個一點也不討喜的臭小子……

不過看在以後我還要騙他的份上，忍了。

第三章

這日夜裡，我端著一鍋粥，鼓足了勇氣敲響了紫陵君的房門。

粥是我熬的，自認為味道還行，畢竟這些年在西塢家族沒幹別的事，就鑽研吃的了。我能吃會吃還會做，日常料理手藝不會比這客棧大廚差。

紫陵君拉開門，一如既往的冷臉，只是眼睛微微瞇起來，在我臉上打量。

被他審視，我後脊有點發涼，連忙將粥奉上。「大俠，今天我見你英姿颯爽懲奸除惡，很是大快人心，但你好像被壞了心情沒有吃飯，怕你晚上餓，我給你弄了點宵夜，以表……呃，欽佩之情！」

紫陵君沒有動，我捧著粥的手覺得有點酸。

「我不喜歡老女人。」他終於開口了！但……

他說啥！

老……

好吧，比起他來，我確實不再年輕了，不過這個臭小子怎麼可以當著人的面說這麼難聽的話！

要不是我在西塢家族就習慣了忍氣吞聲，我今天這碗粥就扣他臉上了！

我努力保持微笑，壓住額上青筋。「你就當尊老愛幼吧，粥給你，好歹喝一點，養胃。」

我將粥放在他手上，他沒有推拒，挑眉看著我。

我沒與他對視，直接回了房間。我貼門口站著，細心聽著外面的動靜，過了好一會兒，才聽到紫陵君關門回房的聲音。

很好，沒有摔盤子，看來我的粥香氣還是很吸引人的。

我隱隱有了一點自信。

翌日清晨，我捏好了糯米糰子，正準備拿給紫陵君繼續去獻殷勤的時候，紫陵君竟然自己下樓來了。

他尋了個位置，剛坐下，還沒點菜，我便也蹭過去在他對面坐下，在他開口罵人之前，我把糯米糰子擺在他面前。「大俠，這裡早餐不合我口味，我自己捏了幾個糰子，你要嘗嘗嗎？」

紫陵君看了我一眼，當真捏了個糰子咬了一口。

他表情沒什麼變化，但卻一連吃了三個。

我很滿意，笑咪咪地看著他。

說實話，看見別人吃我的東西，我其實也挺有成就感的，只是素日裡在西塢沒人願意搭理我，吃我做的飯菜罷了。以前三個妹妹們還老愛纏著我給她們做，後來她們長大了，也忙了，便也沒時間來我這兒蹭飯了。

「說吧。」紫陵君在吃第四個糰子時瞥了我一眼，「妳想要什麼？」

沒有無緣無故地獻殷勤，我喜歡明白這個道理的通透人。

我開門見山。「實不相瞞，大俠，打小我就有個江湖夢，也想仗劍走天涯，快意恩仇事，昨日見你英姿，我想拜你為師。」

族長給我那三個期望，前兩個我是根本就沒指望過的，現在唯有指望第三個了。長靈心境不是個什麼攻擊的法術，只能救人，希望紫陵君不要將自家本事看得太緊吧……

聞言，紫陵君抱起了手。「妳想拜師？」

我點頭。

「可妳太老了。」

「……」

抱歉啊！我已經盡量讓自己年輕了……

「妳還會做什麼？」

他問我，然後把我問倒了。我還會做什麼？我攪著手指頭開口。「御劍……會一點，但不太快，呃，劍法會玩，但不太流利……」

「我問妳還會做什麼菜？」

「哦，這個啊。」我伸出十根手指來，「炒菜、燒菜、蒸菜、水煮、煎炸、火烤……」

「好了。」紫陵君打斷我，順帶擦了擦嘴，站起身來，「我所行所居並無定所，妳願隨我走便不要怕累……」

怕。」我用最誠摯的目光盯著他。

「師父！」總算輪到我打斷他的言語一次了，「只要你收我為徒！我什麼都不

紫陵君輕咳一聲：「喊太大聲了。」

然後我便悄悄叫了他一聲：「師父，你中午還要吃啥？」

紫陵君勾了勾唇角。「看妳本事。」

其實，他剛才勾唇角的那個動作根本就不算是笑，但我還是第一次在紫陵君臉上，看見這麼柔和的表情，我默了一瞬，有一點被他的容貌驚豔到。

中午我簡單做了一條清蒸魚給紫陵君端去，剛在上樓梯，便聽見三樓有個姑娘在哀聲求著。「恩人，公子，我只想知道你姓甚名誰，我想知道救我的到底是何人，以便我來日報恩！公子！那青冥派的人不會這般容易放過你，還請公子受我金家保護……」

「哐」的一聲，門扉被大力推開，那長蘆金家的少女被震得往後退了三步。

紫陵君睇著眼看她，神色極是不悅。「青冥算個什麼東西，妳又憑什麼保護我？我只最後說一遍，那日我未曾刻意救妳，要再做糾纏，我便也不客氣了。」

這話和這神態顯然嚇呆了人家小姑娘。

我端著魚，一時有點進退兩難。紫陵君目光一轉，瞥了我一眼。「杵著幹什麼？等魚在妳手裡再蒸熱一會兒？」

「哦。」我應了，連忙上樓，入了紫陵君的房間。

他便也立即關了門，將那金家小姑娘擋在了外面。

聽著小姑娘的腳步聲搖搖晃晃地下樓了，紫陵君面不改色吃著我的蒸魚，我見他現在吃得還算開心，便道：「師父，那是長蘆金家的閨女，他們家可有錢了……」

「關妳什麼事？」

「哦……」人家有錢，是和我一個銅板的關係都沒有。但你是人家救命恩人啊！這和你關係就很大了啊！我想著錢，有點愁。

我和紫陵君在一起最長要得三個月呢。

如果天天住這個客棧，經費恐怕不夠撐啊。

「妳缺錢？」紫陵君審著我的表情問我。

「也……還行。」

「沒錢我給。」紫陵君道：「不用望著別人。」

我巴巴地望著紫陵君，忽然覺得，我竟然被他這句話感動到了。

沒錢我給，看！說得多麼豪爽耿直有風度！我就欣賞這樣的人！

我獻殷勤地給紫陵君碗裡夾了塊魚腹肉。「師父，蒸魚這兒最好吃，肉嫩多汁，爽滑彈口，最是入味。你嘗嘗。」

紫陵君瞥了我一眼，倒也沒多說別的，夾了我奉上的魚肉吃了，小弧度地點了一下頭。

我彎著眉眼望著他，如同以前看著小時候的妹妹們。

第四章

紫陵君說不定是一個心腸很好的人。

這個念頭在我腦海裡冒出來了之後，我覺得有必要為紫陵君做一點事情。畢竟他再是厲害，現在也只是一個人。

他為了金家的閨女得罪了青冥派，雖然他沒把這事兒放在眼裡，但在我看來，做什麼事兒如果不是未來，那就是為了現在奔點好處。總不能做一件事，什麼都得罪了，一點都不討好，這不是我的處事風格。

再者，我現在是紫陵君徒弟，雖然是暫時的，可他若得罪的人多了，我這暫時的日子也不會好過啊！

他的屁股，我還得給他擦一下。

我找到了金家閨女，她還住在這個客棧裡。只是兩間上房，一間被我訂了，一間被紫陵君訂了，她只好住在二樓的中房裡。

金家閨女被紫陵君罵得雙眼紅腫，我看到她就想起了我以前少不更事的妹妹們。曾幾何時她們打架互相欺負的時候，也總有人這樣哭兮兮地跑來找我，後來長大了，她們也就不打架，也沒有哭過了。

我這個長姊的用處就更少了一些。

我約了金家閨女下樓喝茶，拍拍她的後背，安慰她。「那個姑娘，大俠……唔，我師父他先前救你，他肯定是有心的，他今日說的那番話大概不是真心的。」

金家姑娘問我。「那他為何要那樣趕人？我本欲報救命之恩，現卻這般被人嫌惡，實在……」

「可沒嫌惡啊！」我拉著她的手，肅了面容，一本正經道：「我師父其實臉皮薄，習慣了做好事不留名，妳這般執著報恩，其實是讓他害羞了。而且……」我看了眼左右，湊到金家姑娘耳邊道：「實不相瞞，我師父其實有家仇纏身，他怕仇家以後找妳麻煩，所以才故意拒絕傷害妳的。」

金家姑娘一下瞪大了眼，她愕然了好一會兒。「這……到底是什麼仇家？我先前已經託信回家，可能今明兩日便有人來護我。若是可以，我可讓師兄師姊們幫忙解決一下。」

「唔……」我展開了想像力，正打算編一齣宏大的故事出來，倏覺身邊有點陰暗。我轉頭一看，紫陵君正站在我旁邊目光冷淡打量我。「哦，妳繼續，我也想知道，妳知道我身上有什麼家仇。」

「……」我立即站了起來，「師父……」

紫陵君沒說話，任由我獨自尷尬了一會兒，他才一轉身往樓上走了。「我的事妳還沒資格來瞎管。」

金家姑娘問我何意，我也沒心思去應付她了，我只想著，今天晚上大概要做個什麼菜才能挽回這個吃貨師父的心情。

可到了夜裡，我站在灶臺前根本還沒來得及想出要做什麼菜，便忽然聽見「轟」的一聲，自客棧頂樓傳來了猶似爆炸的動靜。

頂樓不是上房嗎！

我心頭一驚，從廚房裡鑽了出去，但見後院裡客棧的人都站了出來，齊齊將樓上望著。只見樓上一片塵埃翻飛，偶爾夾雜著白光青光不停閃爍。

有人在上面和紫陵君打架？

沒一會兒，青光倏爾自樓頂而出，向天邊而去，紫陵君一身華服化為白光追隨而去，一前一後不過眨眼便追沒了影兒。徒留客棧一個亂糟糟的破屋頂搭在上面。

我還沒從紫陵君和誰打架的困惑中走出來，客棧老闆便找來了。「妳師父弄壞了東西！要賠錢！」

「……」

我把身上的銀錢都給了老闆，但還是不夠，我被老闆扣住，說是剩下的錢沒補上，以後就在這兒苦力還債，不然就送我去官府。

我堂堂西塢長女，雖然沒什麼屁用，但也不能淪落到坐大牢的境地。但這事兒也不好讓西塢家族知道，族裡人都愛面子，大概不會待見我做個任務把自己做成了這樣。

我只有等，等紫陵君回來。

等了整整一天，紫陵君也沒回來。

那是個浪慣了的少年郎，我是知道的，一年四季，四個季度到處浪，他雖然收我為徒了，但不一定就會把我這個徒弟放在心上。

搞不好……三個月後，大表哥來接我時，我還在這裡洗盤子還債。

第二天，我放棄了紫陵君自己找回來的可能性，開始幫老闆洗盤子了。一邊洗一邊想破解之法，越想越覺得沒辦法，御劍我御不好，尋人我尋不到。

「我上哪兒去找他！」

「找我？」

紫陵君的聲音忽然在我身邊響起，幾乎讓我感覺是錯覺。我轉頭看他，一時覺得他逆著午時陽光的身影格外地高大。

他居然……自己回來找我了。

「妳在作甚？」他問得一臉嫌棄。

我巴巴地望著他。「師父拆了別人房子，徒弟我正幫師父還債呢。」

紫陵君一默，抬腿就是一腳，直接將那洗盤子的盆給踢翻了。「我的徒弟什麼時候會淪落到這種地步？」

盤子稀里嘩啦碎了一地，響動驚來了客棧老闆，老闆一見紫陵君，話還沒說一句，紫陵君扯了腰上的玉佩便砸在了老闆臉上。「賠你十座客棧也夠。」

言罷，他拽了我的胳膊，拖著我就上天……不對，御劍了。

整套動作行雲流水痲溜非常，完全突出了他的冷性子暴脾氣和踐上天。我站在紫陵君的身後，下意識地摟著他的腰。

若叫我跟他走，我可以不問目的。

只是……我還有點心疼。「你剛才那塊玉佩，要不切成十條，你給老闆一條，給我九條怎麼樣，我去開九個客棧，隨便你拆，愛咋拆咋拆。」

紫陵君後背脊梁微微一緊，一聲冷哼。「出息。」

我是個不受寵的長女，在錢財這一方面，我沒什麼安全感，確實不太有出息，我默默認了，心裡有點哀嘆自己的貧窮和命運。

許是我久了沒應他的話，紫陵君轉頭看了我一眼，我也連忙抬頭望他。雖然我因為自己的命運而感到有幾分難過，但我並不想因為自己而影響別人的情緒。

我對紫陵君露出了一個微笑。「師父。」

他目光在我臉上停了一會兒。「我還以為……」

「以為什麼？」以為我被他嫌棄難過了嗎？

「沒事，算了。」

離開小鎮老遠，行入了深山老林裡，紫陵君才帶我落了地。不知道是哪裡的野林子，安靜得緊，唯有不遠處小溪流水的嘩啦聲。

「師父！你的御劍術是我見過最厲害的一個！」落地我也沒忘了拍馬屁，他「嗯」了一聲，算是接了我這個馬屁。我很開心，感覺距離又拉近了一分。「師父那邊好像有河，我去抓魚回來給你烤。」

「嗯。」

還是那麼冷淡，不過沒關係，現在這三個月才開始呢。我給自己打了氣，便奔去了河邊。

等我提了清理好的魚回來，正要蹲下來生火，一個錢袋子遞到了我面前，鼓鼓的，看起來有不少錢。

我順著捏錢袋的手往上望去。「師父，這是……」

「我說了，沒錢找我。」

居然還真的說給就給啊！這個紫陵君的脾氣，別的不好，就給錢這裡真的是超級爽快！於是我也爽快地接了，報以一個燦爛的笑臉。「謝謝師父！」

紫陵君看著我的笑臉愣了一會兒，然後別過了頭去。「魚烤快點。」

「好咧！」

吃魚的時候我問紫陵君。「師父，既然賠了錢，為什麼咱們還要離開客棧住深山野林？」

「有意見？」

「不敢……」

紫陵君幫我在火裡面加了一把柴。「妳先前說對了，我確實是有家仇的。」我一愣，我的乖乖，還真的被我給猜中了……

「那日仇家得到了我消息，夜裡派了探子來，我今日已將他殺了，方才歸來。可那客棧已不安全，不可久留。」

……難道，這世人眼中一年四季都到處浪的紫陵君並不是想出去玩，而只是因為想躲避仇家，所以被迫到處流浪？可江湖上從來沒聽說過紫陵君有什麼仇家啊！他仇家又是什麼來頭，竟然要這麼跩的紫陵君避著走。

我直不愣登地盯著紫陵君沒說話，他彷彿有些誤會我了。「怎麼？怕了？不想拜師了？」他勾脣一笑，顯得有幾分嘲諷，「怕麻煩，不想惹上事兒，就不要和我在一起。」

他這樣說著，就活像他是一個被詛咒的人一樣。

「沒事！」我立即表忠心，「萬一有仇家找來了，師父你先走，我給你墊後，拖住他們！」

紫陵君眼瞳輕輕動了一下，然後一言未發地垂頭將烤魚拿來吃了。我一直關注著他，吃一口魚就瞥他一眼，心裡無不在琢磨著，我該和紫陵君套近乎到什麼程度，才好開口讓他教我長靈心境。

「妳一直盯著我作甚？」紫陵君放下手裡的魚，終於正眼看我。

咦，你不關注我怎麼知道我在關注你？

這話我當然不能這樣說，我委婉道：「師父長得好看。」

他動作一頓，咳了一聲，轉了目光又盯著魚，最後落了兩個字。「輕浮。」

隔了一會兒，又再補了一句話，「妳年紀這般大了，便也沒有婚配沒有家人？何以還想出來拜師修仙？」

開始對我好奇了，很好，這證明他開始想瞭解我了。雖然他說的話……還是不怎麼好聽。

在我的編排中早就料到他還會問這個問題了，於是我面不改色，一派淡然道：「哦，我家人都死了。」

這是個絕對能盡快結束這個話題的回答方式。

果然，紫陵君默了一瞬，但他到底也不是常人，竟然還問了一句。「丈夫呢？鄉鄰呢？」

「都死了。」為防他再問，我編得更細了點，「馬賊屠村，除了我無一倖免。」世道亂，這樣的事情多了去了。我接著圓，「我拿了家裡所有的錢，打算來外面走走享享福就去自殺。」

紫陵君。「……」

「……結果我遇到了大俠，便生了學成武學回去報仇的心思。」我吃完了魚，講完了故事，理所當然地拖出了自己的請求，「我知我資質愚笨，不過就算只能學到一招半式，也算是能了我這一無所有的餘生裡，最後一點期願了。」

我望著紫陵君，紫陵君卻刻意避開了我的眼神，他沉默了許久，夜風在颳，吹得篝火呼啦作響，竟襯得他的目光有三分水波瀲灩，彷彿對我編造的身世有幾分憐憫同情。

「我姓顧名十嵐，江湖人稱我紫陵君，我不是大俠，以後別亂叫。」

喲！開始自我介紹了！很好！好兆頭！

我很開心地應了。「好的，師父！」

飯罷在河邊刷牙洗臉一番，我與紫陵君圍著篝火便打算入睡了，我這方剛覺自己睡了沒多久，忽然被人猛地從夢裡拉起。

我恍似還在夢中，睜眼便見自己已經飛在了空中，乖乖，我的御劍術可從來沒飛這麼高這麼快過。

我下意識抱緊前面人的腰。「怎麼了？」

「家仇。」紫陵君簡單回了兩個字，我便反應了過來。

不是說之前那個殺了嗎？又有人追來了？我轉頭一看，只見身後數十個光電在夜空裡緊追不捨，我大驚。「這麼多人！」

這紫陵君到底是有多大的家仇啊？

紫陵君沒回我，我心頭著急，再一回頭，這一瞬間有一支光箭從我面前呼嘯而過，穿過紫陵君的耳畔穿向前方。臨到那方盡頭，那箭仿似自己有意識一樣，竟憑空轉了個圈，又繞回，迎面衝向我與紫陵君殺來。

我緊緊閉上眼睛，陡然間失重感傳來，紫陵君竟然御劍急速向下，帶著我再次鑽入了茂密的森林裡，兩三繞，便讓那光箭撞上了大樹。

背後「轟」的一聲，卻是那樹被光箭爆炸，將周遭的樹都燒了起來。

這箭上還有術法？

當真是要置紫陵君於死地啊！

「師……」我回頭，正想讓紫陵君再快點，往山裡面去，那方樹林茂密，山石洞穴密布，妥妥可以甩掉對方。

但我開了個口，卻藉著月光看見了紫陵君的肩頭，那白衣裳竟有一塊暗色痕跡，是一大片的血，我愕然，「師父你受傷了？我睡覺的時候難道已經動過手了嗎！」

「方才沒看見妳身邊的三具屍體嗎？」紫陵君反問的聲音很冰冷。

我打了個寒顫，再次為自己的淺薄修為感到汗顏。我轉頭看了一眼身後的追兵，但見距離竟比方才更近了一些，我知道已經是因為受傷和帶著我，所以連累了紫陵君的速度。

「師父，你將我放下。」

「想死？」

「我說過萬一你有仇家找來，你先走，我墊後的呀！」

此言一落，紫陵君靜默不言，我拍他沒受傷的那邊肩頭。「快快快，將我放下，我幫你拖住他們。」

我其實，是這樣琢磨的。

如果這是紫陵君的仇人，那我和紫陵君一起被抓住，那不用說，我妥妥和紫陵君一同被殺。但如果紫陵君獨自一人走了，將我丟下，那好嘛，我還可以給對方編編故事，賣賣可憐，說一說我被紫陵君「虐待」的事蹟，指不定就被放了呢。

到時候紫陵君走了，我也活命，兩人安好，救妹妹的事從長再議。而就算我編謊話，還是被人殺了，那有一個跑掉也好，沒有我，總有其他西塢家族的人會找上紫陵君，妹妹們也有一分獲救的可能。

「一起走。」

紫陵君在長久的沉默後，是這樣回答我的。

這三個字其實很普通，但是莫名其妙的，我的心倏爾為他一顫。我竟有一種……被這少年的三個字，感動到的詭異心情。

我一咬牙，撇開自己的情緒。「讓你自己走就自己走。」

我放開他的腰，推了他一把，然後從他的劍上摔了下去。紫陵君猛地回頭，我在下墜的時候，看見了他那張被御劍光芒照亮的臉，平日的冷漠高傲此刻皆化作了眉間的驚詫愕然。

御劍速度很快，沒一會兒他的光芒便從林間消失了。

我下墜之際，雙手結印，剛落到地上，咒言出口，在這一排的樹木上形成一道光牆，意圖將後面的追兵攔截住。可我法力低微，攔住了前面幾個追兵，後面的人拿劍一刺，將我的法術光屏障給刺破了去。

我見勢不妙，轉身就跑，然後理所當然被追兵抓住。

我被逮到了一個女子面前，她神態倨傲，騎在仙騎白馬背上，居高臨下地看著我。「妳是何人？」

「我……」我是被紫陵君脅迫的人，我很無辜，我一點也不想摻和進你們的爭鬥中，我都是被逼的！

我以上的話都沒出口，但見天際邊上一道白光砸落而下，白色人影立在我的面前，背脊筆直猶如巍巍大山。「她是我徒弟。」

不要啊！我的哥！

我們倆的關係我只想我們倆知道就行了！您這樣可讓我完成任務後怎麼和外人解釋？

湧上喉頭的話被我用舌頭死死壓住。

「哦？紫陵君這般孤傲，竟也會收徒弟？」

這語氣聽起來竟與紫陵君十分熟稔。

「只是她而已。」

紫陵君語氣無甚波動，甚至連頭都沒回一個，看也不看我說出這五個字，像是他舉起了我心尖旁的鼓錘，在我心上奮力一敲，鼓聲震耳，使我心與情，皆有三分顫動。

這紫陵君……其實……很會撩人啊！

第六章

騎白馬的女子冷冷一笑。「收了這般年老的徒弟，還特意趕回來救？紫陵君近來行事愈發感人了。也好，我便也成全你的好心。」她一揮手，旁邊的追兵立即動了，她仰著下巴，帶著神一般高傲的態度俯瞰我與紫陵君，「一起死吧。」

追兵一擁而上，我嚇得呆立在原地，紫陵君身後像長了眼睛一樣，將我因無措恐懼而出汗的手握在掌心。「別怕，閉眼，我帶妳走。」

我什麼都來不及想，依言閉上了眼睛。

霎時，風聲、金屬碰撞聲，骨肉撕裂的聲音甚至還有敵人的粗喘，被送入我耳朵裡。

我不知道這場戰鬥是怎麼結束的，只聽得那女子一聲大喝。「顧十嵐！遲早有你回來的一天！」

長風呼嘯，我頭髮與衣襬被狠狠拉扯，霎時，除了風聲，四周再無任何雜音。

我微微睜開了眼。「師父……」

話音剛落，御劍術猛地一頓，於高空中往下垂直墜下。我一聲短促的驚呼之後，連忙抓住了旁邊還沒飄遠的顧十嵐的手。

他指尖冰涼，我拽著他的手指拉住他的胳膊，然後把他整個人拉了過來，最後將他緊緊抱住，拚著全身所有的力氣在我周身布出一個光罩。光罩緩衝了高空墜下的力道，勉強讓我倆安穩落地。

我長舒一口氣，這才分心去看顧十嵐。

只見他身上的白衣裳沒有一處是乾的，處處皆有溼潤的血跡，分不清是他的還是別人的。而反觀我，身上一點血也沒有沾到。

他方才一定很注意保護我……而且，明明他自己一個人可以走掉，若是他方才離開，現在何至於受這般苦……紫陵君居然沒有了御劍的力氣，這要是說出去，是多大的笑話。

我在附近找了水源，撕了身上衣服，擰乾了帶回去給他擦了臉上的血，猶豫了一會兒，將他上半身衣服也褪下，看了看他身上的傷，然後依著他的傷去尋草藥了。

等我回來的時候，顧十嵐已經醒了。

他躺在地上動彈不得，只轉了轉眼珠看我，隨即目光落在我手上的草藥。「摘草藥去了？」

「不然你以為我會走嗎？」

「走才是對的。」他道：「和我一起，這種事不會少。」

人人羨慕的紫陵君，原來自己的生活過得這麼苦。我撇了撇嘴，沒接他的話，只在他身邊跪坐下，將他腦袋放到了我的腿上。「傷口要上藥，所以我把你的上衣扒了，本來你睡著還好，可你現在醒了就有點尷尬了，不過你可以閉著眼，我會當你沒醒的。」

顧十嵐並沒有搭理我的話，而是按照他自己的邏輯說了下去。「想學仙法，世上有很多方法，為何獨獨跟著我？」

「因為別人都不是你啊。」我一邊在嘴裡將藥草嚼爛，一邊給他往傷口上敷。藥草有時候還會帶著我嘴裡的溫度，放在他的傷口上似乎能燙到他，讓他肌肉下意識地微微一縮。

我隨口答道：「正好遇見你，就賴上了。」

顧十嵐望著我，目光再也沒像之前那樣可以避開，直到我把藥給他敷完，他也一直盯著我。

我被看得有點不好意思，仰頭望天。「嘴嚼藥嚼得有點苦了，我去弄點水涮涮。」我避走離開。

在溪邊待了一會兒，想著讓顧十嵐那樣一個人躺著也不行，我便裝了點水回去找他。可哪想現在顧十嵐竟重傷得跟廢人一樣，手腳完全動彈不得，我便又只好將他頭扶了起來，慢慢給他餵水。

「妳嫁過人？」

呃……怎麼突然問這個？

我先前編造身世的時候是怎麼編的，我好像有相公吧？對於這樣的問題，我選擇以深思的沉默，代替回答，答案皆由他自己去想。

「他是個什麼樣的人？」

我怎麼知道！

「很……溫柔。」說完，我自己點了點頭，記住了這個設定。

紫陵君也沒像上次那樣再多問了。

紫陵君身上的傷，要徹底處理需要藥材鋪裡的那些製作過的正經藥材，只是現在紫陵君行走不得，我又不知道最近的城鎮在哪裡，只能背上紫陵君，帶著他慢慢走。

紫陵君不沉，但我的術法普通得將他背著走一段路也要歇一歇。

「妳怎地這般弱？」

我吭哧吭哧背著他走了半天，毫無防備聽到這句嫌棄，一時有點氣憤。「你厲害你自己走啊。」

嘲諷的話說出口以後，我默了默。

夭壽了，一定是最近我在紫陵君面前太過放鬆了，我居然敢嗆他了！

我想著要怎麼把場子找回來，安撫一下我想像中的紫陵君的怒火。我想了很久，也沒聽到背後紫陵君說我什麼。

我轉頭看了他一眼。

「作甚？」他立即捕捉了我的目光。

「師父，你……沒生氣。」

「我為何要生氣？」

「沒事……」

咦，紫陵君難道自己沒發現，現在對我已經比一開始寬容好多了嗎！

我將紫陵君背到了山下村子裡，找了個小客棧安置了他，然後東奔西跑地給他張羅藥材，最後將傷口給他包好了。

我長舒一口氣，癱坐在椅子上。

紫陵君躺在床上看著一頭汗的我，老半天說了一句話。「妳該練練。」

我終於聽到了他這句話！

「我不知道怎麼練啊師父。」

「我教妳。」

我聽到這三個字萬分感動！正是心情激蕩時，紫陵君道：「先去外面站一個時辰馬步，練習呼吸。」

哈？居然是這麼基礎的訓練？那這樣我要到什麼時候才能學長靈心境？我有點失落。

「不去？」

「去……」我爭取了一下，「師父，馬步我小時候紮過，我可以直接開始學別的。」

「妳去不去？」

我沉默地出了門。

於是我就這樣在紫陵君的指導下，紮馬步，負重跑，練了整整十天……一個法術都沒學。第十一天時，紫陵君已經能從床上起來了，可我還是在院子裡紮馬步和跑步。

雖然我這幾天確實覺得身體比之前輕鬆很多，但紮馬步也不能紮出花來呀！

「師父，我這樣還要練多久？」

「一個月。」

「……」

我正打算和紫陵君討價還價一番，沒想到此時小村村口敲響了警鐘，客棧外面霎時喧囂了起來。有人跑動和亂吼的聲音由遠及近地傳來，我漸漸聽清了外面喊的話。「馬匪來了！馬匪來了！」

我一愣，沒這麼倒楣吧，這才在這村裡住多久，這樣就遇見馬匪了……我又要背著紫陵君跑路？

我還琢磨著，忽然掌心一熱，是紫陵君拽住了我的手心，拉著我往客棧裡面走。他腳步邁得又急又大，像是在躲避著什麼一樣，直到將我放到客棧房間裡。

他盯著我的眼睛道：「不用怕。我去去就回。」

馬匪我還是不怕的，你這般認真的交代倒讓我有點怕……啊，我想起來了，我編造的身世裡，我是一個被馬匪屠了村，唯一倖存下來的女人。

紫陵君現在是在……擔心我想起「以前」的事？

他輕撫衣袖，出了門去。望著他的背影，我忽然很想開口告訴他，沒關係的，其實我對馬匪沒那麼怕，對方不是修仙者，我還是有辦法應對的。

可我撒了一個謊，只有繼續裝著說謊，我的任務還沒達成，所以我只有眼睜睜看著重傷未癒的紫陵君，去這般保護我。

我其實心裡有愧疚，也有……心動。

對這個比我小了十來歲的男子……心動。

第七章

紫陵君走後，外面的吵鬧聲慢慢歇了下來。我推開客棧的窗戶往外面張望，在村莊層層屋簷的遮擋下，並沒有看見紫陵君的身影，我焦急等待之際，胸前那枚表哥留下的符咒卻在隱隱發燙。

「三位妹妹毒發之日或會提前，三日後我便來接你，長靈心境必須到手。」

話音一落，灼熱的符咒便涼了下來。適時，我正望見村外的路上，那些打馬而來的馬匪，用比來時更快的速度離去，掀起一片塵土飛揚。

沒一會兒，我在轉角處看見了紫陵君。他面色有幾分病態的蒼白，他站在樓下，仰頭望著二樓窗戶裡的我，在我看來卻像是一個凱旋的英雄。

「沒事了。」他說：「我不會讓妳再遇見那般事。」

本來一直也都沒有事，但謊言，我還是要繼續維繫下去，家裡三個命在旦夕的妹妹，我還是要救的，不為任何人的命令，也不為任何任務。

我一轉身，徑直從二樓跳了下去，將紫陵君一驚，我便在驚詫當中一下子撲進了他的懷裡將他緊緊抱住。「多謝師父！你簡直就是大英雄！這世上沒有誰能帥過你！」

我放開紫陵君時，但見他臉上的紅暈正是一朵桃花的顏色。

我往旁邊看了一眼，但見村人有人受傷，便道：「村民受傷了……師父有沒有什麼治療的法術，讓我學學，我給他們去治病。」

「長靈心境可治人傷，療人毒。我去便是。」

我攔住了他。「你也有傷，不如你教我，我去治。」

他點頭，與我說了十六句心法。我皺了眉頭。「等等，我拿紙筆來記一記。」

記完這張紙，我半天沒有言語，直到紫陵君喚我，我才抬頭望他，輕輕一笑。「我好好學學，便去救人。這樣的話我還可以救師父。」

紫陵君輕笑。「學會了再說。」

傍晚，紫陵君留在客棧休息，我打著出門看村民的幌子，行至村莊角落裡，然後拿出符咒燒了。

我靠著牆坐了下來，只片刻時間，空中便有人御劍而來，光芒刺目，我知道是大表哥來了。

他落於我身前。「長靈心境拿到了嗎？」

我將手中的紙遞給他。大表哥立即接過，然後皺了眉頭。「這些心法是何意，紫陵君可有與妳解釋？」

我點頭，然後仰頭望他，「大表哥，我可以將這些說與你聽，只是我與你解釋完後，你便留我在此……」

「妳與他一同走吧。」

紫陵君的聲音在背後響起。

我一轉頭，但見他眼眸之中是我與他初見時的冰冷。

他……看見了。

我陡然間心跳加快，竟有惶恐湧上心頭。「師父……」

「師父？」他發出一聲冷諷至極的輕哼。

我聽了心頭更慌，連忙道：「我確實騙了你，我乃西塢家族長女，我三個妹妹中毒，三位妹妹自幼是我看著長大，我……」

「夠了。」紫陵君打斷我的話，「馬匪屠村，家破人亡，命運多舛……西塢家族的長女，這般富貴之命，倒累得妳這般編排故事來騙我。」

我望著他冷漠的眉眼，一句話也說不出來。

大表哥不明情況，卻以為紫陵君是要來阻我，他將我往身後一攔，手中法力凝聚，悄聲與我說：「帶心法走。」

「呵。」紫陵君冷冷一笑，望著大表哥的眼神又幾分陰鷙，「好個英雄救美。」

我大表哥的本事我知道，平日裡或許比不上紫陵君，但現在紫陵君有傷在身，先前又趕走了馬匪，現在身體情況不知道是什麼模樣，真動起手來，紫陵君指不定要吃虧。

我連忙拽了大表哥的手。「我們走吧。」

「趕緊滾！」紫陵君一聲短喝，他周身氣息湧動，我正在愣神之際，大表哥將我手腕一抓，拖拽著我便飛上了天。

我回頭往下一看，只見塵土飛揚，紫陵君的身影孤獨地站在其中，形單影隻，仿似天地間唯剩他一人而已。

我隨大表哥回了西塢，我的故鄉。

我帶回來了長靈心境，族長對我是從來沒有過的和顏悅色，我再一次成為了被人看重的長女，只是……我卻沒有任何喜悅。

長靈心境被交給了我的秦冀哥哥，他是庶母所出，是除了我三個妹妹外，西塢家族裡最有天分的人。

我回了我的小院，靜靜等著秦冀哥哥將三個妹妹治好的消息，然而……沒有。

三個妹妹離毒發的時間越來越近，但是秦冀哥哥拿著長靈心境的心法，卻始終沒有將妹妹們治好。我心有疑慮，我這些兄弟姊妹和我不一樣，他們天賦高，領悟快，照理說不應該……

「她拿回來的是假的心法。」秦冀哥哥向族長如此稟報。

我被拖到族長面前的時候，才知道竟被他如此誣陷，我大怒。「不可能！這是紫陵君親口與我說的！」

「長靈心境乃紫陵君自創最為珍貴的心法之一，為何會在這麼短的時間就相信妳，還親口告訴妳。要麼，就是妳拿了假心法，要麼，就是妳辦事不利，被紫陵君所騙。」

「紫陵君沒有騙我。」別的事，我無法確定，但我卻莫名肯定這一件事，紫陵君沒有騙我。

是我一直在騙他。

是我將他騙得在這麼短時間內相信我，將這麼珍貴的心法寫給我，然後我辜負了他的信任。

族裡的人道我辦事不利，族長先前對我的和顏悅色，此時變成了變本加厲的嫌惡，他下令將我關了起來。

家族的禁閉室四周漆黑，清冷無比。我倒是第一次來這兒，以前我雖然沒用，但好歹也沒錯，如今這般，真真算得上是我人生的最低谷了。

我被關了十天，除了日日憂心三個妹妹的毒以外，我在黑暗之中還控制不住在想，紫陵君呢，他現在一個人在哪兒？他的傷好了嗎？他的仇家還要繼續追殺他嗎？他還在記恨我嗎？

如果有能出去的一天……我要怎麼尋求他的原諒？

我所思所想並無結果，卻在地牢裡等到一個意料之外的人，我的庶母。

我和三個妹妹乃是我娘親所生，娘親死後，我的族長爹爹未再娶妻，這位在娘親之前便入門侍奉我爹的庶母便成了當家主母。她平日裡從不與我接觸，今日不知是為何到了這地牢來……

她入了屋來，環顧四周。「身為長女，如今卻落得這般下場，妳娘親要是知道，也會對妳失望至極吧。」

這種閒言碎語我聽得多了，心裡早已沒了什麼感觸，只是我不懂我這庶母，今日故意到場就是為了給我說著話聽的？

「這般無用的性命，不若今日了結去吧。」

我一愣，有幾分沒反應過來。「妳說什麼？」

我話音未落，她手中符咒一閃，我只覺渾身一僵，再動彈不得，卻見庶母衣袖一翻，拈了一顆藥丸行來。「妳三位妹妹體內修為渾厚，對這毒能扛上些時日，妳就說不定了。不急，她們回頭便也來陪妳。」

聽及此言，我恍然大悟，原來這幕後黑手竟然是她！

難怪我拿來了長靈心境，我那秦冀哥哥卻也解不開我妹妹的毒，不是不能，而是不想，反倒汙蔑我拿的是假心法！這一切原來……

庶母拉開我的下巴，將藥丸強行餵入我的嘴裡，一抬我的下巴，藥丸滑進我嘴裡，登時，胃裡一股撕心的絞痛傳來。

「定身咒再有兩小時便也解開了，到時候妳若還醒著，就自己叫人吧。」

庶母瞥了我一眼，嘴角帶著淺淺的微笑。

我這才恍悟，殺了我，我三個妹妹也死了，秦冀就會變成族長的接班人，而她的身分自然也不可同日而語。

我恨得咬牙，卻也無可奈何。

「哦，恐怕還有一件事妳不知道。」

「妳娘入門的時候喊我姊姊，她懷孩子的時候，我冀兒方才出生。可她的孩子是長女，會繼承家族，我兒不會，所以妳出生的時候，我就動了一點小手腳。只可惜後來妳幾個妹妹出生的時候，族裡看得太嚴，沒了下手的機會，不過現在也無所謂了。」她輕輕笑著，「妳們幾姊妹，很快就會在下面和妳娘親團聚了。」

言罷，她轉身出了門去。

身體裡的痛苦似乎要將我撕碎，我不能動彈，意識也慢慢陷入了昏沉當中。但這時，我所思之事卻並非關於西塢，關於我自己，而是關於那不知在何方的紫陵君。

我很遺憾，如果就此身死，我甚至都沒有機會對他說聲抱歉，還有……喜歡。

第八章

我沒想過我還能有再醒過來的一天，更沒想到我還能有再見紫陵君的一天。

而這兩件沒想到的事，現在都發生了。

我呆呆地看著坐在我身邊的紫陵君，見他冷著一張臉幫我把脈，然後沒好氣將我的手扔開。

「好了。」他說：「再多休息幾日即可。」

我愣愣地看著他。「師……」

一開口，我被自己嘶啞到可怕的聲音嚇到了，我想清理下嗓子，可是也根本用不了力。

他也只看了我一眼，一言不發便離開。

他不見了，我這才有心思打量現在我處的環境。只見四周雕梁畫棟，約莫是個很不錯的……客棧？只是我為什麼會在這兒，紫陵君又為什麼會在這兒？是他……救了我？

我一頭霧水在這裡養了幾天的傷。

這幾天裡，紫陵君定時定點來給我把一次脈，除了把脈以外，什麼也不做，什麼也不說。前兩天說不得話，後來能說話了，我便小心翼翼地找他搭話，詢問了幾次。

許是他每次來，我都問同樣的問題，將他問得有些不耐煩了，這日終於回了我。「我救了妳三個妹妹，西塢家族將妳交給了我。」

哈？

這句話的訊息量……也是出乎意料地大呢。

紫陵君救了我三個妹妹？那也就是說他去了西塢家族囉？

他為什麼要去，為什麼又要帶走我，他不是應該……討厭我嗎？

「庶母……」

「被你們族長殺了。」

「哦……」我點點頭，「那你……為什麼要帶我走？我的毒……」

我那庶母說得在理，我身體裡修為不夠，抵擋不了毒素多久，我昏迷過去後，不出三天，大概便會毒發而亡吧。

紫陵君並未多言，只道：「我要離開幾天，有別的人會來照顧妳。」

「去……哪裡？」

「和妳沒關係。」

態度格外惡劣，活像將我恨之入骨一樣。

紫陵君離開，他說的那個「別的人」很快就來照顧我了，那是個長相可愛的小丫頭。她喚我夫人，顯然是誤會了紫陵君與我的關係。我想了想，如果要解釋的話，好像是很長一段話，便也就隨口應了。

丫頭話多，照顧我之餘，閒來便與我聊聊江湖八卦，這個世家哪個世家的奇聞異事知道得比誰都多，偶然間還提到了紫陵君和西塢家族。

我有些愣神。「紫陵君，妳見過嗎？」

「那樣的人都是傳說，哪能有那個運氣見啊。」

「哦……」雇妳的人就是傳說啊。

紫陵君沒有給她說自己的身分，大概也是為了保密行蹤吧，為免被自己仇家發現。

「西塢家族先前不是三位姑娘都中毒了嗎，後來長女也被人發現中毒了。也不知那長女和紫陵君有什麼淵源，聽說紫陵君就趕去了西塢家族，救下了長姑娘，然後與西塢的族長談了條件，說要救另外三位姑娘，得讓族長答應他，之後讓他將大姑娘帶走。」

嗯？我又是一頭霧水。「為什麼？」

「還能為什麼，因為愛啊！」

「……」我看紫陵君現在對我這個態度，並不是因為愛，而更像是因為想要報復啊……我問：「紫陵君什麼時候去的西塢？」

「就前段時間吧，長姑娘中毒的消息傳出來之後，紫陵君就去了，還幫西塢家族抓住了那個下毒的毒婦呢。」

我總算是從這個小丫頭嘴裡聽到了我被救出來的過程，但我還是不知道他為什麼要救我，也不知道我是怎麼熬到紫陵君來救我。

幾天後，紫陵君回來了。我的身體已經恢復得差不多了，被雇來的小丫頭結了錢之後恭恭敬敬地給我和紫陵君鞠了個躬。「謝謝老爺夫人，老爺走的這段時間，夫人可想念老爺啦，願二位之後百年好合，早生貴子啦。」

我尷尬得說不出話，往旁邊看了紫陵君一眼，他素來不喜歡多言，擺了擺手，便讓小丫頭走了。

「師……」我琢磨了一下該怎麼喚他，怕他不高興，最後喊了一聲：「紫陵君。」他轉頭看我，我垂頭避開了目光，「之後……去哪裡？」

「妳自己走吧。」

我愣住，目光再次轉到他臉上，恍覺我剛才好似聽錯了他的話。他將我從西塢家族帶出來，就是為了讓我……自己走？

「你的仇家……又找上門了嗎？」

「沒有。」

「那……」

「妳救我一次，我幫妳一次，禮尚往來，誰也不欠誰。」

他這樣說，可是怎麼會誰也不欠誰呢，明明我虧欠他那麼多。「我不走。」紫陵君皺了眉頭，我轉過眼，盯著地面，「我……真的當你徒弟行不行？」

紫陵君默了很久。「妳覺得還可能嗎？」

他被我背叛過，他不相信我，所以，不可能了。

他轉身要出門，我伸手抓住了他的衣袖，但又害怕這樣的死纏爛打令人厭惡，於是又連忙放開，但是我的手卻像是根本不聽我理智使喚一樣，食指和拇指始終將他的衣袖捏著，怎麼也鬆不開。

「那我就……跟著你吧。」

紫陵君回頭看了我一眼。「隨妳，我不會等妳。」

他這樣說……

可是在接下來的日子裡，我跟著紫陵君，卻沒有一次跟掉了，我算是看出來了，這其實就是個傲嬌的傢伙，我跟著他，他其實心裡……是有幾分高興的吧，不然以紫陵君的修為，他想御劍離開，我是怎麼都不可能能再找到他的。

在我以為這樣心照不宣，你追我趕的日子會繼續過下去的時候，忽然有一個清晨，我剛從睡夢中醒來，敲了隔壁客房的房門，果不其然，紫陵君已經不見了。

我下了樓去問小二，早上客人走的時候有沒有留下什麼訊息，因為通常客棧的小二會告訴我紫陵君的目的地的。但這次，小二說不知道，只知道客人早上急匆匆往西南方去了。

我心頭有些奇怪，連忙御劍跟去。

至於我為什麼突然能御劍……在離開西塢家族後，我修行的速度倒也變快了些許。就像庶母說的，那個在我身上動的手腳已經消失了一樣，我開始覺得學習法術並不是一件困難的事情。

或許是那毒以毒攻毒，將我給攻好了去？

我不知紫陵君將去何方，也不敢御劍飛快了，怕萬一錯過了他；自然也不敢飛慢了，怕之後就再也跟不上，就在我這一路飛得猶豫的時候，忽見正前方一道閃光，混雜著氣浪橫掃而來。

我心頭陡升不祥，連忙往前追去。

待我趕到那方，果然紫陵君又與他的仇家相遇，兩方打得不可開交……

第九章

下面林間一片塵土飛揚，我全然看不清形勢，只得在空中飛著乾著急。

忽然間，我只覺身後黑影一閃，我一回頭，先前已有過一面之緣的那幹練女子已飄在了我身後。她手一揮，一條鞭子徑直繞上我的脖子，我試圖反抗，可很快被鎮壓住了。

我的功力是有長進，可此時此刻還不足以與她為敵，她長鞭禁錮了我的動作，拖拽著我便往地上而去。

落於塵埃之中，她站在我身後，捏緊手上鞭子，一聲厲喝。「顧十嵐！」她巡視四方的塵埃，「還想要你徒弟的命便出來。」

她話音落下，塵埃林間久久沒有回應。

我只隱約見得塵埃之中，那些殺手渾身戒備，防備著四周。

「我數到十，你不出來，我便擰下她的腦袋。」

「妳擰下我的腦袋吧。」我主動開口，「他已經不是我師父了。不會管我的。」

女子眸光微微一瞇，正是沉凝之際，前方倏爾一陣清風徐來，破開塵埃，顧十嵐仿似自混沌中來。他站得遠，目光不知是盯著我，還是盯著我身後的女子。

「沒錯，妳殺了她便是。」紫陵君微微瞇了眼睛，輕淺一笑，「用女人來威脅我？聽風，妳的手段越發不夠看了。」

「是嗎？」女子也是一笑，「那我留她也無用。」

言罷，她手上一緊，我只覺呼吸立即被剝奪了去，不過許是這段時間以來受的折磨太多，我竟然覺得這些痛苦都沒什麼關係。

不要再給紫陵君造成困擾、帶來麻煩了吧，我虧欠他的，已經那麼多了……就這樣看著他漠不在乎的眼神挺好的，至少，他不會為我傷心……

「聽風。」在我失去意識前的最後一刻，我聽到了顧十嵐的聲音，脖子上的鞭子霎時鬆了鬆，讓我有了喘息的機會。我歇了好一會兒氣，仰頭看他，他的話打斷了聽風得逞的笑，「殺人就要快一些。師門沒教過妳？」

言罷，我只見他手中摺扇一舞，一支鋼釘徑直從扇骨之中脫出，聽風下意識回擋，然而那鋼釘並沒有釘在她身上，而是直接穿過我的肩頭，力道之大，將我帶出了聽風的控制，往後摔倒在地。

下一瞬間我只覺土地一鬆，再回過神來，我已回到了紫陵君身邊。

我的肩頭雖然受了傷，可是卻保住了一條命。可紫陵君面臨的局勢卻更加危險，他暴露了自己的蹤跡，聽風一聲大喝。「門主令，紫陵君既抗命不從，便殺之以儆效尤！給我殺！」

霎時，四周風動，殺氣凜然，紫陵君護著我結出一個結界，將所有的攻擊都抵擋在外。

「妳不該來。」他說，面對這面前的威脅，沒有看我一眼。

我沒說話，緊張地看著他，我看得出他的結界在慢慢縮小，外面的聽風在笑他。「紫陵君倒也是一日不如一日。」

她說著，一道長鞭衝顧十嵐的結界而來，長鞭與結界相接觸，泛起一片刺目的光，顧十嵐的眉頭皺得更緊了一些。之前那次與他的仇家們動手，顧十嵐似乎沒這麼弱才是……

難道是前段時間他身上的傷還沒好，或者是做了什麼損修為的事……

我轉念一想的這時間裡，那女子已經三道長鞭打在了顧十嵐的結界上，結界應聲而破。顧十嵐周身再無防護，而女子第五道長鞭已經向顧十嵐揮打而來。

與方才不同，長鞭之上像是被灌入了法力，豎滿了倒刺，每根倒刺上綠光粼粼，卻像是染了毒液，這一看便是要置顧十嵐於死地！

「不行！」我撲上去想要以身做盾擋住這鞭，可是在我動的時候，一個溫暖的懷抱立即將我囚禁住。

我沒有眼看著那鞭子打在顧十嵐身上，但我能感覺到他渾身一僵。

他受傷了……他又保護了我……

周圍的人也不依不饒，依舊往這方攻來。顧十嵐抱著我，我看不到他是怎麼應對他們的，但是我卻能感覺到自己緊緊貼著的這個胸膛，留下了越來越多的黏膩血液。

「別打了……」我呢喃出聲：「別打了。」

沒人管我，顧十嵐終於跪了下去，我在他懷裡看見了他幫我擋住的那個世界。只見追殺的人已經死了一片，眾人對這般以命相搏的紫陵君皆有幾分敬畏，唯有那聽風沒有住手。

她高高地舉起了鞭子。「紫陵君的項上人頭，我今日便要拿回去交差！」

我狠狠地盯向她，只覺得心頭一股悲痛的怒火熊熊燃燒而起。「讓妳別打了！」我用盡所有的法力，近乎聲嘶力竭地吼出這一聲。

我意料之外的是，我這一聲出口，身體中似有巨大的力量爆發而出，將周遭沒有防備的殺手盡數彈開，有的甚至撞斷了好幾棵樹。

力道之大，讓我也全然愣神。

聽風的長鞭此時竟被我一聲震碎，她詫然不已地盯著我。「竟然……顧十嵐竟然把修為給了妳這麼多……」

什麼？顧十嵐將修為給了我？

我愣愣地垂頭看向幾乎暈過去的顧十嵐。我想問他為什麼，但卻沒問出口，看著一臉是血的他，我只覺得更加心疼愧疚。

聽風狠狠一咂舌。「教主便就是想要他這一身功力，如今卻給了外人。」她盯著我，又看了眼顧十嵐，我看出了她眼中的殺意，可我豈會讓她再靠近顧十嵐，我撿了顧十嵐落下的扇子，戒備地盯著聽風。

「妳若再敢傷他，我是不介意在這裡與妳拚上性命。」

聽風一怔，掃了眼四周，斟酌了一番形勢，轉身揮手。「撤！」

殺手們化作天上雲霧而走。我長長舒了口氣，這才轉頭看顧十嵐。「師父……」

「我不是……不是妳師父了嗎……」他艱難開口，還記著我剛才的話呢，可明明這話原來是他說的。

「你為什麼……要將法力給我。」

「妳是我徒弟時，什麼不曾給妳？」

我沒有對應的言語，因為細細想想，確實如此。沒錢找他，有法術要學也給，有人欺負就幫忙，除了偶爾的嫌棄，他真的什麼都給了。所以我想要修為，知我資質低下，他便也給我修為了嗎……

「什麼時候？」

「蹲馬步偷懶，負重跑耍賴的時候。」

卻是……那個時候嗎……

原來如此，也難怪後來庶母給我下毒後，我能挺到顧十嵐來，因為我身體裡，已經多了他的修為，而我完全不自知罷了。

我半跪著用長靈心境為他療傷，我琢磨了許久，垂目道：「其實……在我差點被庶母害死的時候，我是有點後悔的。」我道：「一後悔的是，師父，我沒有早日對你坦白真相。二後悔，被發現之後，沒有來得及對你說一聲對不起。」他沉默聽著，我也停頓片刻後道：「三後悔……我喜歡你，未曾讓你知曉。」

顧十嵐方才閉緊的眼睛倏爾睜開，有些怔然地望著我。「妳說什麼？」

「我好像……喜歡你。」我深吸一口氣，「要不，我們就依了先前那小丫頭所言，你做老爺，我做夫人得了。」

顧十嵐沉默許久。「我乃持靈教弟子，叛出持靈教多年，追殺便是家常便飯……」

「若這就是你的家常便飯，那我就和你一起吃。」

「……」顧十嵐望著我，「有沒有人和妳說過？」

「什麼？」

「妳偶爾的話……罷了。」他轉開頭，不知臉上的紅似被朝霞暈染，「我這裡，可是不給人吃後悔藥的。」

他這算是……

答應了？

我心頭陡然一動，衝動地在他唇上落下輕輕一吻。

從此以後，就有一個人與我一同攜手天涯，再不孤單了。

師父心塞

師父心塞

作　　者／九鷺非香
執 行 長／陳君平
榮譽發行人／黃鎮隆
協　　理／洪琇菁
總 編 輯／呂尚燁
執行編輯／丁玉霈
美術監製／沙雲佩
美術編輯／陳又荻
國際版權／黃令歡、梁名儀
企劃宣傳／楊玉如、施語宸、洪國瑋
文字校對／施亞蒨
內文排版／謝青秀

國家圖書館出版品預行編目資料

師父心塞 / 九鷺非香作 . -- 一版 . -- 臺北市：城邦文化事業股份有限公司尖端出版：英屬蓋曼群島商家庭傳媒股份有限公司城邦分公司尖端出版發行, 2022.04
面；　公分
ISBN 978-626-316-675-2（平裝）

857.7　　111001984

出版／城邦文化事業股份有限公司　尖端出版
台北市 104 中山區民生東路二段 141 號 10 樓
電話：（02）2500-7600　傳真：（02）2500-2683
讀者服務信箱：7novels@mail2.spp.com.tw
發行／英屬蓋曼群島商家庭傳媒股份有限公司城邦分公司　尖端出版
台北市 104 中山區民生東路二段 141 號 10 樓
電話：（02）2500-7600　傳真：（02）2500-1979
劃撥專線：（03）312-4212
戶名：英屬蓋曼群島商家庭傳媒（股）公司城邦分公司
劃撥帳號：50003021
※ 劃撥金額未滿 500 元，請加付掛號郵資 50 元
法律顧問／王子文律師　元禾法律事務所　台北市羅斯福路三段 37 號 15 樓

台灣地區總經銷／中彰投以北（含宜花東）　楨彥有限公司
電話：（02）8919-3369　　傳真：（02）8914-5524
雲嘉以南　威信圖書有限公司
（嘉義公司）電話：（05）233-3852　　傳真：（05）233-3863
（高雄公司）電話：（07）373-0079　　傳真：（07）373-0087
馬新地區總經銷／城邦（馬新）出版集團 Cite（M）Sdn Bhd
電話：603-9057-8822　　傳真：603-9057-6622
E-mail：cite@cite.com.my
香港地區總經銷／城邦（香港）出版集團 Cite（H.K.）Publishing Group Limited
電話：852-2508-6231　　傳真：852-2578-9337
E-mail：hkcite@biznetvigator.com

版　次／ 2022 年 4 月 1 版 1 刷　Printed in Taiwan